JOCHEN SCHMIDT

TRIUMPHGEMÜSE

JOCHEN SCHMIDT

TRIUMPHGEMÜSE

GESCHICHTEN

Verlag C. H. Beck

Irgendeine Ähnlichkeit von Figuren dieses Buches mit verstorbenen oder lebenden Personen, die ein Leser vielleicht erkennen könnte, ist rein zufällig, jedenfalls aber nicht beabsichtigt.

www.beck.de

ISBN 3 406 46609 5

Gesamtherstellung: Kösel, Kempten
Gedruckt auf säurefreiem, alterungsbeständigem Papier
(hergestellt aus chlorfrei gebleichtem Zellstoff)
Printed in Germany

Danke, Panke

Auf dir schwamm mir ein blaues Boot davon
Ich konnte es nicht mehr erreichen
Noch viele Boote schwammen mir davon
Und jedesmal wollt ich mir nicht mehr gleichen

Denn nur wenn etwas wegschwimmt geht man weiter
Als man bis dahin hatte gehen müssen
Und auf dem Rückweg ist man dann bereiter
Dem Leben zu mißtrauen, auch den kleinen Flüssen

Und darum gilt mein Dank der Pank
Die mir mein Boot nahm ohne Dank
Zur Strafe stauten wir sie an mit Müll

Als dann die Bagger kamen war da ein Gefühl
Als hätten wir uns in den Weltlauf eingewoben
Und hatten dabei nur den Wasserstand gehoben

Was bedeutet Gelingen? In vielen Berufen die Verwechselbarkeit des Produkts (der Polizist will immer die gleiche Ordnung, der Feuerwehrmann ist in immer gleicher Weise gegen das Feuer, der Zugführer darf selten so schnell fahren, wie er eigentlich schon immer will, und nie dorthin, wo er sich seit langem glücklicher wähnt). Die Leistung dieser Meister besteht darin, daß man ihre Arbeit nicht bemerkt. Nur mit ihren Berufskollegen könnten sie, wenn diese nicht so neidisch wären, ihre Befriedigung teilen. Von anderen Berufen nimmt überhaupt niemand Notiz. Soll das so bleiben?

Der Bastler

will eigentlich immer ein Flugzeug bauen. Doch dann baut er doch wieder nur ein Wasserrad für eine Glühbirne, die keiner braucht. Niemandem verrät er seine Idee für eine Bienenwachsschmelze, die sich automatisch mit der Sonne dreht. Denn er vertraut den Menschen nicht, die nicht ahnen, wie sehr ein Bastler an seinen Ideen hängt. Eigentlich lebt er friedlich in seinem Haus. Alle paar Jahre muß er anbauen, um Platz für Materialien zu schaffen, denn weggeworfen wird nichts. Seine Frau nennt es Gerümpel, für ihn sind es Schätze, die er aus ihren Müllkästen birgt. Irgendwann kann schließlich alles einmal von Nutzen sein. Aluminiumkaffeetüten für Vogelscheuchen, Papierreste als Dämmstoff für den Hühnerstall, eine alte Sahnespritze als Wasserpistole für die Dorfkinder. Der Bastler sieht in den Dingen, was aus ihnen werden will. Er ist nämlich auch Lehrer. Was soll er nur mit den bösen Erinnerungen machen, die auf seinem Gewissen lasten – die würde er gerne wegwerfen. Er wünscht sich auch seinen Arm zurück, den er im Krieg gelassen hat. Viel besser könnte er mit zwei Händen basteln. Er hat sich aber längst abgewöhnt, mit Gedanken daran, Zeit zu vertrödeln, denn er hat noch so viel fertigzustellen, und überhaupt muß es vorwärts gehen. Nützlich wäre ein Zementmischer, der aus einer Waschmaschinentrommel geboren werden will. Oder eine neuartige Bienentränke. Ein Faltboot mit Segelantrieb. Und sollte die Wasserkaskade, wie er sie von Escher kennt, nicht doch zu bauen sein? Und was ist mit Leonardos Flugapparat? Was geht dem Bastler durch den Kopf, wenn er beim Essen schweigt, und seine Frau ihn weckt: «Träumst du schon wieder vom Meer?» Das gibt uns, wenn wir ihn als Kind besuchen, eine erste Ahnung davon, daß Männer träumen, wenn sie nichts tun. Vor allem Bastler, die die verträumtesten Menschen sind. Deshalb kommen ihre Bomben und Schießgewehre auch manchmal in falsche Hände. Dem beugen sie aber durch den Einbau von Fehlern vor. Das ist alte Bastlersitte.

Harnusch mäht als wärs ein Tanz

«Harnusch weiß nich, was Krankheit uff sich hat», hatte Frau Tatziet jahrelang bewundernd, aber auch ein bißchen mißtrauisch versichert, denn bei Bauer Harnusch wußte man nie, und wenn der nicht krank wurde, dann war das nicht das einzige, was bei ihm nicht wie bei allen war.

«Und jetzt ist er tot, wenn man das so nennen kann.» «Wieso? Tot ist doch tot?» «Das sagst du so, aber das ist doch nicht das gleiche, ob einer wartet, bis seine Zeit gekommen ist, oder ob er sich einfach aus dem Staub macht.» «Er hat sich umgebracht?» «Doch nicht der Harnusch.» «Aber er lebt nicht mehr?» «Nein, leben lebt er nicht mehr, aber tot kann man das nicht nennen, ich weiß nicht, wie mans nennen soll, darüber zerbrich du dir mal den Kopf, du siehst ja auch schon wieder ganz vergeistigt aus, iß lieber noch was, die Wurst war für dich berechnet, oder soll ich das wieder einpacken? Iß mal, ich wasch ab, und du kannst dich verkrümeln.» «Jetzt will ich aber wissen, was mit Harnusch war, ob er gestorben ist, und warum das was anderes sein soll als tot.» «Ich quatsch doch sowieso schon bloß noch Unsinn.» «Ich weiß noch, wie er immer den Pirol verjagt hat, damit der keinen Regen bringt, und wie ich nie verstanden habe, was er gesagt hat, weil das ganz anders klang als bei uns. Er hat mir auch versucht, das Mähen beizubringen, aber ich konnte machen, was ich wollte, er hat immer nur den Kopf geschüttelt.» «Hier haben alle von ihm Mähen gelernt. Aber weil sies schnell haben wollen, kaufen sich die Jungen diese schrecklich lauten Motordinger. Muß man ja auch verstehen, wenn mans nicht richtig kann, ists kein Vergnügen.» «Ich weiß noch, wie er einmal zu mir gesagt hat: heut gibts Frikadellen, und ich sag: das heißt Fleischklößchen, und er sagt: ich kenn mich mit den Ausdrücken nicht so gut aus, und ich war ganz empört: Fleischklößchen ist doch kein Ausdruck! da sagt er: na, wenn ichs zu dir sage schon.» «Na bitte, du erinnerst dich doch selber.» «Deshalb muß ich aber jetzt auch wissen, wie das war zuletzt.» «Da muß ich mich erst in Ruhe hinsetzen, sonst krieg ich meine Gedanken nicht zusammen.» «Dann setz dich, ich hol dir die Wolldecke.»

*

«‹Heef mich hoch›, war immer sein erster Satz gewesen, wenn er am Morgen aufgewacht war, und seine Frau schon in die Pantoffeln schlüpfte: ‹Heef mich hoch, du alte Schachtel.› Du hast ja die Frau Harnusch nie anders als gebückt gesehen, weil sie immer bei der Arbeit war, immer was aufsammelte oder einpflanzte, und später war ihr Rücken krumm, und obwohl sie jünger war als Harnusch, trug sie schwerer an allem. Und sie stand auch wirklich immer vor ihm auf, aber nicht, weil sie so verliebt war in den Morgen, sondern, weil sie ihrem Mann aus dem Weg gehen mußte, der wurde ja, je weniger er sich bewegen konnte, um so streitsüchtiger. Jetzt hat ihn der Herrgott hochjeheeft, aber ob der sich das nicht noch mal anders überlegt, ich möcht fast dran glauben, bei Harnusch weiß man nie. Es gab keinen schlimmeren Deibel als den, seine Frau hat er ins Grab gebracht mit seinen Trietzereien, und die Enkelin, die für ihn sorgte, hatte es weiß Gott schwer, weil er noch immer nicht zur Ruhe gekommen war, in seinem Wesen, als Mann, du verstehst schon, da hat er ihr mit dem Stock nachgestellt, vom Bett aus, der Enkelin, so ein Deibel war das, aber du hast ihn ja auch noch mähen sehen, und da mußt du mir zustimmen, mähen mähte der, als wärs ein Tanz, so elegant wie einer vom Ballett, wie ichs mir jedenfalls vorstelle beim Ballett, ich habs ja nie gesehen.» «Du warst nie im Ballett?» «Wie denn? Soll ich die Hühner an der Garderobe abgeben? Ich kanns mir doch auch so ganz gut vorstellen, so wie der Harnusch gemäht hat, genau so stell ichs mir vor, wenn ichs mir vorstelle. Ich war übrigens überhaupt nicht mehr im Theater, seit der Theaterbus nicht mehr verkehrt, dabei war das immer ein treues Völkchen gewesen, im Theaterbus nach der Stadt, aber jetzt haben alle Autos, und die keins haben sind tot. Viel ist eben nicht mit Kultur bei uns, bis auf den Posaunenchor und den Theaterbus, dens nicht mehr gibt. Ich weiß noch, wie Irmchen Ulrich aus der Vorstellung getragen werden mußte, die hatte sich so erschreckt, da war was Neues gespielt worden, ich glaube von Brecht, das war schon was, wir kannten doch von früher nur unsere Durchhaltestücke und später meist Komödie und Russen, und bei dem Brecht, da trugen die Schauspieler Masken, und Irmchen war das so grausig, die ist grün angelaufen und mußte rausgetragen werden, die könnte mich übrigens auch mal besuchen, fällt mir ein, aber die ist vom Schloßberg, und da muß man schon sagen, sie soll kommen, damit sie dann auch kommt, von selber kommen die vom Schloßberg nicht. Na, jedenfalls, ich wollte sagen, beim Ballett bin ich nie gewesen, das gibts nicht in der Stadt, aber besser kann es da nicht sein, als wenn man Harnusch beim Mähen zusah, der tanzte mit seinen kurzen Beinen über die Wiese, und jede Bewegung war so leicht und elegant, wie einstudiert, daß man sich hätte verlieben können in den Anblick, und dabei wußte man, wie schwer der seiner Frau zusetzte, und wenn du mich fragst, hat er sie letztlich auch unter die Erde gebracht mit seinen Stänkereien, der verfluchte Deibel.»

«Haben das auch die Leute gedacht?»

«Was wußten denn die Leute? Für die war er ein Original. Aber für sich war er nur er selbst, und das konnte ihm manchmal zu wenig sein, dann streifte er herum, jedenfalls früher, als er dann aber nicht mehr laufen konnte ohne Stock, und auch damit nicht sehr weit kam, da fing er an die Frau zu trietzen, das war aber nur, weil ihm das nicht reichte, er zu sein. Als er noch konnte, ging er an solchen Tagen auf den Pletschenberg und sah zu den Polen hinüber, und wenn man ihn dort so stehen sah, dann konnte man meinen, er wolle sich die Beine vertreten, oder ein bißchen frische Luft schnappen, der alte Mann, aber nichts da, von wegen Beine vertreten, er stand nur gern im Wind, wenn der so richtig blies, das freute ihn: ‹Oben bläst der Wind, und unten läuft man sich ab, und am Ende ist man weg.› Er stand aber auch nicht nur so da im Wind, sondern er sah hinüber zu den Polen, zu einem ganz bestimmten Fleckchen, das war mal seins gewesen, vor dem großen Schlamassel. Nicht daß er da hinwollte, zu den Polen, zu seinem Fleckchen, sollten die die Streusandbüchse behalten, es war nur, daß er eben manchmal, wenn es ihn juckte, da hinaufgehen mußte, auf den Pletschenberg, um zu sehen, wie weit er es mal gebracht hatte, das macht einen demütig vor dem Schicksal, meinte er, und man regte sich nicht mehr so auf, jetzt wo man in der LPG war, schließlich: einmal die Knochen krummgebuckelt für nichts genügte, und wenn einer gelernt hatte, seine Habe zu lassen, was brauchte er da eine neue Habe? ‹Aber›, dachte er dann dort oben auf dem Pletschenberg, ‹aber eenet jutet hattet ja, daß ick hier steh und nich da unten, eenet jutet hattet ja, daß dat Schietwasser nämlich ruhig steigen kann, und ick bin oben und guck runter, und brauch keinen Kohl mehr ziehen im Sumpf, und kann statt dem Türen angeln aus dem Hochwasser für mein Haus, und das ist besser, als Schiß vor den Bisamratten haben, die den Deich zerfressen, wenn dat Schietwasser steigt.›»

«Solang er noch da hochgehn konnte, war er vergnügt, aber dann kam er immer weniger weit. Erst bis 1870/71, die Gedenktafel am Amtsgarten, da saß er und sah sich den Nachwuchs im Kindergarten an, dann, als es dafür nicht mehr reichte, bis zum Kriegerdenkmal an der Post, erster Weltkrieg, das kennst du noch gar nicht, das gibts erst seit ein paar Jahren, da sind die zu mir gekommen und wollten, daß ich auch was spende, das ist nun wirklich das letzte, wofür ich spenden werde, hab ich gesagt, ihr könnt das auch alleine, jetzt ham sie so einen Stahlhelm aus Stein hingesetzt ‹Für unsere Helden›. Da saß der Harnusch davor und grinste sich eins, das hat ihn verjüngt, der Spaß. Und als es dafür nicht mehr reichte, na, da mußte er eben zum Russenfriedhof gehen, wo früher Buschs wohnten, die Richtung Osten gegangen sind bei Kriegsende, den Russen entgegen, weil sie dachten, die hätten was für Kommunisten übrig. Sind nicht wiedergekommen, und Kinder hatten sie ja nicht, da haben die Russen ihren Friedhof hingesetzt, jedenfalls symbolisch, die meisten hat man ja so verbuddeln müssen, darf gar nicht dran denken. Bis dahin kam er noch und hat sich die Grabsteine angesehen und sich seinen Teil gedacht, und zuletzt, na, da kam er eben nur noch bis vors eigne Haus und stellte den Leuten seine Scherzfragen, die natürlich alle schon kannten: ‹Der Hahn, der Hahn und nicht die Henne›, aber wenn sie nicht stehenblieben und zuhörten, dann schrie er ihnen nach, und da blieben sie eben stehen, dann war er ganz friedlich. ‹Unsere Helden, hat er gesagt, ich komm nicht mal mehr bis zu unsern

Helden!› Frau Tatziet, könn Sie sich das vorstellen? Wie gehts denn Ihrem Mann? Kommt der noch bis zu unsern Helden? Hat er mal wieder einen Saurierknochen gefunden? Ich hab da was Spektakuläres, das geb ich ihm aber nicht, wenn der das wüßte, würd er grün vor Neid, grüßen Sie mal Ihren Mann vom alten Harnusch, sagen Sie ihm, wir sollten bei der LPG anfangen, er und ich, als Nachtwächter, dann müßten wir nur alle Stunde auf die Uhr gucken und ich würd ihn anstoßen und sagen: ‹Tatziet, Knopp drücken›. 70/71, 14/18, 39/45, da standen seine Bänke, da durfte man ihn nicht treffen, sonst kam man nicht so bald wieder weg, sonst erzählte er einem, was man selber wußte, daß alles den Bach runterging, daß man das ja schon daran sehe, daß sie die Wally von der Post entlassen haben. ‹Das war eine Seele, die hat die Briefe bis ans Haus gebracht, und jetzt fährt da ein Postauto und das soll billiger sein als die Wally, so eine törichte Idee, wo die Wally die Briefe notfalls auch umsonst ausgetragen hätte, schließlich mußte sie doch nach ihren Leutchen sehen, aber die Herren da oben von der Post haben dafür kein Verständnis, nur, frage ich, wo findet man heute noch einen Postboten, der sich die Telegramme durchliest und selbst entscheidet, ob sie eilen oder nicht? So einen Postboten braucht man aber, dann kriegt man auch nicht jeden Tag Reklame, daß einem die Augen tränen von den bunten Bildern.›

Der einzige, mit dem Harnusch neben seiner Frau dauerhaft auf Kriegsfuß stand, war sein Nachbar Strutz. Aber dafür konnte Harnusch nichts, jedenfalls nicht, wenn man ihm glaubte, was sollte er denn tun? Er hatte seinen Hühnern schon tausendmal gesagt, sie sollten nicht bei Strutz in den Garten hüpfen, aber seine Hühner hatten nicht hören wollen, und jetzt hatte sich Strutz einen Schäferhund gekauft und ärgerte sich grün, daß der so nett zu den Menschen war, statt sie anzukläffen, wie er selbst es tat. Er hatte monatelang versucht, ihm das abzugewöhnen, erst mit schreien, dann mit einer Hundepfeife, dann mit Schlägen, aber das Biest war nicht auf dem Hof zu halten. Jetzt fand Harnusch öfter mal einen Haufen im Spargel, und das verdroß ihn. Und wie das ist, man weiß zwar nicht, wer angefangen hat, aber man will nicht der erste sein, der aufhört: ‹Der Herr Unterfeldwebel Strutz soll ganz stille sein, die Zeiten sind vorbei, wo man nach seiner Pfeife tanzen mußte. Der hat noch nie hierher gehört. Wenn ich das sehe, wie der seine Beete nach der Schnur zieht, und aus jedem Fleckchen zieht er Profit. Meine Tochter meint, sie hat ihn in der Stadt gesehen, da verkauft er seine Kirschen vor der Kaufhalle als Bioobst. Bioobst! Wenn das Gift nicht so teuer wäre, würde der doch gar kein Wasser mehr nehmen. Der würde doch am liebsten das Unkraut in die Erde zurückkommandieren. Wissen Sie, was dem seine größte Lebensleistung war? Daß er DDR-Meister geworden ist in Schreibtischordnung. Der war sogar noch stolz auf die Urkunde, so einer ist das, Schreibtischordnung, das kann er, aber guten Tag sagen, das ist zuviel verlangt vom Herrn Unterfeldwebel. Wenn ich den nicht noch tot erleben wollen würde, wär ich längst selbst abgetreten, aber auf das Spektakel freu ich mich schon, Unterfeldwebel Strutz vorm lieben Gott, der wird kehrt Marsch zurück ins Leben machen vor Schreck, daß ers nun doch noch mit dem lieben Gott zu tun bekommt, nachdem er immer nur an seinen Lenin geglaubt hat.›»

«Ja, die beiden hatten sich ganz schön in den Haaren zuletzt. Aber Harnusch war eben auch ein Deibel, er wußte genau, daß Strutz das auf die Palme brachte, wenn er ihn ‹Struutz› nannte, mit langem ‹U›, und noch dazu Unterfeldwebel, wo er doch Hauptmann der Reserve war. ‹Ja, ja, Herr Struutz, machen Sie mal, ziehen Sie mal Stacheldraht um ihr geometrisches Kunstwerk, die Rehe kommen trotzdem, das sieht dann natürlich auch viel schöner aus, wenn die über so einen hohen Zaun springen, das seh ich mir jeden Abend an und kraul dazu ihren freundlichen Schäferhund, Herr Unterfeldwebel.› Das hätte noch Mord und Totschlag gegeben, wenn Strutz nicht ins Altersheim gekommen wäre, wo eines Tages sein Alkoholikersohn ihn fast verprügelt hätte, weil er Geld wollte, einfach hat ers eben auch nicht gehabt, Strutz, der kam ja eigentlich aus Schlesien, den hatten sie umgesiedelt, naja, mit der Frau konnte man reden, aber sobald er das sah, pfiff er sie zurück, als wärs sein Hund. Und dann war er tot, und du glaubst es nicht, Harnusch hat ihn am Ende doch vermißt, denk ich jedenfalls. Erst die Frau, dann der Nachbar, jetzt blieb ihm wirklich nur noch die Enkelin zum Stänkern.

Aber das solltest du vielleicht alles gar nicht wissen, vielleicht ist es besser, wenn du ihn immer als Opa Harnusch in Erinnerung behältst, der den Pirol verjagt hat, alles andere ist doch nicht so wichtig, außer, daß er in seinem Fach ein Künstler war, nur daß man damit nicht berühmt wird, jedenfalls nicht über seine Grenzen hinaus. Es war ja nicht so, daß er der einzige gewesen wäre, der noch mit der Hand mähte, aber er war bestimmt der einzige, für den das ein Vergnügen war. Wenn die jungen Städter kamen, und um ihren Freundinnen zu imponieren mit der Sense rumfuchtelten, mit freiem Oberkörper in der Mittagssonne, dann baute sich Harnusch schmunzelnd daneben auf, in seinen ausgewaschenen blauen Arbeitshosen, und er mußte nicht lange warten, bis die jungen Städter sich den Rücken verdreht hatten, oder behaupteten, das Gras ginge gar nicht kürzer. Dabei konnte das nichts werden, gemäht wird morgens, wenn das Gras noch feucht ist, und wie die die Sense behandelten, das tat einem in der Seele weh, wenn das Eisen durch die Maulwurfshügel jagte. Die verstanden nicht, worum es ging beim Mähen, für die war das ein Sport, für Harnusch wars Erholung. Die meiste Zeit nämlich muß man beim Mähen damit verbringen, die Klinge zu schärfen, ohne sich dabei in den Daumen zu schneiden, und dann muß man die Klinge über den Boden gleiten lassen, und das geht so einfach, wenn mans richtig macht, das strengt selbst ein Männlein wie Harnusch nicht an, schließlich gibt es immer Gras zu mähen, und wenn man sich beeilt, muß man nur eher wieder von vorn anfangen. Aber das wollten die jungen Städter nicht verstehen, für die mußte Erholung anstrengend sein, sonst dachten die, sie machen was falsch. Sollten doch froh sein, daß sie sich noch nicht krummgebuckelt hatten bei der Arbeit, da mußte man doch nicht noch nachhelfen! Hin und her, und das Gras fällt, und dann wieder schleifen, und hin und her, und Schritt für Schritt, und nebenbei kann man immer noch nach den Mädchen schielen.» «Und was ist dann weiter passiert mit Harnusch? Jetzt mußt du mir auch den Schluß erzählen.»

«Ich weiß nicht, ob das gut ist, naja, der Strutz ist gestorben, im Altersheim, erst die Frau, dann der Nachbar, und Harnusch kam nicht einmal mehr bis zu den Russengräbern, geschweige denn bis 1918, und er saß auch nicht mehr auf der Bank vorm Haus, man konnte wieder ganz ungestört da vorbeigehen. Harnusch saß im Bett und als er nicht einmal mehr mit der Enkelin stänkerte, da gings zu Ende. Alles, was er noch wollte, war ein heißer Stein im Bett, wie seine Frau ihn früher hatte, die hatte immer einen heißen Stein im Bett gehabt, und Harnusch erzählte ja auch mit Vergnügen allen Kindern im Dorf, daß es bei seiner Frau qualmte, wenn die die Decke hochhob, jetzt brauchte er selber einen heißen Stein, weil ihm so kalt wurde mit einem Mal. Und eines Tages läuft die Enkelin ganz aufgelöst durchs Dorf und sucht den Alten. Er war nämlich nicht zu Hause, als sie nach ihm gesehen hatte, und alle haben mitgesucht, aber er konnte eigentlich gar nicht weg sein, er konnte doch nicht mehr laufen. Bis zum Pletschenberg hoch haben sie gesucht, man konnte ja nie wissen, bei Harnusch, am Ende war er da wieder raufgekrabbelt, um nach seinem Hof zu sehen. Aber gefunden haben sie ihn nicht. Da hatten gleich welche den Verdacht, daß er vielleicht ins Wasser gegangen war, natürlich nicht, um sich umzubringen, sondern um rüberzuschwimmen. Und das war dann auch so. Er muß sofort abgetrieben oder in die Strudel geraten sein, und sie haben ihn auch ein paar Tage später und weit stromabwärts rausgefischt. Ich bin sicher, daß er sich nicht umbringen wollte, er hat nur nach seinem Hof sehen wollen nach all den Jahren. Und da hat ihn dann der Sensenmann geholt. Das kann ich mir übrigens richtig bildlich vorstellen, wie der Sensenmann zu Harnusch sagt: ‹Harnusch, Zeit wirds›, und Harnusch antwortet: ‹Heef mich hoch, du alte Schachtel, was willst du denn mit der Sense? Wirst dir noch wehtun, oder gehört das zum Kulturprogramm? Mit dem stumpfen Rostschwengel kannst du doch nicht mähen wollen, gib mal her, ich schleif dir das Ding.› So stell ich mir das vor, und warum sollte es denn immer anders sein, als wie man es sich vorstellt? Ich bin nämlich sogar ziemlich sicher, daß, wenn niemand den Harnusch davon abhält, der Sensenmann ihn gleich bei sich behält, weil er sich nämlich selbst nicht sattsehn kann daran, wie elegant der Harnusch mäht, und dann gibts plötzlich eine Sterbewelle, aber wollen hoffen, daß er uns nicht vergessen hat und heimlich einen Bogen macht, wenn der Chef grad nicht guckt, so aufs heimlich Bogen machen hat er sich doch immer gut verstanden. Sag mal, wie spät ist es eigentlich? Ist doch schon längst meine Zeit, hab ich wieder viel zu lange dumm gequatscht, na, was andres kann ich ja auch nicht mehr. Leg dir mal noch ein paar Kohlen nach, wenn du noch sitzen willst, aber ich mein, du solltest auch mal wieder ausschlafen, du siehst schon wieder so vergeistigt aus, und gegessen hast du ja auch fast nichts.»

Der Amerikaner

ist überall gern gesehen. Er duftet nach der freien Welt. Ohne seinen Cowboy-Hut und sein College-Sweatshirt wird er allerdings oft nicht erkannt. Doch spätestens, wenn er den Mund aufmacht, sagen alle: «Ein Amerikaner, er hat so weiße Zähne.» Das geht dem Amerikaner auf die Nerven, deshalb nuschelt er, um seine Zähne nicht zu zeigen. Er wird oft nach seinem Land gefragt, denn alle Welt beneidet ihn darum. Jeder kann ja auf Anhieb einige amerikanische Staaten aufzählen, und mancher hat sie auch schon gesehen. Wo er auftaucht, verbreitet der Amerikaner Sicherheit. Mit einem Amerikaner dabei, kann einem nichts passieren. Trotzdem hacken alle auf ihm herum, weil er nichts Gutes ißt, und weil er alle Vietnamesen töten will. Dabei möchte er in Wirklichkeit nur freundlich sein und mit freundlichen Menschen Feste feiern. Auf solchen Festen stellt er sich immer mit Namen vor und fragt ihm Unbekannte, wie es ihnen geht. Das irritiert. Was will der Amerikaner? Was heckt er aus unter seinem Cowboy-Hut? Warum hat er ihn nicht dabei? Und wo ist das College-Sweatshirt? Warum verkleidet er sich? Warum will er das Rauchen verbieten? Warum baut er so viele Atombomben? Fragen über Fragen, die den Amerikaner betreffen. Manchmal überfordert ihn das, und er wünscht sich zurück auf seine Ranch oder in sein Penthouse mit Blick auf den Central Park. Dort will er sein, wo die anderen auch Amerikaner sind. Wo er nicht so nach freier Welt duftet. Schnell steigt er in seinen Jet, fliegt nach Amerika und schreibt eine Essay-Reihe über Europa für die New York Times.

«Wirklich: er litt beim Anblick bestimmter Physiognomien, er betrachtete die väterliche oder abstoßende Miene mancher Gesichter fast als eine Beleidigung, er verspürte Lust, den mit gelehrter Miene und geschlossenen Augenlidern flanierenden Herrn oder diesen anderen, der sich, auf seinen Absätzen wippend, vor den Spiegeln zulächelte, zu ohrfeigen, aber auch jenen, der ganze Gedankenwelten in seinem Kopf zu bewegen schien und dabei doch nur mit zusammengezogenen Brauen Butterbrote und die Rubrik Vermischtes in der Zeitung verschlang.»
Joris-Karl Huysmans: Gegen den Strich

Der blaue Reifen

Warum er nicht mehr ins Theater gegangen war seit seinem letzten Versuch, das fragte er sich im Theater, und ob er sich so eine Frage überhaupt beantworten konnte. Vielleicht gab es gar keinen Grund, und es war so wie mit dem Aufstehen, man lag wach und fragte sich, warum man noch liegenblieb, und wenn man gerade nicht daran gedacht hatte, überraschte einen der Körper damit, daß er ganz von allein aufstand.

Er war entschlossen, das Stück zu hassen, wenn es auch nur den kleinsten Anlaß dafür geben sollte. Die Zuschauer hatten ohnehin keine Chance bei ihm, aber das Stück durfte nur schlecht sein, sonst müßte er dem Zufall dankbar sein, der dafür gesorgt hatte, daß er ausgerechnet heute wieder im Theater saß und ein gutes Stück nicht verpaßte. Früher hatte er wenigstens genau gewußt, was es zu verpassen gab, und er hatte versucht, soviel wie möglich davon nicht zu verpassen. Wenn man viel Zeit opferte und viele Gespräche am Nebentisch mithörte, konnte man eine gute Quote schaffen. Seltsamerweise sah man früher auch immer die gleichen Menschen bei den nicht zu verpassenden Gelegenheiten, und man beneidete sie darum, wie unangestrengt und selbstverständlich sie dort auftauchten. Offenbar hatten sie bessere Verbindungen. Kein Wunder, sie wohnten ja auch nicht im Neubauviertel, sondern im Zentrum. Sicher hatten sie einen ausgedehnten Freundeskreis und trafen sich mindestens einmal in der Woche, um auf einen Geburtstag mit «Bärenblut» anzustoßen. Einen von diesen immer Anwesenden hatte er für sich Franz Liszt getauft, wegen seiner auffälligen Frisur. Dann gab es ein kleines langhaariges Mädchen, das immer im letzten Moment auf dem Fahrrad angefahren kam und in eine der ersten Reihen huschte. Seit nicht mehr früher war, hatte er diese beiden und all die anderen aus den Augen verloren.

Er war dreimal in der Woche ins Theater gegangen, manchmal auch öfter. Das war bemerkenswert, wenn man bedachte, daß er einen Rückweg von über einer Stunde hatte und morgens um sechs aufstehen mußte, um wiederum über eine Stunde zur Schule zu fahren. Wenn es kein neues Stück gab, dann sah er sich ein altes noch einmal an. Es gab aber so viele Theater und so viele Premieren, daß er ein Stück selten öfter als dreimal sehen mußte. Er kaufte sich die Programmhefte, legte die Eintrittskarte hinein, schrieb sich auf, wen er im Theater gesehen oder getroffen hatte, und legte die Theaterkritiken aus drei oder vier Zeitungen dazu, die er sorgfältig ausgeschnitten und natürlich auch gelesen hatte. Und nach dem Stück stand er todmüde auf dem S-Bahnhof Schönhauser Allee und wartete auf die nächste Bahn nach Berlin-Buch. Er hatte den Zug wie immer gerade noch ausfahren sehen, weil die Straßenbahn genau zwei Minuten zu lange brauchte. Deshalb mußte er zwanzig Minuten auf dem Bahnhof auf- und abgehen und versuchen, an irgend etwas zu denken, was ihm diese unendliche Zeitspanne, die er in der Kälte zubringen mußte, verkürzen könnte. So langsam war die Zeit nur vergangen, wenn er krank im Bett lag und ab halb zehn sehnsüchtig darauf wartete, daß es zehn würde, und das Vormittagsprogramm endlich anfinge. Dann vertrieb er sich die Zeit damit, mit der Pausenbilduhr um die Wette zu zählen. In sechzig Sekunden bis 300. Und wieder war eine Minute geschafft. Eine Minute ausruhen und ein neuer Versuch. Gut war, wenn man am Dienstag krank war, dann kam die Wiederholung des UFA-Montagsfilms. Sonst mußte man mit *English for you* Vorlieb nehmen, oder zum dritten Mal die Chemiesendung über Alkohol sehen. Inzwischen war das Leben zum Glück nicht mehr ganz so langweilig wie damals, außer natürlich wenn man zwanzig Minuten auf die S-Bahn warten mußte, die wie zum Hohn schon in Sichtweite vor dem Bahnhof stand und nur auf den Gegenzug wartete, um endlich einzufahren.

Er versuchte, beim Ausatmen nichts von der warmen Luft zu verschwenden und sie sorgfältig unter seinen Schal in die Jacke zu blasen. Wenn es nicht so kalt gewesen wäre, hätte er sich auf eine Bank gesetzt, in der Hoffnung, daß sich keine Besoffenen neben ihn setzen würden, und er hätte sich in Robert Merle vertieft, der bei ihm Karl May abgelöst hatte. Die zwanzig Minuten Bahnfahrt würden lesend wie im Flug vergehen, aber die zwanzig Minuten Wartezeit in der Kälte waren die Strafe für sein Kulturinteresse. Unvergleichlich schnell verging die gleiche Zeitspanne, wenn er morgens den Wecker auf zwanzig vor sechs gestellt hatte, um ihn viermal klingeln zu lassen und viermal wieder auszustellen. Eine sinnvolle Funktion, die dieser Wecker aus dem Intershop aufwies. Klingeln, Knopf drücken, einschlafen, Klingeln, Knopf drücken, einschlafen, und hoffen, beim vierten Mal etwas munterer zu sein. Weil er in den Entwicklungsjahren so wenig geschlafen hatte, war er so klein geblieben. Davon war er überzeugt. Denn man wuchs im Schlaf, hatte er einmal gelesen. Das Exil in Buch hatte ihn seine Größe gekostet. Aber dafür würde ihn niemand entschädigen. Er hätte natürlich auch auf das Theater verzichten können, das mußte man fairerweise zugeben. Auch das Theater hatte ihn ein paar von den Zentimetern gekostet, die er so bitter nötig gehabt hätte. Denn die Zeit drängte. Beim Anstehen vor der Sportstunde war er immer weiter durchgereicht worden. Und jetzt stand nur noch der Körperklaus der Klasse neben ihm und gierte darauf, vor jeder Stunde den Größentest zu machen und ihn auf den letzten Platz zu verweisen. Dann stände er neben den Mädchen. Von solchen Gedanken konnte er sich früher vor allem im Theater erholen. Und wenn die Straßenbahn wieder kein Einsehen hatte, ging er eben nachher auf dem S-Bahnhof auf und ab und versuchte, sich die Schienenersatzverkehr- und die Pendelverkehrmeldungen einzuprägen, um vielleicht einmal nicht davon überrascht zu werden. Und wie immer auf Bahnhöfen dachte er an diesen Vortrag im Jugendclub, wo ein junger Kunstwissenschaftler mit vielen Dias den Zusammenhang zwischen Kunst und Erotik belegt hatte. Daran dachte er, weil dieser beneidenswerte Kunstwissenschaftler in einem Nebensatz berichtet hatte, wie reizvoll es sein könne, auf einem Bahnhof mit der Freundin zu schlafen. Jürgen hatte weder eine Freundin, noch hatte er mit einem Mädchen geschlafen, noch konnte er auf dem Bahnhof schlafen, nicht wenn es so kalt war und man Angst vor den Besoffenen haben mußte. Aber die Aussicht auf ein solches Erlebnis mit seiner späteren Freundin, deren Eintreffen in seinem Leben er jederzeit erwartete, beseelte ihn wie andere die Aussicht auf Erlösung. Mehr mußte eigentlich nicht geschehen in seinem zukünftigen Leben, und er dachte auch nicht darüber nach, was danach geschehen könnte, dazu fehlte ihm die Phantasie.

Er sah die Böschung hinauf und versuchte, im Dunkeln etwas zu erkennen. Oben sah man die Rückseite eines der Häuser an der Schönhauser Allee und dahinter den Hof, der über die Böschung zu erreichen gewesen wäre. In der fensterlosen Wand des Hinterhauses gab es eine kleine Tür, über der «Kostümverleih» stand. Solche Hinterhäuser mit mysteriösen Geschäften gab es in Buch nicht. Aber was gab es dort nicht nicht? Er hatte gehört, daß es auf der Schönhauser Allee eine Tanzschule geben sollte, wo man sogar Break Dance lernen konnte. Genaueres hatte er nicht erfahren, das war genau wie mit dem Theater, wenn man nicht höllisch aufpaßte, verpaßte man das Entscheidende. Aber für Break Dance gab es keine Zeitungskritiken, auf die man achten konnte, da war man ganz auf Mundpropaganda angewiesen. Einmal war er auf den vagen Hinweis hin, am Alex würde «gebreakt», in die Stadt gefahren und hatte dort nur leere Betonflächen vorgefunden. Wer hatte das Gerücht verbreitet? Oder war es kein Gerücht gewesen, und er war nur zu spät gekommen? Wurde hier an anderen Tagen gebreakt? Oder woanders? In der Tanzschule an der Schönhauser Allee? Er hatte sich nie aufgerafft, auch diesem Gerücht nachzugehen. Die Break-Dance-Tanzschule zu finden und dort mit Gleichgesinnten zusammenzukommen blieb eines der Projekte, an die er zwar ständig dachte, denen er aber nie nachging, weil der Zufall ihm nicht die Hand reichte.

Das war so ähnlich wie mit dem Aufstehen, nur daß es sich nicht irgendwann von selbst erledigte. Aber immer wenn er auf dem Bahnhof Schönhauser Allee stand, dachte er an die glücklicheren Jungen, die jetzt dort oben mit OP-Handschuhen aus der Apotheke bewaffnet über den Boden wirbelten. In seiner Vorstellung befand sich die Tanzschule genau auf diesem geheimnisvollen Hinterhof, in den man vom Bahnhof aus hineinsah. Aber statt sich einmal dorthin zu trauen, saß er aufgeregt vor dem Fernseher, wenn in irgendeinem Bericht über New York oder über einen Film, der im Westen im Kino anlief, jemand breakte. Und er versuchte, sich blitzschnell eine Schrittfolge oder eine Bewegung einzuprägen, die eine Gruppe amerikanischer Jugendlicher vorführte, die der Reporter sich als Hintergrunddekoration für seinen Bericht ausgesucht hatte, und sie anschließend in seine eigene Kür, von der niemand etwas wußte, einzubauen. Natürlich kam er auf diese Art nicht sehr weit. Die Break-Dance-Fragmente waren zu dünn gesät und wurden immer wieder tagelang von anderen Sendungen unterbrochen. Kein Wunder, daß er davon träumte, in einer Straße wie der Schönhauser Allee zu wohnen, wo man sogar Unterricht im Breaken bekommen konnte.

Auf der Böschung wuchsen ein paar Pappeln und Kastanien. Am Ast einer der Kastanien hing ein blauer Hula-Hoop-Reifen. Den mußte ein Kind, das auf dem Hinterhof wohnte, da hochgeworfen haben. Oder ein Besoffener hatte ihm den Reifen weggenommen und hochgeworfen. Jedenfalls sah Jürgen ihn schon seit Jahren da oben hängen. Im Winter konnte man ihn natürlich besser sehen, aber wenn man wußte, wo er hing, konnte man ihn auch im Sommer durch die Blätter erkennen. Fünfzehn Jahre seines Lebens begleitete ihn dieser Reifen. Seit er mit einem Schulfreund und einer Rolle Butterkekse den weiten Weg ins Colosseum an der Schönhauser gefahren war, um zum erstenmal ins Kino zu gehen, dann die vielen Male, wo er hier nach den Fußballspielen Angst hatte, daß ihn die besoffenen BFC-Fans auf die Schienen stoßen könnten, und später nach jedem Theaterbesuch. Zuletzt sah er ihn nur noch, wenn er an Weihnachten zu seinen Eltern nach Buch fuhr. Solange der Reifen da war, war zwar nicht alles, aber wenigstens etwas wie früher. Doch dann war das Bahnhofsgebäude abgerissen und ein Kaufhaus gebaut worden. Jetzt war über den Gleisen ein Betondach, man sah die alte Fußgängerbrücke nicht mehr und auch den Hinterhof nur noch zur Hälfte, auf dem der Kostümverleih längst dichtgemacht hatte. Und um die Überdachung zu stützen, waren Betonpfeiler in die Böschung gerammt worden, und man hatte einige von den Pappeln und Kastanien gefällt. Dabei war auch der blaue Reifen verschwunden.

Früher war er dreimal in der Woche und öfter ins Theater gegangen. Und er hatte die Stücke auch beim dritten Mal noch nicht verstanden, war bei den gleichen Monologen eingeschlafen, und hatte sich trotzdem am Platz gefühlt. Schon weil irgendwo über ihm Franz Liszt hüstelte und vorne, bereits im Dunkeln, die kleine Fahrradfahrerin hineingehuscht war, und natürlich weil er gerade dabei war, etwas nicht zu verpassen. Nach der Wende war ihm seine Begeisterung unmerklich abhanden gekommen. Aber zunächst sah er sich die Stücke ein viertes Mal an, mit seiner ersten Freundin, mit der er zwar nicht auf Bahnhöfen schlief, mit der er aber seine Schätze teilen wollte. So hatte er es empfunden, auch wenn sie nicht ihm gehörten, aber es konnte auch nicht seine Freundin sein, solange sie sie noch nicht gesehen hatte. Seine zweite Freundin wollte sich nichts mit ihm ansehen, was er schon kannte, sie konnte sich nicht vorstellen, daß ihm das Spaß machte, und seine dritte Freundin kannte er noch nicht, und das schon seit ziemlich langer Zeit. Warum ging er immer weniger ins Theater? Er mußte nicht mehr um sechs Uhr morgens aufstehen, und er hätte vielleicht sogar die Stücke verstanden, aber es war nicht mehr wie früher. Franz Liszt war nicht mehr da, und die kleine Fahrradfahrerin hatte er auch nicht wiedergesehen. Die beiden hatten Menschen das Feld geräumt, die er sonst nur von Familientreffen kannte. Ältere Herrschaften mit edlen Brillen und elegant den Körper umspielenden Stoffen. Viele davon trugen Hüte, wenn auch nur in der Hand, dafür aber immer verschiedene. Diese gutangezogenen Menschen sahen jetzt seinen Schauspielern zu und waren begeistert. Am Anfang machte ihn das stolz, wie sollten sie auch nicht begeistert sein, es konnte nichts besseres geben, aber dann ärgerte es ihn, daß er oben sitzen mußte, wo es am stickigsten war, während sie unten saßen. Und daß er sich in der Pause kein Käse-Schinken-Baguette leisten konnte. Und daß die wichtigsten Premieren des Jahres die jährlichen Werke seltsamer Schriftsteller herausbrachten, von denen er früher kaum etwas gehört hatte, die aber in bewundernswürdiger Weise an ihrer Gegenwart litten, weswegen sie es vermieden, sich in ihren Stücken dazu zu äußern. Das war der Unterschied: wenn man früher Dantons Tod sah, sah man ein Gegenwartsstück, wenn man Turgenjew sah, sah man ein Gegenwartsstück, wenn man das zu Recht vergessene Stück eines nicht ohne Grund unbekannt gebliebenen russischen Autors sah, machten die Schauspieler daraus ein Gegenwartsstück. Aber wenn die Gegenwart mit einem im Saal saß, und noch dazu auf den Plätzen, wo man noch einigermaßen Luft bekommen hätte, dann hatte man eigentlich keine Lust mehr, auch noch Geld dafür zu bezahlen, das, was einer ihrer Autoren für wichtig hielt, auf der Bühne zu verfolgen.

Aber vielleicht war er auch nur müde geworden, und es half nichts, sich für seine schleichende Enttäuschung ungerechte Begründungen zu überlegen. Er träumte ja auch nicht mehr davon, auf dem Bahnhof mit seiner Freundin zu schlafen, und wenn er an die Zukunft dachte, dann reichte die inzwischen bis an sein Grab, und dafür brauchte er überhaupt nicht viel Phantasie, die er ja nach wie vor nicht besaß. Die alten Programmhefte verstaubten zusammen mit den alten Stadionheften. Denn auch seinen Club gab es nicht mehr. Der Unterschied war, daß man die Theater nicht umbenannt hatte und die Zuschauer deshalb dachten, sie müßten ihnen treu bleiben. Wenn er jetzt in einer Kontaktanzeige las, daß eine «Sie» sich einen theaterbegeisterten «Er» wünschte, dann konnte er sich nicht mehr ohne weiteres vorstellen, die sonstigen Kriterien nicht erfüllen zu müssen, da er wenigstens in diesem Punkt alle anderen Bewerber ausstechen könnte.

Früher dreimal in der Woche, dann immer weniger, und zuletzt hätte er es sich schon eingestehen müssen, daß es kein Zufall war, wenn er nicht mehr hinging. Und sofort hätte er sich miteingestehen müssen, daß er auch keine Lust mehr auf die vielen Bücher hatte, die er sich gekauft hatte, nachdem sie ihm solange vorenthalten worden waren. Als Junge hatte er sich beim Gedanken, einmal alt sein zu müssen, damit getröstet, daß es ja über siebzig Romane von Karl May gab, die er im Altersheim lesen könnte. Er war zwar noch keine dreißig, aber Karl May war längst kein Trost mehr. Und auch auf die fremden Stücke, die fremden Filme und die fremden Bücher hatte er keine Lust mehr. Die konnten ihn genausowenig aufmuntern wie die ewigen Geburtstagsfeiern mit Rotwein und Gesprächen mit den Frauen fremder Freunde.

Einmal hatte er es aber noch versucht, sich wie früher zu benehmen, immerhin wohnte er ja inzwischen dort, wo er früher immer wohnen wollte. Das war sein letzter, allerdings mißlungener Versuch, ins Theater zu gehen gewesen. Der Grund war, daß an seinem Theater sein Stück mit seinen Schauspielern in den Haupt- und Nebenrollen Premiere hatte. Ein Stück über Verlierer, die den Sprung ins Leben nie geschafft haben, aber zu intelligent sind, als daß der Erfolg ihrer angeheirateten Verwandten ihnen nicht zusetzen müßte. Das konnte einen verbittern, und daß Bitterkeit einen schneller altern ließ als Erfolg, machte einen noch bitterer. Und wenn man endlich mitbekam, daß am Ende des Lebens keine Schlußabrechnung und keine Wiedergutmachung wartete, sondern daß man womöglich auch noch sterben würde, ohne wenigstens den Tod dieser verhaßten Geistesbetrüger zu erleben, war es wirklich längst zu spät. Wer ein Taschentuch brauchte, wenn in *Cinema Paradiso* der alte Filmvorführer der jungen Hauptperson beim Abschied am Bahnhof einbleut: «Laß dir nicht einfallen, wiederzukommen! Du mußt uns vergessen! Und versprich mir, was du auch tust, tu es mit Liebe», hatte eigentlich schon verloren. All diese Film- und Theaterfiguren, die so verloren waren, aber auch so sympathisch, daß man sich freute, wenn sie am Ende doch die Kurve kriegten. Und dann kam man aus der Vorstellung und fühlte sich für einen Abend etwas besser, weil es da jemanden gab, der einen verstand. Nur daß man dabei vergaß, daß derjenige sich vielleicht gar nicht in der sympathischen Randfigur porträtiert hatte und daß er, wenn doch, ein Lügner war, denn wie sollte ein Verlierer, der nicht aus dem Knick kam, es schaffen, einen Film zu drehen oder ein Theaterstück an den Mann zu bringen? Und wenn sie einem erzählten, daß das die Erfahrung des Ausgegrenztseins aus ihrer Jugend war, dann konnten sie in ihrer Jugend nicht hundertprozentig so gewesen sein, sonst hätten sie es nicht später noch geschafft. Offenbar hatten sie nur ihre Kräfte gesammelt und Anlauf genommen, inmitten von ihnen äußerlich gleichenden kleinen Taugenichtsen. Und dann hatten sie den Absprung geschafft und erinnerten sich in ihren schwachen Stunden an ihre Kumpels von damals, und ihre Kumpels von damals bezahlten viel Geld dafür, sich das anzusehen.

Mit Onkel Wanja war das allerdings etwas anderes. Für den war der Zug wirklich abgefahren. Einem anderen hätte das vielleicht gar nicht so zugesetzt, aber er war intelligent und feige genug, die Schuld für sein Unglück auf ewig bei seinem schwachköpfigen Schwagerprofessor zu suchen, für den er das Gut verwaltete. Das Stück hatte Jürgen zuerst in der Verfilmung einer Inszenierung aus New York gesehen. Der Stadt des Break Dance. Ein russisches Stück, von einem Franzosen in Amerika verfilmt. Was würden seine Schauspieler in seinem Theater in seinem Stück für eine Figur abgeben? Würden die älteren gepflegten Brillenträger im Parkett mit ihnen zufrieden sein? Könnte er wieder einmal so stolz auf seine Schauspieler sein, wie auf seine Fußballspieler, von denen nur noch Kenner wußten, daß sie ihre ersten Schritte in seinem Klub gemacht hatten?

Ganz wie früher stand er also in der Kälte, allerdings nicht nach dem Theater, sondern davor, und auch nicht auf dem S-Bahnhof Schönhauser Allee, sondern an der Straßenbahnhaltestelle Kastanienallee. Mit Schienenersatzverkehr hatte er langjährige Erfahrungen, und daran, daß dazu nur eine Flocke hochkant auf dem Gleis stehen mußte, hatte sich nichts geändert. Deshalb überraschte es ihn nicht, daß keine von den modernen Bahnen, die seine alten quietschenden hölzernen Gefährten abgelöst hatten, in denen immer eine Lampe von der Decke hing, die eigentlich festgeschraubt sein sollte, an der Haltestelle auftauchte. Es überraschte ihn schon deshalb nicht, weil er in der vorweihnachtlichen Mißstimmung, in der er sich an diesem Abend befand, ohnehin alle Zeichen gegen sich deutete, so daß ihn keine Bosheit von seiten der Öffentlichkeit verwunderte. Diese Mißstimmung äußerte sich darin, daß man ihm nur einen Stups geben mußte und er hätte die Richtung gewechselt, ohne sich dabei etwas zu denken. Wenn er die Theaterkarte nicht schon vor Wochen in einer starken Stunde gekauft hätte, hätte er sich auch gar nicht auf den Weg gemacht.

Der Schnee fiel gewissenhaft, und die Bahn blieb bei ihrer Hommage an alte Zeiten. Er studierte die Baulücke gegenüber, man hatte Absperrungen aufgebaut, die Fußgänger mußten bereits einen Bogen machen, in wenigen Monaten würde die Lücke von einer Fassade verstellt sein. Höchste Zeit für die Lücke, sich in seinem Gedächtnis festzusetzen. An der Wand sah man die Spuren, die das abgerissene Treppenhaus gelassen hatte. Küchenwand über Küchenwand. Einmal hatte er auf der Suche nach einer Wohnung in seinem Traumbezirk auf diesem Hof eine Fledermaus beobachtet, die oben stundenlang im Kreis flog. Das war in der Dämmerung gewesen. Diese verfluchte Dämmerung, die einem ans Herz wuchs und dann wieder an wochenlanger Mißstimmung schuld sein konnte. Wie kam er jetzt darauf? Die Baulücke, die von einem Haus verdeckt sein würde. Der Architekt würde es natürlich nicht so ausdrücken. Er würde sein Werk keine zugestellte Baulücke nennen, sondern eine sich organisch in die gewachsene Struktur einfügende, aber trotzdem zum Innovativen und Frechen dieser Straße der Jungen und Kreativen passende Arbeit nennen.

Hätte er nicht bis zum Hals in seiner vorweihnachtlichen Mißstimmung gesteckt, er hätte sich an dem Gedanken erfreut, der ihm jetzt kam: einen Dokumentarfilm über zugestellte Baulücken zu drehen, in dem zu sehen wäre, wie jemand versucht, mit Waffengewalt zu den verantwortlichen Architekten vorzudringen, um sie zu fragen, was sie sich bei diesen Fensterfronten gedacht haben. Wenn es nach ihm gegangen wäre, hätte niemand in seinem Bezirk ein Haus bauen dürfen, der hier nicht seine Kindheit verbracht hatte, dann würde das mangelnde Einfühlungsvermögen vielleicht durch Pietät vor den eigenen Erinnerungen ersetzt. Das galt natürlich nicht nur für Häuser, sondern noch viel stärker für Bücher, die hier ihre Handlung ansiedelten. In der gegenwärtigen Mißstimmung fiel ihm zu seinem Filmgedanken aber nur ein, daß er sich sowieso nie dazu aufraffen konnte, solche Ideen in die Tat umzusetzen.

Er studierte mißmutig die Baulücke gegenüber und stand dabei, wie zum Trotz, nicht in der Hauseinfahrt, sondern ließ sich von den Schneeflocken zuschneien. Dieser Zug an ihm, sich in seinen Mißstimmungen noch zusätzlich zu kasteien, war ihm bestens bekannt, und daß er ihn selbst lächerlich fand, machte ihn nur noch ärgerlicher. Überdies war es ein Zeichen von Schwäche. Aber vielleicht wollte er ja nur auf sich aufmerksam machen. Denn da sein vorweihnachtlicher Mißmut seiner Meinung nach viel mit seiner ihm noch unbekannten dritten Freundin zu tun hatte, an die er natürlich immerzu dachte, hoffte er, sie auf diese Weise, wenn schon nicht über Kühnheit, dann vielleicht wenigstens über Rettungsbedürftigkeit, die sich im nachhinein ja ohne weiteres als Kühnheit ausdeuten lassen könnte, zu gewinnen.

Mittlerweile war es viertel acht, und wenn die Bahn jetzt käme, käme er trotzdem zu spät. Früher hätte ihn das nicht gestört, da wäre er die kurze Strecke von der Haltestelle zum Theater gerannt und wäre gemeinsam mit der auch eben eingetroffenen kleinen Fahrradfahrerin in den Saal gehuscht, ein paar Reihen hinter Franz Liszt, und er hätte sich gefreut, wie gut am Ende doch wieder einmal alles geklappt hatte.

Aber jetzt stand er im Schnee, wartete auf die Straßenbahn, trauerte um eine Baulücke und hatte das Gefühl, die Welt schulde ihm dafür etwas. Ihm, der es früher in Kauf genommen hätte, nur vier Stunden schlafen zu können, um seine Schauspieler zum dritten Mal im gleichen schlechten Stück zu sehen. Er brachte jetzt nicht mehr den nötigen Enthusiasmus auf, um schnell eine Lösung für sein Transportproblem zu finden.

Er faßte es auch lediglich als Bestätigung für seine ungerechte Behandlung durch das Leben auf, daß jetzt, wo es eigentlich zu spät war, die Straßenbahn um die Ecke bog. Und obwohl er vielleicht noch rechtzeitig angekommen wäre, stieg er nicht ein. Er blieb stehen und ließ die Bahn abfahren. Natürlich hätte ihm nur jemand einen Stups geben müssen, und er wäre eingestiegen. Auf die Idee kam aber niemand. Als die Bahn weg war, stapfte er durch den Schnee in die andere Richtung, nach Hause, ohne zu wissen, was er dort sollte. Das war es, was einem zeigte, daß man alt wurde, früher hätte er es nicht riskiert, die Gelegenheit zu verpassen, seine im Theater oder schon in der Bahn zufällig neben ihm sitzende dritte Freundin kennenzulernen, jetzt ging er davon aus, daß sie die Orte mied, an denen sie auf ihn hätte treffen können.

Das war lange Zeit sein letzter Versuch geblieben, wieder ins Theater zu gehen. Aber eines Abends war er dann doch wieder bereit gewesen. Die Woche hatte sich schon dadurch ausgezeichnet, daß er sich nach langer Abstinenz wieder einmal die Zitty gekauft hatte, es gab keine rührendere Geste, Anschluß an das Leben zu suchen. Natürlich hatte es nichts mit dem Leben zu tun, sich über das Veranstaltungsangebot einer Stadt zu informieren, aber es bewies guten Willen. Er wollte sich wieder einmal ansehen, was die Jungen und Kreativen aus seiner Straße inzwischen auf die Beine gestellt hatten. Von irgendeiner erschöpfenden Anstrengung mußten die sich doch in den Cafés ausruhen, an denen er abends vorbeiging, ohne je den Mut zu finden, einzutreten.

Den Regisseur des Stücks hatte er einmal für seine Entdeckung gehalten, als der an seinem Theater seine erste große Arbeit in der Hauptstadt vorgestellt hatte, an einem denkwürdigen Premierenabend, den er nicht verpaßte, weil ein großer, langhaariger, braungebrannter Mann in schwarzen Lederhosen kurz vor Beginn der Vorstellung zwei Karten in die Luft hielt, genau dort, wo Jürgen ohne große Hoffnung, aber ganz zufrieden, wenigstens davon gewußt zu haben, in der Schlange stand. An diesem Premierenabend und an den vier weiteren Abenden, an denen er das Stück sah, schloß er den Regisseur ins Herz. Auf der Bühne war etwas Mysteriöses und Komisches passiert, die Schauspieler schienen zu machen, was sie wollten, je sinnloser um so provozierender waren die Dialoge. Jemand schleppte einen Fernseher an, und nach und nach verschwanden die Schauspieler von der Bühne und tauchten im Fernseher wieder auf, bis sie sich dort alle ins Bild drängelten. Dann schlug jemand die Zeitung auf, las ein paar Schlagzeilen vor und wiederholte immerzu: «Mir ist so *wohl!* Wie *wohl* mir ist!» Die Pause kam nach drei Stunden, danach ging es nur noch eine halbe Stunde weiter. Das Stück spielte im Moskau der zwanziger Jahre und handelte von der Sehnsucht, nach Paris zu gehen. Seltsamerweise weckte es in ihm eher die Lust, ins Moskau der zwanziger Jahre zu gehen, wo es unübersichtliche Wohnungen gab, in denen im violetten Neonlicht Frauen in Soldatenmänteln herumsaßen und glatzköpfige Männer aus heiterem Himmel anfingen, Lao-Tse zu zitieren.

Im Jahr nach der Wende hatte Jürgen sich einmal finanziell verausgabt, um ein im Westen inszeniertes Stück seines Regisseurs zu sehen, das zum ersten Theatertreffen nach dem Mauerfall eingeladen worden war. Es enthielt zum Teil die gleichen Szenen. Das hatte ihn maßlos enttäuscht. Und mit der Zeit glich er sich seinen Freunden an, die schon ihr Leben lang nicht ins Theater gingen. Weil sie dort nicht finden konnten, was sie suchten, oder weil sie dort nicht finden konnten, was er dort fand, oder weil sie schon alles gefunden und nicht wieder losgelassen hatten.

Aber warum sollte er seinem Regisseur nach so langer Zeit nicht noch einmal eine Chance geben? Es gab keinen Grund, warum er ausgerechnet jetzt wieder ins Theater fuhr, es gab keinen Grund, warum so viel Zeit vergehen mußte. Wenn einem niemand Stupse gab und man ganz auf sich selbst angewiesen war, gab es keine Gründe dafür, warum man dies tat oder das. Insofern war es auch nicht als Zufall zu verstehen, wenn er jetzt in der sechsten Reihe saß und seine Augen nicht von einer der weiblichen Nebenrollen abwenden konnte. So intensiv hatte er nicht mehr an seine dritte Freundin gedacht, seit der Zeit, als er es nicht übers Herz bringen konnte, seiner zweiten Freundin einen Seitensprung zuzumuten. Bei dieser Schauspielerin stimmte jeder Ton. Und schlimmer: man hatte den Eindruck, sie konnte gar nicht falsch klingen. Die anderen gaben sich Mühe oder versuchten es mit Schauspielertricks, oder ihr Text gab mehr her, aber dieses Fräulein hatte seine eigene Art zu sprechen, genau so eine eigene Art, wie sie Schauspieler schon immer haben mußten, um in seinem imaginären Ensemble ein Engagement zu bekommen. Einen Ton, wie er im Leben nicht vorkam, und der genau deshalb der richtige war. Was hätte ein Bewunderer früher angestellt? Er hätte sie mit Blumen beworfen, ihre Garderobe gestürmt, im Spiegel ein charismatisches Gesicht geübt, Stücke mit weiblichen Hauptrollen geschrieben. Und was tat er? Er dachte daran, wie er ihr klarmachen sollte, daß er gar nicht daran interessiert war zu wissen, wie sie in Wirklichkeit war, sondern nur daran, wie sie auf der Bühne war. Oder würde sie ihn auch im Leben überraschen? Sie würde ihn doch täglich allein schon dadurch überraschen, daß sie in seinem Zimmer stünde. Und daß sie seinen Vornamen auswendig wüßte. Diesen schrecklichsten aller Vornamen, der nur von seinem Nachnamen übertroffen wurde. Eine größere Überraschung wäre eigentlich nicht denkbar. Denn seit seiner zweiten Freundin hatte er nicht nur keine dritte Freundin kennengelernt, sondern gar keine Kandidatin gesehen. Und er war sich nicht einmal mehr sicher, ob das an den Frauen lag. Er sah ja, wenn er eine Frau sah, nicht gerade ihr Gerippe vor sich, aber zumindest das Gerippe einer Beziehung. Und Schauspieler waren unerträgliche Menschen, vor allem, wenn sie jung und weiblich waren. Dann fürchteten sie nichts mehr, als alt und weiblich zu sein. Und das machte sie hochnäsig, weil sie die Anerkennung horten mußten. Am besten waren sie, wenn sie nichts vom Text verstanden. Genau wie die Schauspielerin dort oben, die ihre Sätze ernst wie ein Kind, das keinen Widerspruch zuließ, in die Welt hinausschickte. Würde sie wie die anderen Schauspielerinnen große Krisen mitmachen, ehe sie bereit wäre, die Rolle der verlassenen Mutter statt die der umworbenen Tochter anzunehmen?

Würde sie ihr Leben ihrem Beruf unterordnen, da ihr eigentliches Leben auf der Bühne stattfand? Wie sollte er eine Frau wie sie von sich überzeugen, wenn er noch nicht einmal sich von sich überzeugen konnte?

Die Pause war eine lästige Unterbrechung gewesen. Er hatte im holzgetäfelten Vorsaal gestanden, an einen Pfeiler gelehnt, um wenigstens im Rücken keine Blicke zu spüren, in diesem Saal, den er im Gegensatz zu den anderen Zuschauern schon seit seiner Kindheit kannte. Er hatte sich an den Pfeiler gelehnt im Grunde mit nichts anderem beschäftigt, als den Eindruck zu erwecken, an diesen Pfeiler gelehnt stehen zu wollen. Das Mitpublikum bestand aus Menschen seines Alters, die in Zukunft Erfolg haben würden und sich vorher noch ein wenig entspannen wollten. Immerhin hatte er sich auf seinem Platz noch daran aufbauen können, daß der Typ vor ihm so häßliche schwarze Haare hatte, daß es wie eine seltene Haarkrankheit aussah. Die Bosheit, die er da bei sich aufblitzen spürte, hatte ihn fast gefreut. Aber wer sagte ihm, daß die Haare nicht mit Absicht so aussahen? Bei den Jungen und Kreativen wußte man nie. Jetzt, an den Pfeiler gelehnt, dachte er nur daran, wie lange er nun schon daran litt, daran zu leiden, an irgendwelche Pfeiler gelehnt zu stehen, während der Rest der Menschheit so entspannt und selbstverständlich und dreist und bis in die Poren eins mit sich seinen Platz im Raum ausfüllte. Er haßte sie dafür, daß sie sich offensichtlich nie wohler in ihrer Haut fühlten als in dem Moment, in dem sie an ihm vorbeigingen. Aber noch mehr als sie haßte er sich selbst, und zwar dafür, daß er keine größeren Probleme zu haben schien als sich. Denn das war nicht so, das wußte er, oder zumindest hoffte er es. Wie hätte ihn sonst «Cinema Paradiso» rühren können? Wie hätte ihn überhaupt etwas rühren können? Zum Beispiel die alte Frau, die er jeden Tag traf, weil sie so langsam ging, inzwischen schon am Stock, mit ihrem kleinen dicken Hund an der Leine. Es gab in seinem ganzen Viertel nur noch drei oder vier alte Menschen. Und sie war eine der wenigen alten Frauen, die sich nicht mit einer Dauerwelle entstellten. Jedesmal, wenn er sie sah, war ihr schönes Gesicht ein bißchen müder geworden, und er hätte so gern erfahren, wer sie war und woran sie sich erinnerte. Aber er traute sich nicht, sie anzusprechen, und bald würde es zu spät sein.

Warum mußten diese jungen Menschen alle zu zweit ins Theater gehen? War hier überhaupt noch irgendwer allein? Oder fehlte ihnen der Mut dazu? Wo waren Franz Liszt und wo war die kleine Fahrradfahrerin? Im «Bärenblut» ertrunken?

Als er nach der Vorstellung sein Fahrrad den Berg hinaufschob, er fuhr nicht, schließlich hatte er es nicht eilig, nach Hause zu kommen, und als an ihm, da er langsam ging, die anderen Zuschauer vorbeiströmten, hatte er seit langem zum ersten Mal wieder das Gefühl, diesen Moment nicht als einen Moment zu erleben, durch den die Erlöserin in sein Leben treten könnte. Wunder konnten sich Zeit lassen, das waren sie schließlich ihrem Ruf schuldig. Aber so lange sie sich in seinem Leben auch rar gemacht hatten, jetzt war nicht der Moment. Das Schicksal interessierte das wahrscheinlich wenig, es hatte ihn sowieso schon seit langem aus den Augen verloren. Welches Gesicht gehörte ihm denn? Das der Schwarzhaarigen, die wie die hübsche Moderatorin vom Regionalfernsehen aussah? Oder das der beiden auf unterschiedliche Weise gleich aussehenden Ärztinnen im Praktikum, mit einer Ader für Kultur, die untergehakt zur U-Bahn strebten? Ein andermal hätte er es dem Schicksal zugetraut, sich so abartig zu maskieren, aber heute sah er nichts als zwei

Ärztinnen im Praktikum. Denn heute hatte er eine Frau bewundert. Zwar hatte sie dafür nicht mehr getan, als auf der Bühne zu stehen und ihren ziemlich schwachsinnigen Text auswendig wiederzugeben, aber das hatte sie auf anmutige Art gemacht. Vielleicht sollte er doch einmal über eine Rolle für sie nachdenken. Er war den Berg noch nicht hinaufgegangen, als ihm der Gedanke gar nicht mehr so unsinnig erschien. In dem Moment und ohne, daß er es sich bewußt machte, schwang sich sein Körper aufs Fahrrad und fuhr seinen Geist atemlos nach Hause, an die Arbeit.

Wie von ihm nicht anders erwartet, steht *der Torwart* wartend im Tor, man könnte auch sagen wachend, denn der Ball, den er ununterbrochen mit den Augen verfolgt, darf an ihm nicht vorbeikommen, damit er kein schlechter Torwart genannt und gegen einen besseren, also wachsameren Torwart ausgetauscht würde. Während die Mitspieler versuchen, den gegnerischen Torwart, von dem den Torwart die ganze Länge des Spielfelds trennt, lächerlich zu machen, wartet der Torwart geduldig auf eine Gelegenheit, sich auszuzeichnen. Ein gefährlicher Ball ist ihm dabei lieber als ein Allerweltsschuß, denn wenn er den so spektakulär hielte, wie es sein Können ihm erlauben würde, hieße es doch nur: «Der war für die Galerie.» Zwischen den seltenen Gelegenheiten, sich auszuzeichnen, bleibt dem Torwart viel Zeit, darüber nachzudenken, warum er Torwart geworden ist. Mißmutig blinzelt er in die Sonne und fragt sich, ob es das war, was er sich einmal unter seiner Zukunft vorgestellt hatte.

Die Kirche im Dorf

Viel gelitten haben die Menschen im letzten Krieg. Viel gelitten haben auch die Häuser und Dörfer der Menschen im letzten Krieg. Am meisten gelitten aber haben, wenn das so strikt behauptet werden darf, im letzten Krieg und nicht erst da, die Kirchen in den Dörfern der Menschen.

In unserem gewöhnlichen, unter den gewöhnlichen noch gewöhnlich zu nennenden Dorf, steht eine ungewöhnlich gewöhnliche Kirche. Wenn man an ihr vorübergeht, zieht sie in ihrer Gewöhnlichkeit die Blicke auf sich, die sie gar nicht gesucht haben, und es bestätigt sich immer wieder der Eindruck ihrer außergewöhnlichen Gewöhnlichkeit.

Ihr Grundriß ist so einfach, ihr Turm so schmucklos, daß die Messingkugel und der Wetterhahn auf seiner Spitze fast prunkvoll wirken müssen. Jeder lächelt darüber, der diesen Wetterhahn kennt, denn niemand, der ihn kennt, wird sich daran erinnern können, daß er seine hohe Position, dort in den Lüften, auf der Spitze des Kirchendachs, jemals durch sein Funktionieren gerechtfertigt hätte. Das hat ihn freilich nie daran gehindert zu quietschen, als habe er einen Grund, über sein Geschick zu stöhnen, das natürlich, man gibt es zu, ein Mißgeschick genannt werden muß. Was hieße es sonst auf diesem ungewöhnlich gewöhnlichen Bau sein Wetterhahndasein zu fristen und nichts als Kopfschütteln hervorzurufen bei den wenigen Passanten, für die der kuriose Anblick eines unansehnlichen und unfähigen Wetterhahnes, der einen so häßlichen Bau krönt, als wären Bau und Hahn dazu gedacht, sich glücklich zu ergänzen, ein Schauspiel sein muß?

Diese Kirche, die uns zu unseren Zwecken immer genügt hat, wurde, soweit es überliefert ist, bis heute dreimal zerstört und dreimal wie zum Trotz wieder aufgebaut. Wie zum Trotz erstand sie dreimal unter den Händen der Dorfbewohner neu und änderte ihr Aussehen dabei nie. Das heißt, ihr Aussehen wurde nie geändert, so daß angenommen werden muß, daß es, wie wir es heute vor uns haben, den Vorstellungen der Dorfbewohner von ihrer Kirche immer entsprochen hat. Auch heute wird darüber niemand klagen, so beklagenswert es dem Außenstehenden auch immer erscheinen mag. Wie um zu unterstreichen, wie außenstehend der Außenstehende – und erst recht der im Dorf befindliche Außenstehende – dem Dorf immer bleibt, reizt der Kirchenbau des Außenstehenden Geschmacksempfinden, so daß er sich bald entfernen wird und sich unmöglich weiter nähern wollen kann, dem, was wir als Kern unseres Dorfes empfinden, der so sicher und geschützt bleibt vor der doch immer zerstörerischen Zudringlichkeit auch des wohlwollendsten Außenstehenden. So kann man sagen, erfüllt unsere Kirche ganz unbestreitbar einen, wenn auch nicht ihren ursprünglichen Zweck.

Dreimal erstand unsere Kirche aus den Ruinen und dreimal nach dem Willen der Dorfbewohner. Dreimal wurde unsere Kirche zerstört von fremden Kräften, und dreimal haben wir sie neu errichtet in der Mitte unseres Dorfs. So wurde sie uns zum Symbol und steht auf festem Grund in unseren Herzen.

Die Kirche bleibt im Dorf, die sprichwörtliche Weisheit dieses Wortes ließe sich an unserer Kirche und an unserem Dorf wohl prüfen. Denn unsere Kirche, die immer schon im Dorf stand, wird dort stehenbleiben, weder Kirche noch Dorf werden sich je voneinander trennen, Kirche nicht und Dorf nicht, Kirche und Dorf gehören zusammen, so fest wie nichts sonst. Kirche zu denken, ohne Dorf zu denken, und Dorf zu denken, ohne sofort im gleichen Gedanken auch Kirche zu denken, das ist für uns Dorfbewohner undenkbar.

Nun hat sie aber stark gelitten im letzten Krieg, unsere Kirche, und, wie wir wissen, nicht erst da, und leider auch noch lange Zeit danach. Unsere Kirche, die nach ihrer letzten Zerstörung im langwierigen Wiederaufbau nie ganz und gar und völlig unzweifelhaft wieder aufgebaut worden ist, gibt heute Anlaß zu dringenden Arbeiten, die gerne verrichtet würden, fehlte nicht das liebe Geld.

Denn unsere Kirche ist nicht mehr die Kirche, die sie einmal war, und damit unsere Kirche bald wieder die sein kann, die sie sein soll, benötigt sie dringend ein neues Dach. Dem müssen Arbeiten an der Kirchturmuhr folgen, die nach den letzten Beschädigungen überholt werden muß. Vor allem aber wollen wir unsere Kirche keinen Winter länger ohne Fenster sehen.

Jeder kennt die Gründe für die letzten nie beseitigten Schäden an unserer Kirche. Jeder weiß, daß die Kirchturmuhr beschädigt wurde auf der Suche nach Edelmetallen, jeder weiß, daß diese Beschädigung eine sinnlose war, denn nie hat es Edelmetalle gegeben in unserer Kirchturmuhr. Jeder weiß, daß noch im letzten Kriegsjahr Emporen und Dach der Kirche eingestürzt sind und daß der Boden über und über mit Mist bedeckt war, denn wie allgemein bekannt ist, wurde unsere Kirche lange Zeit als Pferdestall genutzt. Bis zum ersten Gottesdienst nach Kriegsende mußte viel Zeit vergehen, vielleicht zuviel, bis Gottes Wort uns allen endlich Trost brachte, aus dem Munde des Bischofs, der uns besuchte und dessen ergreifende Predigt jeden ergriff.

Die Dachsteine der Kirche waren gestohlen worden, der beschädigte Dachstuhl mußte ins Kirchenschiff einbrechen. Die Kirchturmkugel, die sich unter den Trümmern fand, wies 334 Löcher auf. Dem Volkssturm hatte sie als Schießübungsziel gedient, noch heute findet sich so mancher Dorfbewohner, der stolz und mit Sicherheit sagen kann: «Da ist auch ein Loch von mir.» In dieser Kugel fand sich in einer Kapsel ein Schriftstück, das den Titel trug: «Für kommende Geschlechter», dazu Kriegsdepeschen, ein Exemplar der Neuen Preußischen Grenzzeitung und vier preußische Münzen. Auch wir wollen der Zukunft auf diese Art etwas aus unseren Tagen bewahren.

Da die Kirchenglocke gesprungen ist, muß aus ihr eine neue Kirchenglocke gegossen werden. Gott gebe, daß Gott bald wieder durch ihren Klang hinein in unsere Herzen gehe, mit mahnendem Ernst, mit einladender Bitte: «O Land, Land, höre des Herrn Wort!»

Dach, Uhr, Glocke und Fenster sind das eine, aber nicht weniger dringend benötigt werden neue Kirchenbänke im Kirchenschiff. Die jetzigen Kirchenbänke im Kirchenschiff sind lehnenlos. Es sind immer noch die alten Kirchenbänke, wie sie angefertigt wurden aus den Resten der Kirchenorgel und des Kirchturmgebälks, der im Krieg ganz zerstörten Kirchenorgel, die Edelmetalle enthielt, und des nach dem Krieg zugrunde gerichteten Kirchturmgebälks, dessen Reste im ersten Nachkriegswinter der verständlichen Wärmesuche der Dorfbewohner zum Opfer fielen. Nur aus den allerletzten Resten des Kirchturmgebälks, die glücklicherweise rechtzeitig sichergestellt worden waren, konnte der Tischlermeister für die damalige Zeit vorzüglich zu nennende Kirchenbänke tischlern, an deren Lehnenlosigkeit wir uns heute gleichwohl reiben.

Das sind die Bänke, aber unsere Kirche braucht auch endlich eine funktionierende, d.h. Töne gebende Kirchenorgel für die allseits beliebten Kirchenmusikkonzerte. Wie jeder weiß beschränken sich die Kirchenmusikaktivitäten in unserer Kirche seit langem auf die freilich sehr hervorhebenswürdigen Posaunenkonzerte unseres viele Jahre bestehenden Posaunenchores, der seit seinem Bestehen schon mehrmals vom Oberposaunenwart des Bezirks inspiziert worden ist. Ich darf hier weitergeben, was ein Mitglied des Posaunenchors mir gegenüber wiederholt betont hat: «Ohne die montäglichen Chorproben des Posaunenchors ist meine Woche keine Woche.» Dennoch ist für eine Kirche eine Orgel unverzichtbar. Eine gänzlich orgellose Kirche muß eine unvollkommene Kirche bleiben. Für die Anschaffung einer Orgel, für die Anschaffung neuer Kirchenbänke, für die Überholung des Kirchturmgebälks sowie des Kirchendachs im ganzen, für eine neue Kirchturmuhr, für neue Fenster, für den Guß der Glocke und endlich nicht zuletzt für den Kirchenkindergarten, der allein unserer Kirche die Zukunft sichert, sind dringend nicht gering zu nennende Beträge erforderlich. Wir erbitten also von jedem Dorfbewohner eine Spende für unsere Kirche, für Orgel, Turm und Bänke, und sind uns dabei sicher, in unserer gottesfürchtigen Gemeinde auf Spendenwilligkeit zu stoßen. Es kann nicht genug gespendet werden, und das wird es sicher auch nie.

Wie in jedem Jahr wird auch in diesem Jahr zum Abschluß der Spendenzeit ein großes Spendendankfest ausgerichtet. Dann wollen wir gemeinsam im Gedenken an die schwere, die nie vergangene Zeit das Lied anstimmen: «Das wünsch ich sehr, daß immer einer bei mir wär, der lacht und spricht: Fürchte dich nicht.»

Nun sei aber zuletzt auch noch dem Fräulein Paetsch gedankt, das gedichtet hat und so zu unseren Herzen spricht, damit sie sich dem Bauvorhaben öffnen. Das bestärkt uns und macht uns Mut, es ist die Liebe zu ihrer und unserer Kirche, die sich in Fräulein Paetschs Versen ausdrückt. Jeder spreche, wie es ihm gegeben ist, und wohnt in seinen Worten die Liebe, dann hören wir gern darauf. Liebe nämlich ist ansteckend:

Die Glocken vom Turme läuten
Nach dem großen Weltenbrand
Immer noch nicht wieder
Zum Gebet und zur Besinnung
Auf alt und jung hernieder
Leider ist die Gemeinde
In Sorge und finanzieller Not
Denn das Gebälk und das Dach
Des Turms sind vom Einsturz bedroht
Wo aber nimmt die Gemeinde
Das Geld für den Turm nur her?
Die Kirchenkassen sind leer!
So bittet um Spenden sie Christen
Christen aus nah und fern
Die ihre Kirche vermißten
«Einen freudigen Geber hat Gott gern»

Der Busfahrer
hätte sich nie träumen lassen, einmal so viele Menschen gleichzeitig ans Ziel zu bringen. Wenn er darüber nachdenkt, ob er darin sein eigenes Ziel sehen würde, räuspert er sich, sieht in den Rückspiegel und sucht mit der Hand eine trockene Stelle am Lenkrad. Er ist aber kein poetischer Mensch. Sonst würde er sich über den Gedanken freuen, der ihm in letzter Zeit immer öfter gekommen ist: wie er eines Tages mitten im Berufsverkehr seinen Bus am Straßenrand parken, auf die erregten Rufe der Passagiere hin mit dem Finger auf das Schild «Gespräche mit dem Fahrer verboten» weisen und seinen Bus verlassen wird. Viele würden es gern wie er machen, aber sie finden nicht den Mut. Der Busfahrer findet den Mut auch nur, weil ihm plötzlich einfällt, daß er als Kind immer Häuptling werden wollte. Dazu würde es wohl nicht reichen, hatte spöttisch ein Onkel bemerkt, und noch bevor der Busfahrer die letzte Stufe hinter sich läßt und den Bürgersteig betritt, kommen ihm Zweifel an seinen Zweifeln. Aber für einen Busfahrer gibt es kein Zurück.

Der Könner
ist natürlich ein einsamer Mensch. Wie der Dandy kann er nicht wirklich hoffen, einmal weniger einsam zu sein. Das wäre er, wenn er einen anderen Könner träfe, der mit geschultem Auge seine Könnerschaft erkennen würde. Doch wer könnte das? Lob wäre sinnlos, Kritik lächerlich. Also mißt sich der Könner an sich selbst. Deshalb ist er so oft unzufrieden. Manchmal möchte er lieber ein Dilettant sein. Und für die meisten ist er auch einer.

Seltsamer Schwebezustand

Bevor Jürgen sich endlich dazu durchringen kann, heute abend, schließlich ist wieder Sonnabend, nicht zu Hause zu bleiben, sondern zum Geburtstag von Summi und Ulf zu gehen, muß er lange mit sich kämpfen. Das Problem ist nicht der Geburtstag, sondern die Ankündigung, an diesem Abend bestehe Kostümzwang. Woher sollte Jürgen aber wissen, wie ernst es die anderen damit nehmen würden? Es konnte nur schiefgehen, entweder würde er sich zu viel Mühe geben oder zu wenig. Er hatte sich zwar längst für «zu wenig» entschlossen, konnte sich aber infolgedessen auch nicht auf den Abend freuen und spielte mit dem Gedanken, zu Hause zu bleiben, nur um sich der Vorstellung hingeben zu können, wie ein Raunen durch die Party gehen würde: «Wo bleibt Jürgen? Ist Jürgen etwas zugestoßen? Hat Jürgen Kummer?» Am meisten hatte er vor dem Moment Angst, wenn er in der Tür stände und alle rufen würden: «Jürgen, soll das ein Kostüm sein? Du siehst ja aus wie immer!»

Kurz vor Ladenschluß war er dann doch noch zu MacPaper gegangen und hatte sich verstohlen in der Kostümecke umgesehen. Das war für ihn mindestens so peinlich, wie eines dieser Kostüme zu tragen. Eine Zorro-Maske? Ein Cowboy-Gürtel? Eine Pipi-Langstrumpf-Perücke? Die Standards hatten sich in den letzten zwanzig Jahren nicht verändert. Damals hatte er sich wie alle abwechselnd als Cowboy oder Indianer verkleidet. Da er in einen christlichen Kindergarten ging, nahm man ihnen am Eingang die Pistolen ab und ersetzte sie durch Bananen. Kein schlechter Tausch. Nur daß die Indianer ihre Tomahawks behalten durften, weil man damit nicht schießen konnte. Das war zwar den richtigen Indianern mit der Zeit auch zum Verhängnis geworden, aber wenn die Cowboys mit leeren Händen dastanden, waren die Indianer mit ihren Tomahawks eindeutig im Vorteil. Als Höhepunkt des Abends tanzten damals alle gemeinsam mit oder ohne Bananen bewaffnet eine Polonaise durch die Räume des Kindergartens und sangen dazu: «Bumsfallera, die Welt, die Welt ist schön!» Damals war die Welt aber auch noch schön, und niemand wies einen darauf hin, daß man gar nicht singen konnte. Heute fand Jürgen keinen Grund, warum er auf einer Party, die als kleiner Ausbruch aus dem Alltag geplant war, gute Laune bekommen sollte. Aber würde er wenigstens gelassen durch die Räume schlendern, hier und da ein paar Worte wechseln und sich einbilden können, es mache ihm Spaß, sich zu betrinken? Ging das im Kostüm? Egal, was er anziehen würde, man würde daraus Rückschlüsse ziehen. Was willst du damit ausdrücken? Nichts! Ich habe nur nichts anderes gefunden. Er brauchte etwas Neutrales, das ihn nicht entstellen würde, aber trotzdem als originelles Kostüm durchgehen könnte. Jeder, den der um Rat gebeten hatte, hatte noch einmal den guten alten Streichholzwitz gemacht.

Da er zudem nicht zuviel Geld investieren wollte, hatte er sich für eine rote Schaumgumminase zu 1,95 DM entschieden. Verschämt hatte er an der Kasse bezahlt und noch einen Taschenkalender dazugelegt. Es war Ende Februar, er hatte wie jedes Jahr von seiner Mutter zu Weihnachten einen völlig unpraktischen Kalender bekommen. Aber nur eine Nase zu kaufen wäre zu peinlich gewesen. Erstaunt hatte er registriert, daß die Verkäuferin abkassierte, als würde nicht gerade Jürgen Reip persönlich bei ihr eine rote Schaumgumminase kaufen.

Zu Hause hatte er die Nase anprobiert, dazu eine große runde Sonnenbrille und eine rote Pudelmütze aufgesetzt, und als er sich so im Spiegel gesehen hatte, war er in Lachen ausgebrochen. Was so eine Nase aus einem machen konnte! Im Grunde sah er wirklich aus wie vorher, nur daß er es jetzt komisch fand. Vielleicht hatte er damit endlich seinen Stil gefunden. Als I-Tüpfelchen band er sich den zwei Meter langen weinrot-weißen BFC-Schal um, den ihm einmal eine Rentnerin aus dem Haus gestrickt hatte. Immer wieder hatte sie gefragt: «Ist er jetzt lang genug?», und er hatte geantwortet: «Nein! Länger!» Wie lange hatte er den nicht mehr getragen! Letztendlich war der Fasching doch noch zu etwas gut.

Daß er ein variables Kostüm gefunden hatte, zur Not konnte er ja nur die Nase aufsetzen, beruhigte ihn. Und bevor er losging, tröstete er sich damit, daß er ja nicht lange bleiben mußte. Schließlich würde er zu Hause an einem Sonnabendabend auch nur fernsehen und sich bemitleiden, daß ihn keiner zu einer Party einlud. Und wenn dann in einer der zahlreichen Wohnungen auf seinem Hinterhof bis vier Uhr morgens lautstarke Orgien gefeiert wurden, war es besser, weit weg zu sein.

Er goß sich einen Wodka ein, genoß es, alle Lichter auszuknipsen, und schaltete das Radio an. Schade, daß er kein guter Trinker war, sonst würde er sich darauf freuen, sich stilvoll zuzuschütten an so einem Abend. Als er gerade noch einmal den Stadtplan studierte, um sich später nicht zu verlaufen, klingelte das Telefon: «Na, Mäuschen, sitzt du wieder zu Hause und liest Ovid?»

Es war Sergej. Mit ihm hatte Jürgen lange studiert. Inzwischen studierte Sergej nur noch dienstags, weil er die anderen Tage dazu brauchte, das Geld zu verdienen, das die Bücher kosteten, die er dann für den Dienstag gar nicht zu lesen schaffte. Aber er hätte nie ein Buch aus der

Bibliothek genommen, es mußte ihm gehören, und es mußte die edelste Ausgabe sein. Dafür ging er arbeiten. Jürgen hatte sich lange nicht bei ihm gemeldet, weil es ihm unangenehm war, immer über die gleichen Kleinigkeiten zu klagen. Und daß er darunter litt, schon von vierzig Verlagen abgelehnt worden zu sein, interessierte Sergej nicht. Und so stellte Jürgen jedesmal fest, wie wenig er sich zum besseren entwickelt hatte, während Sergej schon wieder ein neues Handwerk beherrschte.

«Soll heute nicht unsere Fakultätsparty sein?» fragte Sergej.

«Willst du da etwa hingehen? Das letzte Mal hab ich überhaupt niemanden gekannt. Obwohl ich schon seit neun Jahren studiere.»

«Darum jehts doch nich. Hinjehn, mit einer von den Schnecken knutschen und hoch in dein Büro.»

«À propos, da ist wieder eine Stelle in der Bibliothek frei . . .»

«Laß mal, da wirste zu schläfrig. Ick mach lieber meine Jobs, da kriegste wenigstens watt mit. Nur zum Studieren bleibt nicht viel Zeit.»

«Deshalb dachte ich ja an dich. In der Bibliothek ist meistens kaum was los.»

«Ditt jefällt mir aber nich. Festet Einkommen, ditt macht schlapp. Ditt solln die Muschis mal selber machen. Mann, meine Sprache wieder. Ob die Komische mit der ursten Heiner-Müller-Brille ooch da is? Die hat sich mal beschwert, daß die Berliner immer so berlinern, da habick sie völlig anjepfiffen, sie muß ja nich herkommen, ick habse nich einjeladen, wenns ihr nich jefällt, sollse zurück nach München jehn. Wenn die heute da is, denn küßick die uffn Mund.»

«Viel Glück. Ich geh zum Fasching, ich hab mir schon eine Clownsnase gekauft. Wie läuft überhaupt deine

LKW-Schule? Willst du nicht lieber Taxi machen? Du fährst doch so gerne.»

«Nee, Taxi is mir zu kleen, ditt fockt nich. Ick fahr Laster. Ick mach ooch gleich nur die Pflichtstunden, hamwa schon jeklärt. Und denn im Sommer nach Lissabon.»

«Verstehe, eine Ladung Schweine, und zurück Stockfisch. Und abends an Frankys Currystation ...»

«Klar Alter, und ick melde n Gewerbe an. Verstehste, denn kannick viel besser abrechnen. Ick arbeite ja allet schwarz. Aber ick muß ja irgendwie nachweisen, daß ick von watt lebe. ‹Kleintransporte› oder so. Ick meine, ick kann ja allet, malern, maurern, Fliesen legen, Autos reparieren, aber ditt kannste unjelernt nich anmelden, ditt is die Scheiße in Deutschland, denn komm die gleich vonner Handwerkskammer. Also mußick irjendwatt nehmen, watt nich jeschützt is, ditt Studium wirft schließlich Kosten auf, da muß ick arbeiten, ditt würde dir ooch mal juttun, Mäuschen.»

«Keine Zeit, ich muß an meinem Frühwerk feilen.»

«Dein Leben möchtick nich haben. Weeßte watt mir vorschwebt? Inner Cowboy-Jeans am Lagerfeuer sitzen, ohne Schlüpper, ditt hat Stil.»

«Ich hab leider nicht deine Kontakte, sonst würde ich auch hier und da ein Klavier transportieren.»

«Na die muß man sich eben uffbauen. Ick mach morgen schon wieder n Umzug, 180 auf die Hand, machick jerne, kriegt man Muckis, ick bin nämlich der Muckimann.»

«Wie zahlst du eigentlich deine Kohlen?»

«Ick hab doch ditt Kunststück jeschafft, mit drei Bündeln auszukommen.»

«Wie? Seit Oktober?»

«Na logisch, Alter, da kommste nich mit.»

«Ich hab zwei Außenwände, und unter mir wohnt keiner.»

«Und ick habe neben mir ooch keinen, und über mir ooch nich, und dafür schlafen da die Penner aufm Boden und pinkeln mir durch die Decke.»

«Aber ich hab Einfachfenster und mein Kamin ist versottet.»

«Und ick schlaf bei offnem Fenster, Alter, *ditt* is hart, da kommste nich mit.»

«Da fällt mir ein, daß heute wieder alle rauchen werden, und nach dem Motto: lieber erstunken als erfroren, wird nicht gelüftet.»

«Denn fang doch ooch wieder an.»

«Mir bekommt das nicht. Außerdem kannst du darauf warten, daß die andern auch alle aufhören, wenn die Angst vor dem Alter kommt.»

«Denn meinenset eben nich ernst mit dem Rauchen. Sonst würdense nich aufhörn. Weil ihr allet Muschis seit, schlappe Nudeln. Mann, mein Vokabular wieder ...»

«Jedenfalls ist es bei mir so kalt, daß ich mich unmöglich jetzt im Winter verlieben könnte, Mädels sind doch in den meisten Fällen Frierfinken.»

«Denn bummste se eben woanders.»

«Ich rede von Liebe.»

«Ick vielleicht nich?»

«Jedenfalls hälts hier keiner aus. Das ist natürlich auch ein Vorteil. Du wirst kaum mehr belästigt. Die Leute sind eine Stunde hier und frieren, und dann kommt: ‹Warum legst du nicht einfach mehr Kohlen rein?› Ich kann mein Geld auch gleich mitverheizen. Unmöglich, bei meinen Fenstern und Wänden. Und dann kommen sie nicht wieder.»

«Genau, bei mir sagense ooch immer, ‹Ick komm mal vorbei, ach ne, komm du lieber zu mir.›»

«Keine Steher.»
«Muschis.»

*

In der S-Bahn sitzt vor ihm ein kräftiger Mann in Tarnhosen mit einem Haarkranz, der so teigig ist, daß die Haare von selbst als Zopf abstehen. Seinen Hund läßt er auf der Bank gegenüber sitzen und sieht mißtrauisch zu Jürgen, ob er etwa was dagegen hat. Jürgen hat nichts dagegen, aber er überlegt, ob ihn im Ernstfall seine neue Nase retten würde.

Auf dem Weg von der S-Bahn zu Jans Haus, in dem die Party stattfindet, muß Jürgen dringend auf die Toilette. Erst versucht er sich zu beeilen, aber es ist kalt, und der Weg ist viel weiter, als auf der Karte zu erkennen gewesen war, so daß er sich bald rechts und links der Straße nach einer geeigneten Ecke umsieht. Wenn er zum Fußball ging, staunte er immer, daß ein normaler Fan einfach an einem Baum stehenblieb, sich weiter unterhielt und inmitten der an ihm vorbeiströmenden Menge pinkelte. Im Ferienlager war sogar mal einer in seiner Gruppe gewesen, der im Gehen pinkeln konnte. Mit dem Kunststück konnte er sich zumindest bei den Jungen großen Respekt sichern. Jürgen schreckte jetzt schon die Möglichkeit ab, daß jemand am Ende der Straße auftauchen könnte, oder daß plötzlich ein Flugzeug vorbeiflöge oder ein russischer Aufklärungssatellit. An der Straße standen auch nur fest verriegelte kleine kampfeslustige Villen.

Vor der letzten Ecke bleibt er stehen und sieht durchs Gebüsch. Ein Auto hält vor dem Haus, es ist Tom. Tom hat zwei Jahre gearbeitet, um sich einen Zweisitzer-Sportwagen zu kaufen, mit dem er an den Ampeln allen frisierten Golfs davonfahren kann. Den Rest seiner Zeit verbringt er vor dem Computer und versucht, Lara Croft in den Ausschnitt zu sehen. Aha, Tom zieht sich am Auto um, also muß Jürgen auch jetzt schon seine Clownsnase vorkramen, die Pudelmütze aufsetzen, die Sonnenbrille, und den BFC-Schal umbinden. Wenn er sich erst auf dem Klo umziehen würde, wäre die Erwartungshaltung zu groß für das lumpige Kostüm. Er wartet ein paar Minuten in der Kälte, gibt sich einen Ruck und klingelt. Die Tür ist offen. Er geht durch den Vorraum, in dem riesige Kartoffelsalatschüsseln stehen, und als er im Flur ankommt, ist die Brille beschlagen und er sieht nichts mehr. Kennt er hier jemanden? Es ist stockduster. Er sieht nur bunte Perücken. Jemand ruft: «Ditt war klar, Union!» Union? In der Küche sitzen schweigend sieben Leute. Langsam erkennt er: die Frau ist Matze, der Mann Angela, die Schwangere ist Vera, und das Zebra? Einer hat sich einen Fußball an den Fuß geklebt. Ulf läuft als Scheich herum. Bis jetzt hat sich noch niemand über Jürgen lustig gemacht. Er staunt, wie angenehm es ist, fast nichts zu sehen. Vielleicht sollte er immer eine Sonnenbrille tragen.

Nach und nach stellt er fest, daß er doch alle kennt. Es gibt sogar vereinzelte Lacher, als man ihn sieht: «Is ditt Jürgen? Sieht ja aus wie immer. Soll das Woody Allen sein?» Was sollte das? Nur weil er alle seine Filme kannte. Aber das war wohl das angenehme an seinen Freunden, daß er bei ihnen schon als Gelehrter galt, nur weil er sich die Titel der Filme merken konnte, die er gesehen hatte. Daß er auch alle Filme mit Winona Ryder kannte, mußte er ja nicht zugeben.

Wo ist eigentlich Summi? Man sollte vielleicht doch mal gratulieren. Eine Flasche Nordhäuser Doppelkorn hat er ja schließlich als Geschenk gekauft. Lässig und selbstverständlich hat er in der Kaufhalle danach gegriffen. Nicht daß man ihn noch für einen Trinker hielt. Schlimm genug, daß er immer das gleiche einkaufte, und auch noch zu den peinlichsten Tageszeiten. Er hatte ohnehin den Verdacht, daß ihn die Verkäuferinnen schon wiedererkannten. Irgendwann würden sie zum ersten mal zu ihm sagen: «Na, sie sind ja heute auch nich richtig aufm Damm», und er würde darauf antworten und sie für den Rest seines Lebens freundlich grüßen müssen. Beim Kauf der Flasche hat er sich mit dem Gedanken trösten können, zur Not den Abend über in einer Ecke versinken und sich an sein Geschenk halten zu können.

Im Grunde ist es ziemlich still. Dabei ist die Musik sehr laut. *Upside down, boy you're turning me* ... Aber durch die laute Musik hört man ein ohrenbetäubendes Schweigen. Dabei ist er vorsorglich erst um elf gekommen. Wo ist der Haken? Natürlich! Acht Pärchen und ein paar hoffnungslose Fälle, wie soll da Enthusiasmus aufkommen? Bald würden die ersten zusammenziehen, Kinder bekommen, heiraten und sich wieder trennen. Jan trägt ein grünes Seidenhemd, und seine Hose sieht aus wie aus einem Strandkorb genäht. Auch er trägt eine Perücke. Offenbar hat er die Anlage so gut aufgebaut, daß sie so laut dröhnt, daß sich niemand mehr in den Tanzraum traut. *Inside out, round and round* ...

Zu wem gehört eigentlich die Frau mit den violett gefärbten Haaren? Summis Mutter? So sieht Summis Mutter aus? So würde Summi einmal aussehen? Wo ist Summi? An ihrer Mutter muß man immer vorbei, wenn man über den Flur zu den Frikadellen will. Sie spricht einen dann an, denn sie will die Freunde ihrer Tochter kennenlernen.

«Ach, Sie sind Summis Mutter ...»

«Und wer sind Sie?»

«Jürgen.»

«Aha.»

«Wir kennen uns über Jan.»

«Ach so, von der Schule.»
«Und wo ist Summi?»
«Die holt mir ein Glas.»
«Und wo ist Ihr Mann?»
«Der guckt ‹Mainz, wie es singt und lacht›.»
«Ach Gott.»
«Genau.»

Jürgen sieht sich die Geschenke an. Ein durchsichtiges Plastegefäß, in dem eine Krake in blauem Gel schwimmt. Kopierte CD's. Fotomontagen von vergangenen Partys. Aber was ist *das*? Wer hat den beiden denn den Bestseller der Saison geschenkt? Das gefeierte Debut von Jule Lehmann mit dem suggestiven Titel «Datsche, demnächst»? Jule Lehmann, die im Fernsehen so ernst und reif gewirkt hat, als hätte sie ein Leben lang geübt, ernst und reif zu wirken.

Jan rettet ihn und legt Depeche Mode auf. ‹Diepesch›, wie der Kenner sagte, oder auch ‹Mode›. Die Kenner sind mit ihren Kenntnissen alt geworden. Früher hat er bei Diepesch kein Wort verstanden. Jetzt erst kann er einen Eindruck von der kühlen Klarheit der Texte gewinnen: «*Everything counts in large amounts*». Er ist einmal einen Sommer lang in den Ferien mit «*I want somebody to share, share the rest of my life*» in den Kopfhörern eingeschlafen. Es hat nichts geholfen, aber damals konnte man seine Verlorenheit noch genießen. Schließlich würde bald etwas völlig Überraschendes passieren.

Er sieht sich den Tanzraum an. Inzwischen ist es dort nicht mehr ganz so leer. Die Männer engagieren sich für die gute Sache mit demonstrativen Bewegungen. Vorhin, als Jan eine kubanische Romanze gespielt hat, hat sich nur ein Mädchen selbstvergessen zur Musik bewegt. Dazu mußte man die Augen schließen und sich anstrengen, so zu wirken, als würde man nichts als Musik empfinden. Vielleicht half ihr dabei das Hochzeitskleid, das sie trug. Wenn Frauen vom Heiraten so wurden, war das ein Grund mehr, davon Abstand zu nehmen.

Dann wird es noch dunkler, aber Jürgen erschrickt jedesmal, wenn er seine Sonnenbrille absetzt, wie deutlich ihn offenbar alle sehen können. Er beschließt, sich ebenfalls selbstvergessen zur Musik zu bewegen. Die Augen muß er ja gar nicht mehr schließen. Verschiedene Frauen mit seltsamen Perücken sehen ihm dabei zu, und eine versucht sogar eine Art *Pas de deux,* aber vielleicht ist es auch nur zu eng, um ihm aus dem Weg zu gehen. Mit Sonnenbrille ist das schwer zu entscheiden.

Auf dem Weg zu einer Frikadelle stolpert er schwitzend über Summis Mutter. Ihr Mann sitzt inzwischen auf der Wendeltreppe und wartet auf bessere Zeiten, aber seine Frau ist nicht bereit mitzugehen, bevor nicht jemand mit ihr die Marseillaise gesungen hat. Irgendwer sagt: «Jürgen, du kannst doch Französisch», und damit ist es zu spät, er muß die Marseillaise anstimmen. Summis Mutter hält kräftig mit. Den Text noch zu wissen bewahrte einen offenbar nicht davor, binnen Kürze ins Klo kotzen zu müssen. Summi versucht, ihre Mutter zum Gehen zu bewegen: «Mutti, du bist ganz schön angetütert.»

«*Contre nous de la tyrannie ...*»

Der Tochter mit der schwarzen Indianerperücke gelingt es nicht, ihrer Mutter den Mund zuzuhalten.

«*Aux armes citoyens!*»

Jürgen fällt ein, wie er sich neulich mit Summi über die prinzipielle Peinlichkeit von Eltern unterhalten hat. Wie sie einem das Leben zur Hölle machten, wenn sie aus lauter Liebe sagten: «Geh doch mal zu den Kindern da drüben, vielleicht lassen die dich ja mitspielen.» Dann hätte man ihnen die Freude gern bereitet, aber man wußte doch, daß man, wenn die Jungen «Schiffbrüchige retten» spielten, als einzige ungerettet übrig bleiben würde, weil man eine Brille trug.

In der Küche unterhält man sich über das erste Mal, daß man so richtig blau war. Das Zebra erinnert sich gut: «Wir haben am Strand gezeltet, und ich bin immer ans Wasser gegangen und hab zur Probe Gedichte aufgesagt. Und dann bin ich auf allen vieren herumgekrochen und hab das Lagerfeuer nicht mehr gefunden.»

Vera trennt sich nicht von ihrem Schwangerschaftskissen. Es hat etwas Selbstverstümmelndes bei ihr, sie scheint im Moment nicht sehr zufrieden zu sein mit ihrem Leben. Die Frikadellen sind salzig, und die Kartoffelsalate sehen zwar gleich aus, schmecken aber vollkommen verschieden. Ist das eine interessante Feststellung? Sicher nicht, aber es ist die Wahrheit.

Gegen drei sind die meisten gegangen, und Jürgen sitzt in der Küche und überlegt, ob er die Wischmobperücke verprellt oder verwechselt hat. Plötzlich hat sie sich aus ihrem *Pas de deux* davongestohlen, weil er nicht auf seine Solokarriere verzichten wollte. Daß das plötzlich geschehen war, war natürlich nur eine Vermutung, denn er hatte nur alle Viertelstunde die Augen geöffnet. In Gedanken an die verpaßte Gelegenheit trinkt er Nordhäuser Doppelkorn, ohne davon betrunken zu werden. Jans kleine Schwester gefällt ihm sowieso besser. Auf dem Klo hing ein riesiges Leonardo-di-Caprio-Poster, auf das jemand geschrieben hatte: «*Sexy eyes* (→), *Leonardo, I can't live without you.*» Jürgen verdächtigt sie, sich hier offenbart zu haben. Leider konnte er sie nicht darauf ansprechen, weil sie sich stundenlang von einem Althippie einwickeln ließ.

Jürgen bekommt ein Zimmer zugewiesen und beeilt sich, ins Bett zu kommen. Die Tage danach waren immer unerträglich, man hatte die Nacht über nicht richtig schlafen können, hatte keine Zahnbürste dabei, und wenn man aufstand, wurde es schon wieder dunkel. Das Zimmer ist klein wie das ganze Haus, eine Bücherwand mit Klavier, Fotos vom Großvater an den Wänden. Es ist kalt, weil das Fenster offen steht, trotzdem stinkt die Luft nach Asche. Er wacht die ganze Nacht lang immer wieder auf.

Da er in seiner Jugend, statt nach Mädchen zu grapschen, zuviel gelesen hat und da er nicht schlafen kann, fällt ihm Goethes Entschuldigung dafür ein, warum er Friederike Brion nicht geheiratet hat. Wie *anders* sie wirkte, als sie ihn in der Stadt besuchte, wie die ganze Aura, die sie für ihn auf dem Land, in ihrem idyllischen Pfarrhaus besaß, verschwunden war. So geht es einem mit Mädchen, die man mit bestimmten Orten und Zeiten identifiziert, weil man als Egomane nicht wirklich den Menschen liebt, sondern sich selbst und sein Erlebnis als unveränderliche Erinnerung. Warum fällt ihm das ein? Weil Jans Schwester so jung wie Friederike Brion ist und im wirklichen Leben eigentlich nur verlieren kann. Er wird ein paar Tage brauchen, nicht bei Jan anzurufen, um sie zufällig am Apparat zu haben. Aber er wird es schaffen, darin hat er Übung. Wenn sie ihm nur nicht in den Bauch gepiekt hätte, aber das konnte auch heißen: ‹Na, du drehst ja heute richtig auf, wo du doch sonst so ein Stiller bist . . .› Zu allem Unglück schläft in seinem Zimmer auch Vera, die er einmal geküßt hat, als er das noch für eine Art, sich emotional fortzubewegen, hielt. Wie lange war das eigentlich her? Eine Ewigkeit, zwei Jahre.

Am nächsten Morgen steht er früh auf und frühstückt in der bei Tageslicht noch winziger wirkenden Küche. Jans Schwester hat Brötchen geholt. Jürgen beneidet die beiden um ihre Vertrautheit. Die Eltern sind geschieden, und sie wohnen allein im Haus der abwesenden Mutter. Jetzt erst erfährt er, daß es Tradition ist, nach Partys hier auch noch den nächsten Tag zu verbringen. Jürgen beschließt, nicht mit der Tradition zu brechen, und frühstückt Kartoffelsalat und Würstchen.

Um ihr zu helfen, den Althippie zu vergessen, fragt er sie nach ihren Zukunftsplänen aus, er kann sich das nicht abgewöhnen. Aber was hätte er sonst fragen sollen? Was bewegt einen Mensch in ihrem Alter? Soll er sie nach dem Poster auf dem Klo fragen? Vielleicht freut sie sich, wenn sie ein bißchen über Leonardo reden kann.

«Eine Freundin von mir, die hat an eine Zeitung geschrieben, und die will ihre Frankreichreise so bezahlen, daß sie ihr Tagebuch von der Reise drucken. Ich trau mich nicht einfach hinzufahren.»

«Warum nicht? Wenn du erst mal da bist, geht alles wie von selbst.»

«Ich hab aber Angst, wenn ich die Sprache noch nicht kann und dann da allein bin.»

«Ach, nach einem Monat kannst du alles. Die Gefahr ist eher, daß du hinterher Lust bekommst, Französisch zu studieren.»

«Nee, das will ich gar nicht, ich will nur mal so rumgucken.»

«Das hätte ich auch machen sollen mit 19. Ist das Poster von Leonardo di Caprio eigentlich deins?»

«Soll das 'n Witz sein?»

«Das ist doch deine Generation.»

«Quatsch, das sind die Vierzehnjährigen.»

«Ich find das ja eigentlich nicht schlecht, wenn man noch soviel Vergötterungspotential hat. Später seid ihr Frauen doch eher der pragmatische Teil der Welt.»

«Also ne Freundin von mir, die ist seit einem Jahr in so einen Medizinstudenten verknallt, und die schreibt ihm jede Woche Briefe.»

«Und, was sagt er?»

«Sie schickt sie ja nicht ab. Statt dessen liest sie sie mir vor. Seit einem Jahr.»

«Und jetzt hast du dich in sie verliebt?»

«Nee!»

«Mir hat mal eine alte Frau von einer aus ihrer Klasse erzählt, die war so schlimm in einen Lehrer verliebt, daß sie seine Unterschrift ausgeschnitten und aufgegessen hat.»

Nach und nach stehen die anderen auf, weshalb sie auf der Küchenbank immer enger zusammenrücken müssen. Jürgen versucht, seinen Leonardo-di-Caprio-Charme abzulegen und eher ein bißchen Johnny Depp aufzutragen, wahrscheinlich wirkt das, als würde Leonardo di Caprio unter seiner Regie Johnny Depp spielen. Aber je länger der Morgen dauert, desto deutlicher zeigt sich, daß Jans Schwester ihn zwar respektiert, aber nicht gerade anhimmelt.

Nachmittags beteiligen sich alle am Aufräumen. Vera dreht den Verstärker auf, um beim Fegen Musik zu hören. Dabei dreht sie an den falschen Knöpfen. Jan kommt darüber nicht hinweg und versucht ihr zu erklären, was alles hätte kaputtgehen können. Das nützt nur nichts, weil Vera ihm das gerne glaubt, er sich aber vor Schreck noch weiter aufregen muß, was nicht geht, wenn der Schuldige sich sofort schuldig bekennt. Deshalb streitet sich Jan zwei Stunden lang mit seiner Schwester über eilig improvisierte Reizthemen. Seine Freundin steht währenddessen in der Küche und hört weg. Sie kennt das schon und prophezeit, daß es eine Weile dauern wird. Man wettet. Sie gewinnt. Höhepunkt des Streits ist die Frage, ob Jan seine Schwester «geknufft» oder «geschlagen» hat.

Vera kommt auf dem Weg zum Klo an den beiden vorbei, und Jan stößt sie in die Seite: «Das ist Knuffen und kein Schlagen.»

«Du hast aber *so* gemacht», sagt seine Schwester und demonstriert es ebenfalls an Vera.

«Nein, ich hab *so* gemacht, und das ist Knuffen und nicht Schlagen. Ich weiß nicht, was für *dich* Knuffen heißt, für mich heißt *das* Knuffen.»

«Das ist *Schlagen*», ruft die Kleine mit zitternder Stimme.

«Jetzt paß doch mal auf, können wir das wenigstens festhalten, bis hierher, ich hab dich knuffen und nicht schlagen wollen.»

«Doch, du hast *so* gemacht, und das hat wehgetan, du hast mich geschlagen und kannst das wenigstens mal zugeben.»

Jürgen ergreift in der Küche Partei für die Kleine: «Soll er doch seine kleine Schwester in Frieden lassen. Der Klügere gibt nach.»

«Nur weil sie schöne Beine hat», sagt Vera.

«Wieso ‹nur›?»

«Kerle ...»

Letztendlich ist sogar so ein parallel ablaufender Streit unterhaltsam, wenn man nur ab und zu reinhört, macht es sogar Spaß. Daß Jürgen sich unerwartet wohl fühlt, erweist sich daran, daß er nicht wie geplant um 16 Uhr «Sport im Osten» sieht, sondern sich am Aufräumen beteiligt und dabei erstaunlich viel lachen muß. Jans Freundin setzt mit ihrem Hallenser Dialekt für heute die Highlights: «Wie wäschstn du ab? Da is ja noch der ‹Olf› drin.»

«Dafür wird doch hinterher abgetrocknet.»

«Ähh!»

«Was ich immer komisch finde ist, daß ihr uns versteht, und wir euch nicht. Hier weiß garantiert keiner, was ‹Scheks› heißt? Steht das überhaupt im Duden?»

«Da hab ich schon mal eine Wette verloren, ich hätte schwören können, daß ‹illern› nicht drinsteht.»

«Illern? Soll das pinkeln heißen?»

«Nein, aus dem Fenster illern, oder einer Frau untern Rock illern.»

«Na, sag ich doch, pinkeln.»

«Nein, das heißt ‹gucken›.»

«So wie ‹schmulen›?»

«Schmulen?»

*

Spät nachts fahren sie zurück in die Stadt und sitzen noch ein bißchen bei Summi zusammen. Auf ihrem Klo entdeckt er «Voll terrormäßig hier», ein Buch, von dem er in letzter Zeit überall lesen mußte. Jetzt sieht er zum ersten mal hinein. Auf der ersten Seite kommt jemand aus «La Haine». Vor dem Kino gerät er in Straßenkämpfe mit der Polizei: «Es gab mehr Verletzte als Bahren.» Jürgen traut seinen Augen nicht. Er hat «La Haine» immer als *seinen* Film betrachtet. Er hat Frankreich immer als *sein* Land betrachtet. Er hat die Literatur immer als *seine* Angelegenheit betrachtet. Er hat monatelang in einem kleinen muffigen Studiokino in einem der häßlicheren der vielen häßlichen Viertel Brests bei Filmen wie «La Haine» Trost gefunden. Einen Trost, der wehtat, weil ihn zu Hause niemand verstehen würde. Wie konnte jemand auf die Idee kommen, die Gewalt und die Poesie, mit der «La Haine» von der Pariser Vorstadt erzählte, mit Berlin zu verwechseln? Das war so naheliegend und falsch, wie wenn man vor ein trauriges Buch ein Tom-Waits-Zitat setzte. Wenn dieser Mensch aus Hildesheim kam, warum schrieb er dann nicht über Hildesheim? Das hier war nicht Marseille, sondern die Hauptstadt des Milchkaffees. Es gab keine Demonstrationen, und wenn, dann mußte man achtgeben, die kleinen Scheingefechte mit der Polizei, die irgendwer am Rand anzettelte nicht zu verpassen. Die Gewalt in dieser Stadt war wieder leise geworden. So leise wie eine von hellblauer

Farbe geschändete Fassade. So leise wie ein alter unrasierter Mann, der nicht mehr nach Hause fand.

Jürgen spürt, daß ihn solche Momente älter machen, deshalb legt er das Buch weg und macht nur eine kleine scherzhafte Bemerkung. Vielleicht hat Frau Lehmann mehr Substanz, er beschließt, eine ihrer Geschichten vorzulesen. Vera ist sich sicher, daß sie *bestimmt* von diesem Radiomoderator handelt. Vera hat schon immer von ihm geschwärmt, weil er «so intelligent» sei, das sei wichtig für eine Frau. Bei einer Veranstaltung in der Kulturbrauerei ist sie quer duch den Saal auf ihn zugegangen, er hat in einem kleinen Grüppchen gestanden und geplaudert. Und kurz bevor sie mit ihm zusammenprallen konnte, ist sie abgebogen, um sich einen Saft zu kaufen. Später hat sie mehr Mut aufgebracht, und er hat, von ihr angesprochen, vor Schreck einen Satz nach hinten gemacht und sie freundlich abgewimmelt. Sie erzählt das so schön, daß man es aufschreiben könnte, man weiß nur nicht, wie ernst sie ihre Leidenschaft für diesen Radiomoderator nimmt, es gibt nämlich eine ganze Reihe solcher intelligenter Männer, die sie nicht anzusprechen wagt. Frau Lehmanns lyrisches Ich spricht tatsächlich über einen kleinen, südländisch aussehenden Künstler, der nachts im Radio auftritt und zu Hause viele Bücher und Platten hat. Die weibliche Hauptfigur nähert sich ihm, zieht dazu flache Schuhe an, weil er so klein ist, und beobachtet nebenbei einen Vorgang, den sie so beschreibt: «Es wurde Herbst. Sterbende Wespen taumelten durchs Fenster ins Zimmer.»

Das Ende, an dem sie von ihm flachgelegt wird, wird allerdings ausgeblendet. Das meinte die Kritik wahrscheinlich mit «offen lassen». Vera geht dieser literarischen Technik jedenfalls voll auf den Leim.

«Hat sie jetzt mit ihm geschlafen?»

«Das läßt die Autorin offen, deshalb ist es Literatur.»
«Wieviele haben das noch mal gekauft?»
«Jetzt wirst du gemein. Ich hab dir doch nichts getan!»
«Ich kann mir schon vorstellen, daß das viele kaufen.»
«Kann man wirklich sagen, daß Schritte auf Kork knistern? Ich wüßte nie, ob ich sagen soll ‹seine Schritte knisterten›, ‹seine Schuhe knisterten›, oder ‹der Kork knisterte unter seinen Schritten›, oder ‹mit seinen Schuhen schritt er über den Kork, daß es nur so knisterte›.»
«Mich erinnern die Sätze an irgend etwas zwischen Schülerprosa und Thomas Mann.»
«Ja, wahrscheinlich an Christa Wolf. Ich frage mich, wie das acht Auflagen kriegen kann. Vielleicht weil sie den Lesern das Gefühl gibt, ihnen nicht überlegen zu sein. Und vielleicht ist sie es ja auch nicht.»
«Woher willst du denn das wissen?»
«Weil alles so *oberflächlich* wirkt! Das ganze Drumherum ist doch reine Kulisse, was weiß sie von der Frankfurter Allee? Warum müssen ihre Verena-Marias ausgerechnet diese Straße runterrauschen? Und alles, was ihnen dazu einfällt, ist, daß die Häuser gewaltsam, aber irgendwie auch schön auf sie wirken.»
«Na und, sie muß doch nicht da geboren sein, um darüber zu schreiben.»
«Aber sie *interessiert* sich überhaupt nicht dafür!»
«Das weißt du doch nicht. Sprachlich ist es jedenfalls schön.»
«WAS?! ‹Er ging, lief, wollte singen, blieb stehen.›? Das ist aufgeblasene Mädchenlyrik, genau wie man schreibt, wenn man eine Seite füllen will und einem auffällt, daß man ständig das Subjekt wiederholt. Und was soll das heißen: ‹Sie fiel in einen seltsamen Schwebezustand›? So etwas nennen sie nun ‹schlafwandlerisch sichere Prosa›! Das ist Mystifiziererei, genau wie bei Stoffels Terrorbuch.

Bei Céline stehen auf jeder Seite drei Wortschöpfungen, niemand kann das übersetzen, aber das ist *seine* Sprache, die hat *er* gefunden. Die Arbeit muß doch immer darin bestehen, *es sich schwer zu machen!* Von wegen die Wut hinausschreien, oder was weiß ich. Zeig mir einen Boxer, der seine Wut hinausschreit, und nicht ratzbatz k.o. geht. Flinke Fäuste, geschmeidige Beine, Grips im Kopf, Selbstbeherrschung, das braucht man. Die Wut kannst du im Training gegen dich selbst richten, dein Gegner lacht sich tot, wenn du ihn anschnaubst.»

«Und was hat das mit Jule Lehmann zu tun?»

«Daß es *verboten* ist, ein Tom Waits Zitat vor sein Buch zu setzen und zu schreiben: ‹Über seinem Schreibtisch hingen Schichten von Papier, darunter ein Zitat: In der Zeit des Verrats sind die Landschaften schön.› Ich wette, die weiß nicht einmal, daß das von Heiner Müller ist.»

«Wußte ich auch nicht.»

«Ihr schenkt euch das ja auch zum Geburtstag.»

«Ich glaube, du bist nur neidisch.»

«Ich bin nicht neidisch, ich bin Jesus Christus, und ich will, daß ihr euch zur Poesie bekehrt: zu Thomas Mann, Thomas Bernhard, Beckett und all den anderen. Wenn das so weitergeht, schmeiß ich noch mal eine Bombe. ‹Vögeln, gleich›, sollte das Buch heißen, nicht ‹Datsche, demnächst›. Mein Gott! Ich rieche schon die Rosenblätter im Titel, Nebelschwaden, ein leiser herbstlicher Wind, der ‹die Blätter rascheln macht›, und ein Mädchen geht in drei Schals gewickelt über einen Friedhof und fragt sich, ob die Ameisen im Winter frieren.»

«Es ist vielleicht nicht gut, aber es liest sich gut weg.»

Nachher bringt er Vera nach Hause und wettert weiter. Einmal haben sie sich vor ihrem Hauseingang geküßt. Zusammengekommen sind sie nie, aber er benimmt sich ihr gegenüber schon wie bei seinen Exfreundinnen, die er mit Monologen von melancholisch fordernden Bemerkungen darüber, wie anders er früher war, ablenken mußte. Dabei weiß er schon, daß er auf dem Nachhauseweg durch die Straße kommen wird, in der Frau Lehmann dem Vernehmen nach wohnt. An der Bar vorbei, in der sie, wie die Legende berichtet, vor ihrem Erfolg gekellnert hat. Sie habe ja nie vorgehabt zu schreiben und wolle auch wieder kellnern. Auf ihrem geschmackvollen Einband stand, sie lebe *als Journalistin und Autorin in Berlin*. Wie konnte sie es wagen, im selben Jahr wie er geboren zu sein, in derselben Stadt zu leben und vor ihm zu debütieren? Vera kann ihn nicht beruhigen, sie versteht nicht, was er will, es sei doch nur ein Buch. Er verabschiedet sich möglichst schnell von ihr und geht nach Hause. Unterwegs zählt er drei neue Bars. Er sucht auf ein paar Klingelschildern ihren Namen, findet aber keine Frau Lehmann. Er überlegt, wie es ankommen würde, um drei Uhr nachts zu schreien: «Frau Lehmann, du hörst von mir! Zieh dich warm an! Und vergiß nicht den Schal deiner russischen Großmutter!» Aber plötzlich tut sie ihm leid. Er will ihr doch überhaupt nichts Böses. Für den Erfolg konnte sie schließlich nichts. Und für seinen Mißerfolg erst recht nicht.

Bei der Suche findet er ein Türschild, auf dem «Harnusch» steht, und er beschließt, das als Zeichen zu verstehen, denn er hat in der letzten Woche an einer Geschichte über einen Bauer geschrieben, der so hieß, und bei der er ein gutes Gefühl hatte. Und statt in Frau Lehmanns Fenster sieht er in das Fenster von Lutze, der hier geboren war und jetzt in England lebte, für vier Monate bis vier Jahre. Jürgen hat ihm beim Auszug geholfen. Einen Moment denkt er nach, ob er Frau Lehmann bei einem Künstlerbekannten, der jetzt Videokunst machte und behauptete, man könne in der heutigen Zeit keine Bilder mehr malen, auf einer Party gesehen hat, oder womöglich beim Geburtstag von Lutzes Freundin. In jedem Fall hat er sie gesehen. Sie war spät gekommen und hat eine Stunde lang irgendwem zugehört, ohne einen Blick auf die anderen zu werfen. Und auf dem Rückweg ist er auf dem Fahrrad an ihr vorbeigefahren und hat wie bei jeder Frau überlegt, ob sie ihm gefiel. Natürlich wußte er nicht, daß sie Schriftstellerin war. Er erinnert sich nur an die weiße Häkeldecke, in der sie sich bis zur Nase versteckte. Sicher eine modische Reminiszenz an ihre Urgroßmutter. Und jetzt fällt ihm ein, daß ihn ihr Gesicht an das einer anderen Frau erinnert hat, wahrscheinlich hat er es sich nur deshalb eingeprägt. Sie sah nämlich aus wie die Hardcore-Version von Deborah, einer der Hauptfiguren aus seinem ersten Roman, in deren Vorbild er sich, fasziniert von ihrem amerikanischen Akzent, Hals über Kopf verliebt hatte. Seinen ersten Roman würde man nach seinem Tod bei ihm im Schreibtisch finden, eine große Überraschung für die Jürgen-Reip-Forschung und eine Freude für die Fangemeinde. Deborah haßte ihn, weil er sie darin nicht als die faszinierende Frau beschrieben hatte, die sie für alle war. Er sei ein «erkläglicher» Mensch, hat sie ins Telefon geschrien. Darüber würde er vielleicht in seinem zweiten Roman schreiben, obwohl ihn alle beschworen, endlich etwas zu erzählen, was nichts mit seinem Leben zu tun hatte. Aber gab es das?

«Wißt ihr, was das schlimmste ist?» hat er auf Summis Sofa in sich zusammengesunken gesagt, «daß es, sollte ich irgendwann einmal in die Gänge kommen mit meinem Schreiben, unweigerlich heißen wird: Jule Lehmann hat das Erzählen wieder möglich gemacht. Jetzt tauchen in ihrem Fahrwasser neue Autorenhoffnungen auf. Man könnte schon von einer Lehmann-Schule sprechen. Das ist der neue Sound, und er kommt aus der Hauptstadt, von dort, wo sich die Kreativen eine kleine Oase geschaffen haben, vom legendären Prenzlauer Berg.»

«Ich würde gerne mal wissen, ob das mehr in Berlin gekauft wird oder in Pirmasens.»

«Wieso? Meinst du, das interessiert nur die Berliner?»

«Nein, im Gegenteil, ich glaube, das lesen gerade die anderen und merken nicht, wie oberflächlich es ist.»

«*Sie darf nicht über das Oderbruch schreiben, das Oderbruch gehört mir! Das ist eine imperialistische Aggression, niemand hat das Recht, das Wort Oder überhaupt zu benutzen, ohne mich zu fragen! Hier, diese Hände haben Brandenburger Kartoffellarven zerdrückt, diese Hände werden über Brandenburg schreiben, und niemand sonst, und vor allem keine dahergelaufene sensible Frau, die in so penetranter Weise wie Deborah Neustein aussieht!!*»

«Ich glaub auch, daß die Provinzler besonders darauf stehen, für die klingt das doch schon szenig, wenn sie lesen: Wir gingen nach Mitternacht aus dem Haus.»

«Mein Gott, er sagt: ‹Wie wärs mit ein bißchen Internet›, und sie sagt nicht ‹Er schloß eine Kamera an den Computer an›, sondern ‹Er kramte ein kleines rundes graues Ding mit einem Loch heraus.› Ich kann nicht mehr, diese Frau bringt mich um, die ist ja wie ein Cocktail aus allen meinen schreibenden Exfreundinnen.»

«‹Tech-talk is out.› Das hat gestern so ein kleines Mädel auf der Party gesagt.»

«Warum müssen aus kleinen Mädels große Mädels werden?»

Im Grunde geht er, nachdem er Vera mit seinen Monologen die Lust genommen hat, ihn zu ernsthaften Aussagen zu bewegen, beschwingt nach Hause. Er hat so viel von ihr gehört, aber *das* sollte Konkurrenz sein? Er hat alle Kritiken gelesen und schon befürchten müssen, wirklich zu spät zu kommen. Was heißt befürchten, er ist an mehr als einem Abend ausgelaugt nach Hause getaumelt, weil ein kleiner Suchbefehl im Internet ihm seitenweise Jule-Lehmann-Elogen beschert hat. Jetzt tut sie ihm leid. Das dicke Ende konnte für sie noch kommen. Ihr zweites Buch würde vielleicht verrissen werden, und dann stellte sich erst wirklich die Frage, ob sie bei der Stange bleiben oder irgendwann im Bett verbrennen würde wie Ingeborg. Insofern will er nicht mit ihr tauschen. Aber Frau Lehmann ist in jeder Hinsicht ein Symptom. Er müßte hieb- und stichfest *beweisen*, daß diese Erzählungen überschätzt waren. Ist man feinsinnig, wenn man eine Landschaft als «Tarkowskilandschaft» bezeichnet? Ist einem nicht nur keine eigene Bezeichnung eingefallen?

*

Bevor er einschläft, denkt er: meinen die, irgendein Kritikerlob könnte mir jemals das bedeuten, was es mir als Neunjährigem bedeutet hat, wenn ich mit den Großen spielen durfte und im Tor stand und so gut gehalten habe, daß sie mich den ganzen Nachmittag lang «Sepp Maier» nannten? Der Gedanke gefällt ihm so gut, daß er im Dunkeln aufsteht und sich eine Notiz macht. Wie in den besten Zeiten. Und er versucht, nicht daran zu denken, daß ihn ausgerechnet Frau Lehmann dazu treibt.

Der Komiker

ist ein verurteiltes Wesen. Denn er lebt nur, solange er komisch ist. Das Lachen aber ist undankbar und gefräßig. Der nächste Witz löscht den letzten aus, wer kann sich noch daran erinnern? Besonders der stimmenimitierende Komiker bewegt sich von Entfremdung zu Entfremdung. Sein Repertoire wird ständig aktualisiert, und er ist nur gut, wenn er in Form, d.h. ein Feuerwerk von fremden Stimmen ist. Wenn er nicht komisch ist, wird er trübsinnig. Das Publikum wendet sich dann anderen Komikern zu und vergißt ihn schnell. Dieses Vergessen muß aber nur Sekunden dauern, wenn der Komiker sofort einen Gegenangriff startet. Dann existiert er wieder. Doch wieder nur für einen Augenblick. Wie spitz ist die Pointe? Man mißt den Komiker daran. Je spitzer sie ist, desto kürzer existiert er für das Publikum. Ist es da ein Wunder, daß er es eigentlich erschießen will? Dann könnte er vielleicht auch einmal lachen.

Herr Tatziet versteht die Welt nicht mehr, und niemand will ihn verstehen

Während Herr Tatziet am Abendbrottisch seine Milchsuppe umrührt, wird ihm aufs neue die Unmöglichkeit bewußt, den gegenwärtigen Zuständen in der heutigen Welt, die Herr Tatziet am Abendbrottisch nach dem Hören der Abendnachrichtensendung zu kommentieren pflegt, irgend etwas Hoffnungspendendes und damit vielleicht Erwähnenswertes abzugewinnen. Denn an den gegenwärtigen, beklagenswerten Zuständen in der heutigen, bedauernswerten Welt ist bekanntlich alles scheußlich und skandalös, und das seit langem schon, und in zunehmend scheußlicher und skandalöser Weise. Weshalb also das Mißbilligenswerte, das schon so oft mißbilligt wurde, mißbilligen? «Erwähnen genügt, nennen klagt an!»

Und so bleibt Herrn Tatziet nichts anderes, als nach dem schreckeneinflößenden Nachrichtenendgeräusch die zugepreßten Augen, die ihm «das Glück des Sehens», «das ja ein Unglück ist», schon lange verwehren, wieder zu öffnen und mit dem von allen erwarteten Blick, mit dem überflüssige Fragen gefragt werden, die um den Abendbrottisch versammelten Gäste anzusehen und sich vielmals dafür zu entschuldigen, wenn er nun doch noch einmal zum gemeinsamen Überdenken der Lage auffordern wolle.

Der Zucker in der Milchsuppe des Herrn Tatziet hat sich unter dem anhaltenden Rühren längst gelöst, wie Herr Tatziet weiterrührend weiß, er rührt aber trotzdem, aus Vergnügen, denn das Rühren erinnert ihn an früheren Zucker in früherem Kaffee, damals in seiner Jugend, als der Kaffee noch Kaffee war, eine Erbsensuppe eine Erbsensuppe, Wurst Wurst.

Mit dem allen bekannten Ausdruck in den Augen fragt nun also Herr Tatziet die von allen erwartete Frage. Daß er sich in letzter Zeit in seinen Reden wiederhole, wisse er, aber da die Gäste ständig wechselten, wiederhole er sich, so hoffe er, in ihren Augen nicht so häufig wie in seinen. Er beginnt damit, daß es ihn nichts anginge, fährt fort, allen sei sicher bekannt, wie man nämlich früher, kommt er zum Kern, sehr viel früher, einen guten, bekömmlichen Kaffee zubereitet habe?

«Ein guter Kaffee kann das Leben eines alten Menschen um Jahre verlängern.» Es sei ihm ja im Grunde immer gleichgültig gewesen, was er esse und trinke, viel gleichgültiger als ihm zum Beispiel immer die «Betrachtungen» des Marc Aurel gewesen seien, aber in seinem Alter müsse er doch, da er noch Verschiedenes zu leisten habe, zum Beispiel seine Frau nicht allein zu lassen in dieser Welt, mit besonders mißtrauischer Aufmerksamkeit im Angebot der Speisen die Essenswerten und unter denen die auch für ihn Bekömmlichen erspähen. Ein guter Kaffee könne zum Beispiel eigentlich ein außerordentlicher Genuß sein, aber: «Die Kaffeehersteller stellen Kaffee her, den die Kaffeehersteller selbst nicht trinken würden», und «Die Suppenpulverhersteller würden die Suppen, die aus ihrem Suppenpulver hergestellt werden, nie essen», und «Die Wursthersteller wären ja unvergleichlich dumm, wenn sie die heute von ihnen verantwortete Wurst anrührten». Für sich, fährt Herr Tatziet fort, müsse er ja nicht verzweifeln, in seinem Alter habe er die nötigen Vorsichtsmaßregeln intus und er habe zu verzichten gelernt, aber zum Verzweifeln sei, daß Millionen von Menschen aus Abermillionen Paketen von Kaffeestaub sich täglich ein unbekömmliches Kaffeestaubgetränk zusammenrührten, das der Gesundheit ununterbrochen Schläge versetzen müsse, die die Gesundheit nicht ohne weiteres verkraften könne. Wie nützlich wäre es da, hätten diese ungesund lebenden Menschen noch eine Ahnung von geschichtlichen Dingen, dann wüßten sie nämlich, was schon die alten Römer in solchen Fällen zu fragen pflegten, womit sie den Nutznießern solcher Zustände auf die Schliche kamen: «*Cui bono* – wem nützt es?»

Herr Tatziet lächelt geheimnisvoll und bescheiden, schließlich will er den Anwesenden nicht ihre Freude am Leben nehmen, und er will ihnen auch nicht ihre Hoffnungen ausreden, aber vielleicht würde man sich ja später einmal seiner närrischen Worte erinnern, die er hier über einer Milchsuppe auszusprechen sich nicht zurückhalten könne: «Dahinter stecken», sagt Herr Tatziet, «natürlich die Geldmenschen.» Die Geldmenschen, die heute das Land beherrschten, seien selbstverständlich gar nicht daran interessiert, daß den Menschen das Leben erleichtert werde, statt dessen schürten sie die Unzufriedenheit, damit keine Ruhe einkehre im Land, denn: «Der Geldmensch will im Trüben fischen.»

Nun endlich nimmt Herr Tatziet einen Schluck aus seiner Milchsuppentasse, und sofort hört man ihn spöttisch grunzen. Diese Milchsuppe verdient sicher auch nur Spott. Aber abgesehen davon muß man bedenken, daß Herr Tatziet peinlicher als jeder andere auf seine Ernährung achten muß, hat er sich doch in frühester Jugend schon «fürs Leben den Magen verdorben», und zwar «an einer fetten Wurst». Seitdem verträgt er kein Schweinefleisch und kein Gebratenes. Immer wenn er von Gebratenem gekostet habe, habe er das Gebratene umgehend wieder ausgespuckt. Das war aber noch nicht alles. Zu dieser Magenverstimmung aus frühester Jugend kam, daß sich Herr Tatziet den ohnehin verdorbenen Magen restlos verdorben hatte, als er, ans Krankenbett gefesselt, gezwungen gewesen war, «wiederholt Kohlstrünke» zu essen, die seine Frau ihm, dem Wehrlosen, unvorsichtigerweise aufgenötigt hatte. Sein Leben lang hatte Herr Tatziet die Speisen seiner Frau geschätzt und das Mahl oft genug mit den Worten «ein schöner Schmaus» abgeschlossen, da sie nun aber in letzter Zeit, wie er vermutete, nicht mehr die Kraft aufbrachte, sich in der gebotenen Weise auf seine Ernährungskonflikte einzustellen, mußte er auch immer öfter gegen das alte Höflichkeitsgebot, an das er sich ja ohnehin schon als einer der letzten hielt und das verlangte, beim Essen nicht über das Essen zu reden, verstoßen. Natürlich traf Frau Tatziet, wie Herr Tatziet versicherte, keine Schuld, denn sie mußte sich doch auch noch um den Garten kümmern, und das mit ihren Beinen, die ihr schon den einfachen Gang durch diesen Garten mühselig werden ließen. Wie sollte sie unter diesen Umständen tun, was eigentlich die letzte Rettung wäre, nämlich in den alten Kochbüchern ihrer Mutter und deren Mutter zu studieren, wie man einst, in ihrer Jugend, den Körper kräftigende Suppen zuzubereiten verstanden hatte.

Herr Tatziet war immer ein schweigsamer Mensch gewesen, aber in letzter Zeit hatte er nicht mehr schweigen können. Denn wenn man heute, da man darauf angewiesen sei, in der Zeitung zwischen den Zeilen lese und im Radio gewissermaßen zwischen den Meldungen höre, würde man doch gar nicht übersehen können, was die Menschen leider übersahen, daß man zu rechnen habe mit Betrug auf Schritt und Tritt: «Die Lebensmittel sind vergiftet und die Nachrichten sind gefälscht!»

Sein lieber Nachbar Strutz zum Beispiel sei ein grundanständiger Mensch, eine tüchtige Person, aber, so Herr Tatziet, wenn er nicht damit aufhöre, seine Kartoffeln und sein Gemüse und sein Obst zu vergiften, dann werde er einige Jahre seines Lebens leichtfertig verspielen. Er selbst, so Herr Tatziet, könne es sich ja schon nicht mehr leisten, die geliebten Früchte seines eigenen Gartens zu genießen, die von seiner Frau gezogenen Kartoffeln, die erfrischenden Johannisbeeren, die Birnen und Aprikosen. Denn schließlich sei er von uneinsichtigen Giftbauern wie Strutz umzingelt. Daß diese Nachbarn grundanständige Menschen seien, die ehrlich ihren Lebenskampf führten, daran wolle er überhaupt nicht rütteln, aber daß sie auf die Lockungen der Gifthersteller, die ihnen sicher mit blumigen Worten höhere Erträge versprachen, die natürlich heute jeder bitter nötig habe, hereinfielen, sei eine Tragödie. Strutz habe es natürlich, das müsse man bedenken, in letzter Zeit sehr schwer, denn dieser grundanständige, ehrliche Mensch leide doch sehr unter den ungerechten Anfechtungen, die die sogenannte neue Zeit in letzter Zeit über ihn gebracht habe. «Vergangenheitsbewältigung», ruft Herr Tatziet, «was für ein Unsinn!» Jetzt müsse es doch vorwärts gehen, jetzt müsse aufgebaut werden. Sicher, der Strutz sei als junger Lümmel, kaum daß er achtzehn war, zum falschen Verein gegangen, worauf der Pastor ihn ja gerügt habe: «Tun Sie das ihrem Vater nicht an!» Strutz habe nicht hören wollen, aber er sei dann ja auch geschunden worden, wie alle, an der Front. Gutmütig vielleicht, aber dumm sei er nicht gewesen, habe in der Ukraine immer Quartier gemacht bei den alten Frauen, die ihn versorgt und liebgewonnen hätten, so Strutz. «Und mit den Jungen gabs nur Ärger.» Immerhin, so Strutz, habe er dort Benimm gelernt, denn, so Strutz: bei seinem Verein konnte man nicht in Uniform am Tresen stehen. Und selbst heute sei er durchaus lernwillig in Bildungsfragen, kürzlich habe ihm sein neuer Schatz das Wort «Spind» verboten, er habe «Schrank» zu sagen. Das, so Strutz, seien kleine Schritte, und an die Gelehrsamkeit des Herrn Tatziet werde er nie heranreichen, aber solange sein Kopf noch mitmache, wolle er ihn mit Bildung füllen. Und nun, so Herr Tatziet, machten dem Strutz doch die neuerlichen Anfechtungen, die mit seiner Stellung beim letzten Staat zu tun hätten, die man doch nicht überbewerten solle, zu schaffen. Sich um Schreibwaren, Lottoscheine, Kohlebestellungen zu kümmern, das verschaffe ihm sicher nicht so viel Respekt wie seine alte Tätigkeit, sei aber vielleicht sogar nützlicher. Warum also mache man ihm Schwierigkeiten, jetzt, wo es heiße, nach vorn zu sehen? Kann denn ein Mensch sich nicht ändern? Zumal Strutz, der es doch schon immer nur allen recht machen wollte. Nicht zuletzt habe er ja auch eine poetische Ader, über die man nicht lachen dürfe, die lebe er aus im Seniorenchor, ehemals Chor der Volkssolidarität, und natürlich, wenn er zu Bauernvergnügen in seiner Paraderolle als Charleys Tante gehe. Ein gutmütiger Mensch, so Herr Tatziet, sei Herr Strutz, der seine Frau liebevoll gepflegt habe bis zuletzt, und als sie dann verschieden war, sich mit Bildermalen zu trösten wußte, statt zu trinken. Blumenbilder, zu denen er regelmäßig Herrn Tatziets fachmännisches Urteil einzuholen gekommen sei.

Vielleicht ist es besser, daß Herr Tatziet nicht weiß, daß Strutz inzwischen im Pflegeheim lebt, wo er glücklich ist, wieder ruhige Nächte zu haben, denn in der letzten Zeit war sein trunksüchtiger Sohn häufig nachts volltrunken ins Schlafzimmer des Vaters gestürzt und hatte von ihm unter Androhung von Schlägen Geld verlangt. Das war schlimm, aber auch dem jungen Strutz konnte man das nicht wirklich übel nehmen, wenn man wußte, daß er in der Nachkriegszeit bei einem Unfall mit Munition, «Dreck ins Gehirn» gekriegt hatte, wie die Leute sagen, und nur als unausgeglichener, tobsüchtiger Mensch, der, wie gesagt, dem Alkohol verfallen mußte, überleben durfte. Herr Tatziet litt unter dem Gedanken an die ehrlichen, grundanständigen und tüchtigen Menschen, die die heutige Zeit in die Trunksucht geradezu treibe. Für ihn persönlich bestehe darin keine Gefahr, denn wenn auch ein gutes Bier etwas «Hocherfreuliches und sogar Erfrischendes» sein könne, so habe er doch seit langem kein wirklich gutes Bier mehr genossen, ebensowenig wie einen trinkbaren Wein oder einen unschädlichen oder gar hilfreichen Verdauungsschnaps.

«Die Drahtzieher! Die Geldmenschen», sagt Herr Tatziet, «wollen im Trüben fischen.» Sie erschwerten den viel zahlreicheren, anständigen Menschen das Leben und kontrollierten das weltweite Schlamassel, das Auf und Ab der Börse, das Aufflackern von Kriegen, die Schließung von Fabriken. Und da die Politiker in ihren Entscheidungen nur noch auf die unmenschlichen Rechenmaschinen hörten, sehe er, Herr Tatziet, für den Rest seines Lebens, und eben wohl auch für die Zeit danach, schwarz.

Die Milchsuppe ist inzwischen kalt und das zögernde Nippen einem entschiedenen Verschmähen gewichen.

Herr Tatziet war Kriegsinvalide: «Hat man denn aus dem letzten Krieg nichts gelernt? Es gibt noch keinen Friedensvertrag!», und er sprach selten vom Krieg. Aber um so lieber erzählte er die Geschichte vom Freundschaftstreffen der deutschen Verteidiger des Ortes mit den russischen Befreiern des Ortes, unter denen sich auch der Sprenger des Wasserturms des Ortes befunden hatte. Herr Tatziet erläuterte dann, daß diese Sprengung eine strategisch notwendige gewesen sei, die man verstehen müsse, auch wenn man dadurch nach Kriegsende im Ort nur noch über eine Pumpe verfügt hatte und natürlich überall unreines Wasser getrunken werden mußte, was manchen an Typhus sterben ließ. Aus diesem Krieg müsse man eben seine Lehren ziehen und in Zukunft nach vorne schauen. *Cui bono,* wem nützt es, habe er sich seitdem immer gefragt, und so frage er sich heute, angesichts des vergifteten Kaffees: wem nützt es? Ein guter Kaffee, so führt er aus, werde aus guten Kaffeebohnen gekocht, die in einer hölzernen Kaffeemühle, ohne Berührung mit Eisen und von Hand gemahlen würden. So bleibe die Kaffeesubstanz im Gegensatz zum heute vertriebenen verbrannten Kaffeestaub grobkörnig und das kochende Kaffeewasser entziehe ihr nichts als das reine Aroma. Die Kaffeesubstanzreste aber könne man problemlos und bequem herausfiltern. Nur so ein Kaffee könne das Leben eines alten Menschen wirklich verlängern, sagt Herr Tatziet, und er erwähne diese ganze Unerfreulichkeit nur deshalb, weil er immer auf der Suche nach Kennern sei, die, vielleicht noch aus der Überlieferung ihrer Vorfahren, über die einzelnen, bei der Kaffeezubereitung zu beachtenden Schritte, informiert seien und die seiner Frau bei der Zubereitung eines bekömmlichen Kaffees behilflich sein könnten. Aber leider könne man ja heute seine Bekannten nach solchen Dingen nicht mehr frei heraus fragen, weil jeder sofort denken müsse, man wolle von ihm profitieren, und zudem hätten doch alle in den heutigen Zeiten, bei den gegenwärtigen Zuständen so ungewöhnlich schwer mit dem Durchkommen zu kämpfen, daß er nun wirklich niemanden mit so einer Lappalie, die ja nur für ihn als alten Menschen verheerende Folgen zeitige, belästigen wolle.

Herr Tatziet war sein Leben lang ein ängstlicher, man könnte auch sagen gefahrenbewußter, ein schreckhafter, man könnte auch sagen verschreckter Mensch gewesen. Zu seiner Kriegsbehinderung, dem Verlust eines Armes, hatten ihn mittlerweile auch noch die vertrackte Sehschwäche und die scheußliche Gedächtnis- und Gedankenblockade heimgesucht, die man ja gewöhnlich dem Alter zuschreibt, die man aber auch dem schlechten Trinkwasser zuschreiben kann, die aber in jedem Fall durch den Schlaganfall, den Herr Tatziet im fünfundachtzigsten Lebensjahr erleiden mußte, dramatisch vorangetrieben worden war.

Der hatte sich zwischen Martinstag und Totensonntag ereignet, als die örtliche Christenkindergruppe zum Geldsammeln durch die Häuser zog. Man sammelte für ein neues Kirchturmdach, um das alte, nach dem Krieg provisorisch gedeckte und in der folgenden Zeit zu großen Teilen der Heizholzgewinnung zum Opfer gefallene, mittlerweile stark einsturzgefährdete zu erneuern. Die Christenkindergruppe betrat tuschelnd den Flur im Haus der Tatziets. Herr Tatziet war nach dem Mittagessen wie gewöhnlich in der Stube eingenickt, und als die Christenkindergruppenleiterin die Stubentür öffnete und die Christenkinder ihren Spendengesang anstimmten, fröhlich und schrill, wie es vielleicht nicht einmal Gott gefällt, war der schlafende Herr Tatziet aus seinem Schlaf so unsanft aufgeschreckt, daß er den Tag über ganz aufgelöst blieb und in der Nacht, als alle Christenkinder schliefen und er noch immer bebte, seinen Schlaganfall erlitt.

Mit den Worten «Es kann nicht gesund sein», zieht Herr Tatziet einen Schlußstrich unter seine ehrlichen Bemühungen um die Milchsuppe und übergibt sich mit einem ironischen Lächeln tröstlichen Gedanken an die alten Meister und an das Meer bei Rom: «Ich dachte immer, ich würde wenigstens alle Hauptstädte im Leben einmal sehen.» Träumend überhört er, was er bei seiner Schwerhörigkeit ohnehin überhört hätte, nämlich die Stimmen der beiden Schwestern auf dem Gang, von denen die Ältere der Jüngeren aufträgt, den Tatziet mal wieder zu baden, ihm aber vorher, wenn er endlich mit dem Essen fertig sei, die Haare zu schneiden, wozu sie doch bitte nachschlagen möchte, was das auf Latein heiße, dann ließe er sich vielleicht eher dazu überreden.

Plötzlich blieb *der Kleindarsteller*,

von dem ja niemand verlangen würde, sich auf der Straße lächerlich zu machen, in einem Anfall von Überdruß, von dem er, wie er sich kannte, befürchten mußte, daß er nahtlos in länger währenden Trübsinn überginge, wie angewurzelt stehen, blickte, ohne sie zu beachten, auf die sich um ihn scharende Menge, nahm gedankenverloren die von aufgeregten Kindern herangetragenen Geldstücke entgegen und verfluchte seinen jugendlichen Elan, der ihn im Stich ließ, jetzt, wo er ihn mit großen Versprechungen in diesen Beruf gelockt hatte. Still stehend den Tag zu verbringen, den Leuten dabei zuzusehen, wie sie ihm zusahen, und am Abend die Münzen aus dem Pappkarton in ein Lederbeutelchen purzeln zu lassen, so hatte er sich den Beruf des Kleindarstellers vorgestellt und recht behalten. Aber, wie er jetzt unter der römischen Rüstung schwitzte, hätte niemand bemerkt, daß er gar nicht mehr arbeitete, sondern nur, ohne sich zu rühren, dastand und daß das für heute keine Kunst war. Reichlicher denn je prasselten die Münzen, und aufgeregter als sonst kreischten die Kinder, wenn sie ihn zu berühren wagten, unermüdlich spielten sie Fange um sein Podest. Nur wußte er für den Moment nicht, wann er wieder die Kraft finden würde, sich dieses Podest unter den Arm zu klemmen, und in den Feierabend zu gehen. Wie sollte er dieses Gefühl in Worte fassen?

«... daß es nämlich bei weitem nicht so einfach sei zu lieben, wie die Natur uns dadurch glauben machen will, daß sie jedem Stümper unter ihren Geschöpfen die Werkzeuge dazu anvertraut hat.»

Robert Musil

«... kicked in the teeth again
sometimes you lose,
sometimes you win»

AC/DC

Es ist, was es ist, und das nicht zu knapp

I Die Nacht, als ich mal wieder nicht Hemingway war

Am Morgen, als Cédric aus Brüssel ankommen sollte, lag ich mit Fieber im Bett. Eine Stunde später als erwartet rief er mich an.

«Jürgen?»

«Ist was passiert?»

«Ich find dein Haus nicht.»

«Nummer sechsundsechzig?»

«Da ist kein Aufgang. Und ‹Reip› steht auch nirgends.»

«Wieso?»

«Keine Ahnung, ich lauf hier seit einer Stunde im Kreis und find dein Haus nicht, du hast doch gesagt, man ist in fünf Minuten vom Bahnhof da?»

«In welche Richtung bist du denn gegangen?»

«Ich weiß nicht, jetzt bin ich in der Berliner Straße.»

«Dann mußt du mindestens eine halbe Stunde gelaufen sein.»

Das Telefon begann zu piepsen. Sein Geld reichte nicht mehr lange.

«Ja, sag ich doch. Hör mal, ich steh hier in einer Bar, kannst du nicht vorbeikommen?»

«Das geht nicht, ich bin ...»

«... krank», wollte ich sagen, da war die Verbindung schon unterbrochen. Ich versuchte aufzustehen, ohne dabei umzufallen. Seit zwei Tagen hatte ich Grippe. Das einzige Gute daran war, daß ich mich darauf freute, wieder gesund zu sein. Sonst fiel mir ja in letzter Zeit oft genug überhaupt nichts ein, worauf ich mich freute. Es war zwar April, aber seit einer Stunde schneite es dicke, nasse Flocken. Was würde Cédric jetzt tun? Und wieso fand er meine Hausnummer nicht? Vielleicht hatte er Schönhauser Allee falsch verstanden und war in die Schönhauser Straße gefahren? Der Wind war naturgemäß kalt, und ich beschloß, mich mit meinem nun ja wohl bevorstehenden Rückfall abzufinden. So stand ich vor meiner Haustür und sah mir die Straße an. Da gab es nichts zu sehen, ich sah trotzdem hin. Ich hatte keine Ahnung, wie ich Cédric finden sollte, aber dann tauchte er plötzlich am Ende der Straße auf, von oben bis unten durchnäßt. Seit zwei Jahren hatte ich ihn nicht gesehen, in der Zwischenzeit hatte er sein Leben umgekrempelt, und ich hatte begonnen, das meine zur Kenntnis zu nehmen. Als er mich umarmte, erkannte ich den Geruch von Brest wieder. Vielleicht bildete ich mir das nur ein, schließlich lebte er gar nicht mehr dort. Ich hatte den Geruch aber auch schon an anderen Besuchern von dort bemerkt. Teer, Salz und Algen. In Brest hatte ich Cédric zu einem Zeitpunkt kennengelernt, als ihm die Stadt schon auf die

Nerven ging. Er hatte aber zu den Glücklichen gezählt, die dem Gemisch aus Herzlichkeit und Hoffnungslosigkeit, das einen dort festhalten konnte, entkommen war.

Ich hatte immer Angst gehabt, wieder nach Brest zurückzugehen, weil ich nicht sicher war, ob ich nur einer vergangenen Zeit nachlaufen wollte. Diese Angst war natürlich mit der größten Sehnsucht verbunden, genau das zu tun.

«Du würdest niemanden treffen. Sie sind alle weg.»

Nach zwei Tagen konnte ich wieder laufen und ihm die Stadt zeigen. Sein Vergnügen daran war ansteckend, und ich erinnerte mich an die Zeit, als ich selbst noch so viel Enthusiasmus für Häuser aufbrachte. Später war mir das vergangen. Wenn sie einem zuviel vor der Nase weggerissen, wurde man vorsichtiger, und ich hatte ja sogar ein unvermeidliches Müller-Zitat zur Hand, das mir für meine Müdigkeit ein philosophisches Alibi gab: «In der Zeit des Verrats sind die Landschaften schön.» Das galt nämlich auch für Stadtlandschaften und bedeutete, daß der, der gerade irgend etwas verrät, sich nach den Häusern umzudrehen beginnt, anstatt zu tun, was ein Mann tun muß, was auch immer das sei. Gut, es gab für jedes Müller-Zitat auch ein ihm Widersprechendes, und deshalb genoß ich jetzt Cédrics Interesse, als wäre es meines.

Am letzten Abend seines Besuchs, als mir der Kopf wieder wehtat, diesmal von den vielen französischen Wörtern, an die ich mich erst nach und nach wieder zu erinnern begann, landeten wir im *Spengler*. Ich hatte Cédric das Mädchen zeigen wollen, das dort kellnerte, allerdings ohne ihm das zu sagen. Wenn ich kein so vernünftiger Mensch geworden wäre, hätte ich mich auf den ersten Blick in sie verliebt. Zu wissen, daß Cédric sie gesehen hatte, würde mir vielleicht guttun, wenn meine Vernunft in Schwierigkeiten kommen sollte.

«Weißt du, natürlich kann man eine Leidenschaft nicht bremsen, aber man kann sie verhindern.»

«Und was ist mit der Spanierin?»

«Wie?»

«Die hast du doch geliebt. Das hat man doch gesehen.»

«Meinst du?»

«Wieso fragst du mich? Das mußt du doch wissen.»

«Natürlich, das muß ich wissen.»

Im *Spengler* waren nur noch wenige Tische besetzt. An einem davon saßen vier betrunkene Knaben, die sich offenbar nicht am Platz fühlten und deshalb laut sein mußten. Wir setzten uns neben ihren Pitbull an den Tresen. Die Chefin wusch nervös Gläser ab. Ich bestellte uns einen Wodka.

«Ich hab in letzter Zeit Hemingway gelesen, zum erstenmal. Seine Welt ist so beruhigend. Mal ist er Holzfäller in Kanada, mal Torero in Madrid, mal Soldat in der Türkei, mal Großwildjäger in Afrika, aber er trifft überall nur auf Hemingway-Geschichten. Wie Bukowski, nur daß der sein Sofa dafür selten verlassen hat.»

«Kennst du die Erzählung, wo Bukowski gegen ihn boxt?»

«Natürlich, das war einer seiner besten Einfälle. Anders ist er mit ihm nicht fertiggeworden. Da hat er ihn einfach ausgeknockt.»

«Die Macht der Worte.»

«Kennst du *The snows of Kilimanjaro?*»

Das war eine rhetorische Frage, denn ich mußte jetzt «Schnee am Kilimandscharo» erzählen, ohne Rücksicht auf Verluste, selbst wenn Cédric die Erzählung auswendig gekannt hätte. Diese Manie warfen mir manche meiner Freunde vor, aber ich konnte nicht anders, schließlich wurde ich in solchen Momenten lebendig, selbst wenn ich vorher todmüde war, hinterher war ich munter und tatendurstig. Außerdem hatte ich zur Kenntnis nehmen müssen, daß in dieser Erzählung in aller Kürze und viel spannender genau das Thema meines ersten Romans zur Sprache kam. Das Thema, das natürlich niemand bemerkt hatte: wie es ist, wenn man zu müde ist, einer Frau zu erklären, daß sie keine Chance hat, es richtig zu machen, weil das eigene Leben nur noch ein Aufguß des wirklichen Lebens ist, das man früher einmal zu leben vorgehabt hatte. Natürlich klang das bei Hemingway viel besser, ein Mann, der in Afrika in der Savanne liegt und sterbend an Paris zurückdenkt, weckt doch eher unser Interesse, als ein Knabe, der in seinem Zimmer sitzt, an Afrika denkt und sich dabei streng genommen bester Gesundheit erfreut.

«Und *The short happy life of Francis Macomber*? Kennst du das?»

«Nein.» Während ich erzählte, klebten meine Augen an ihr. Wie viele Augen hatten da schon geklebt? Die Chefin hatte sie Mariposa genannt, sicher ein Spitzname, denn ihr Nachname klang eher bulgarisch. Mariposa war etwas kleiner als ich, ging auffallend gerade, wahrscheinlich irgendeine dem zuträgliche Sportart oder einfach Begabung, sie hatte helle, glatte Haut und schwarze Haare, die von einer Spange aus der Stirn gehalten wurden. Und was mir zu schaffen machte: sie berlinerte, daß man als Phonetikfetischist eine Gänsehaut bekam. Den Knaben hinter meinem Rücken gefiel sie natürlich auch. Aber im Gegensatz zu mir hielten sie das für mitteilenswert. Als ein etwas verlotterter älterer Herr die Kneipe nicht verlassen mochte und Mariposa ausführlich erklären wollte warum, stand einer von ihnen auf und bot sich an, den Mann rauszuschmeißen. Mariposa behielt die Übersicht und schickte den Knaben zurück an seinen Tisch.

«Dieser reiche Mann mit seiner Frau auf Safari, zusammen mit einem professionellen Jäger. Etwas schreckliches ist passiert: Macomber ist am Nachmittag vor einem angeschossenen Löwen weggerannt, und seine Frau hat es gesehen. Jetzt verachtet sie ihn, der Jäger hat ihn ja schon von Anfang an verachtet. Und Macomber zittern noch in der Nacht die Knie ...»

Der hilfsbereite Knabe setzte sich und ärgerte unterwegs ein wenig den Pitbull, der sich wider Erwarten nicht als der Klügere erwies, sondern laut zu bellen begann. Cédric schien das gar nicht zu bemerken. Einer Schlägerei würde der Austausch von Beleidigungen vorausgehen, in solchen Situationen reagierte ich nie besonders überzeugend, nach «verficktes Arschloch» wäre mir schon nichts mehr eingefallen, und «Sohn einer räudigen Hündin» war nicht wirklich eine Steigerung. Deshalb wollte ich ja Schriftsteller sein, da hatte man Zeit zum Nachdenken und konnte wenn nötig noch ein paar Verbesserungen an den Antworten der anderen vornehmen.

«In der Nacht schläft seine Frau mit dem Jäger, und Macomber weiß es und kann nichts tun, weil er sich so schämt.»

Mir fiel ein, wie ich einmal einen Stiefel ins Gesicht gekriegt hatte, als ich mit meiner ersten Freundin an einem Sonnabendmorgen ihre Geburtsstadt in der Altmark besuchen mußte. Der Schreck saß so tief, daß ich lange ein gespanntes Verhältnis zu Kurzhaarigen hatte. Meine Freundin zog mich aus dem Abteil, während ich nicht verstehen konnte, wieso ich nur den Schlag bemerkt, aber den Fuß nicht gesehen hatte. Im Grunde war ich nie von der Frage losgekommen, was passiert wäre, wenn ich geblieben wäre. Sie hätten mir zwar höchstwahrscheinlich die Knochen gebrochen, aber meine Seele wäre vielleicht stolz auf mich gewesen.

Inzwischen war der Knabe dem älteren Herrn auf die Straße gefolgt, um ihm dort Schläge anzubieten. Mariposa hat ihn von dort weggeholt und zurück an seinen Tisch geschickt. Aber jetzt stellte er sich blind: «Ick seh janüscht mehr, ick find mein' Tisch nich mehr.»

So wankte er durch den Raum, und für einen Moment war ich nicht sicher, ob er nicht direkt auf uns zukam.

Wir bestellten noch einen Wodka bei der Chefin.

«Meine Nerven, Mensch, Mariposa, sag denen, die sollen zahlen und verschwinden.»

«Wieso denn icke?»

Die Antwort gefiel mir. Sie hätte von mir sein können. Ich überlegte, was mir an ihr eigentlich nicht gefiel. Beunruhigend wenig, für den Moment eigentlich nur, daß sie davon auszugehen schien, ohne mich leben zu können.

«Dann gehen sie auf Büffeljagd, und in einer gefährlichen Situation vergißt Macomber seine Angst, und es ist, wie wenn er durch Feuer gegangen wäre, er fühlt sich plötzlich unverwundbar. Und jetzt sieht er seine Frau von oben an, so wie sie ihn jahrelang angesehen hat, das erstemal im Leben ist er souverän. Und das erstemal im Leben freut er sich darüber, daß er er ist. Seine Frau spürt das und drückt sich ängstlich in den Jeep, denn das Manöver war wirklich gefährlich gewesen.»

Der Knabe kam an die Kasse zum Bezahlen. Da er ver suchte, den Vorgang in die Länge zu ziehen, wurde er von einem der anderen ermahnt: «Ej, mach keen Scheiß, ick wohn hier, ick will hier noch öfter herkommen.»

«Na, ick komm jetz jeden Tach her zu die Kleene.»

«Denn bin ick aba im Urlaub», sagte Mariposa.

Früher hatte ich eines dieser lästigen Gesichter, das mir bei jeder Gelegenheit Scherereien zutrug. Das hatte sich geändert, ich sah jetzt aus wie jedermann. War es das wert? Ich hatte es immer für Kapitulation gehalten, mir die Haare zu schneiden, nur um keinen Ärger zu bekommen. Ein seltsamer Idealismus. In Wirklichkeit ging es schließlich um Macht. Ich kannte das ja aus Mafia-Filmen: der Mächtigste konnte auch im Dickicht der Städte als Paradiesvogel herumlaufen. Gerade daran erkannte man in ihm den Mächtigsten. Für jeden anderen war es besser, unauffällig zu bleiben. Auffälligkeit war ein Luxus im Dickicht der Städte.

Endlich waren die vier mit ihrem Hund verschwunden. Die Chefin atmete tief durch, Mariposa stand neben ihr, und ich sah ihr beim Reden zu. Das war fast noch besser, als ihr beim Schweigen zuzusehen.

«Mensch, so schlimm war das ja noch nie.»

«Wenn ditt meine Mutter wüßte, die denkt doch so schon, ick werd hier auf der Straße erschossen nachts. Wenn die wüßte, watt hier für Tüpen herkommen.»

Ich bestellte uns noch einen letzten Wodka. Ich haßte mich für meine schwachen Nerven. Warum mußte mein Vater ein Intellektueller sein? Warum hatte er mich nicht ermuntert, die Zeit in der Schule für Prügeleien zu nutzen? Gut, ich wäre eher unbeliebt gewesen, ich hätte beim Appell vortreten müssen und hätte einen Verweis oder sogar einen der gefürchteten Tadel bekommen, aber ich hätte gelernt, meine Kräfte einzuschätzen. Das einzigemal, als ich einen Älteren geohrfeigt hatte, waren mir sofort die Tränen gekommen. Es war zwar ein ausgeglichener Kampf geworden, aber ich hatte mich so im Recht gefühlt, daß ich heulen mußte vor Wut und vor noch größerer Wut über meine Tränen nicht mehr aufhören konnte damit. Dann im Ferienlager hatte ich immer zu den Friedlichen gezählt. Die Schläger hatten Warzen, pinkelten aus dem Fenster, rülpsten ununterbrochen und bekamen keine Freundin, weil sie nicht tanzen konnten.

Es war ein bestimmter Typ Knabe, sie ähnelten sich alle. Gut, ich bekam auch keine Freundin, aber dafür aß ich wenigstens nicht meine Zahnpasta auf.

«Und jetzt rast dieser verwundete Büffel auf sie zu. Macomber und der Jäger sind ganz benommen vor Aufregung. Macomber schießt, einmal, zweimal, zu hoch, er muß ins Maul treffen, trifft aber immer nur die verhornte Stirn, von der die Schüsse einfach abprallen. Der Büffel kommt immer näher, da sieht Macomber einen weißen Blitz und ist tot. Seine Frau hat ihn von hinten erschossen. Es sieht zumindest aus wie ein Jagdunfall.»

«*Putain!*»

«Aber er hat gelebt. Wenn auch nur kurz ... *The short happy life* ... Weißt du, was mich an der Geschichte beunruhigt? Egal wie gefährlich es war, sie hätte ihn nur lieben können, wenn er nicht vor dem Löwen weggerannt wäre. Die Frauen können noch so modern sein, ich glaube tief drinnen würde jede einen ängstlichen Mann verachten, genau wie er sich ja selbst verachtet.»

«Jedenfalls die Hemingway-Frauen.»

«Wollen wir denn andere?»

«Natürlich, die Reip-Frauen sind doch viel interessanter.»

«Ja, aber wie kommt Reip an die Reip-Frauen?»

«Du hast doch deinen eigenen Charme.»

«Ich bin mir jetzt nicht so sicher, ob wir unter Charme das gleiche verstehen.»

«Natürlich, du bist doch ein romantischer Intellektueller.»

Der hatte gesessen. Auch wenn Cédric es als Kompliment gemeint hatte. Er war eben ein Franzose, und die Franzosen hatten in vielem eine leicht modifizierte Vorstellung von der Welt. Ich jedenfalls wäre an diesem Abend gerne nicht ich gewesen. Von mir aus der Pitbull, oder einer der unbequemen Stühle, oder mein eigener Grippe-Virus, nur nicht ich. Nichts wünsche ich mir an diesem Abend sehnlicher. Aber hätte ich es mir auch gewünscht, wenn zu befürchten wäre, daß Wünsche in Erfüllung gehen? Ich beschloß, ihr eine Erzählung zu schreiben. Sie würde im wesentlichen davon handeln, daß ich nie den Mut aufbrächte, sie ihr zu geben. Kannst du ihr denn nicht einfach in die Augen sehen, dachte ich. Wenn ich es nicht so sehr wollen würde, vielleicht. Nur leider brachte ich ihr gegenüber nicht mehr über die Lippe als: «Einmal Oliven bitte.»

«Oh, da weeß ick janich, ob ick die jetzt finde. Ick kenn mich in der Küche nich so aus.»

«Na, dann irgendwas anderes.»

«Chips mit Dip?»

«Von mir aus auch Mehlsuppe, ich will doch sowieso nur, daß du dich an mich erinnerst.»

Das hatte ich natürlich nicht gesagt. Aber tatsächlich hatte ich Oliven bestellt. Dabei hatte sich die Frage ergeben: seit wann bestellte ich Oliven? Ich war eben nach wie vor nicht Hemingway. Und wenn doch, dann war es für Außenstehende ziemlich schwer zu erkennen. Die hätten mich an dem Abend eher mit einem Kalkblock verwechselt. Und daß mir das bei einem Mädchen so lange nicht passiert war, machte es nur noch schlimmer. Was würde sie von einer Erzählung wie dieser halten? Und vor allem: was würde sie von einem wie mir, der eine Erzählung wie diese schrieb, halten? Konnte ein Text so mächtig sein, die unerfreuliche Kellnerin-Kunde-Konstellation in eine Komischer-Tüp-watt-will-der-denn-jetzt?-Na-mal-sehen-ob-er-wiederkommt-Konstellation zu verwandeln? Aber wäre das nicht schon die Mühe wert?

Wie kann man so häßlich sein? Das geht, wie so vieles, nur in Amerika. Ein fetter, schwitzender, keuchender, langweiliger junger Mann mit einer zu ihm passenden Brille, hat keine andere Abendunterhaltung, als Nummer für Nummer aus dem Telefonbuch anzurufen und zu hoffen, daß sich am anderen Ende eine Frau meldet, die nicht sofort mitbekommt, was er von ihr will. In Wirklichkeit ist er allerdings in seine Nachbarin verliebt. Manchmal trifft er sie vor dem Fahrstuhl und nuschelt: «*How is it going?*» Sie antwortet nicht, und er steht neben ihr im Fahrstuhl und leidet, weil er weiß, daß er sie nie ansprechen wird und daß es auch keine gute Idee wäre. Eines Abends wählt er ihre Nummer, gerade als sie sich verzweifelt aufs Bett geworfen hat, weil ihr ihre Gedichte mit einem Mal schal und verlogen vorgekommen sind. Wie konnte sie über «*Rape at thirteen*» schreiben? Sie war nie vergewaltigt worden. Warum bewunderte man sie für diesen prätentiösen Schrott? Sie hebt ab und hört jemanden sagen: «*I'm going to fuck you hard and fast. I'm going to hurt you ...*» Er legt auf. Doch sie hat ein modernes Telefon und ruft zurück. «Wer sind Sie?» Er legt auf, sie ruft wieder an: «Komm her und tu es!», der dicke Mann stottert: «*I ... I can't do that.*» Für die nächsten Tage muß er sein Telefon abstellen, denn sobald er es wieder anstellt, ruft sie an.

Natürlich weiß sie nicht, daß der geheimnisvolle Anrufer ihr häßlicher Nachbar ist. Sie weiß es auch noch nicht, als er eines Abends über den Flur zu ihr schlurft und den zentnerschweren Klingelknopf drückt. Sie weiß es auch noch nicht, als sie ihn vor der Tür stehen sieht. Er sagt nichts, er schwitzt nur und schnauft. Und er sieht verschämt nach unten. Weil er auch weiter nichts sagt, ahnt sie etwas und läßt ihn herein. Dann sitzt er auf ihrem Sofa, einen Meter von ihr entfernt, und schweigt. Milimeterweise bewegt er seine linke Hand auf sie zu, das Mutigste, was er je im Leben getan hat. Und als er sie fast berührt, sagt sie: «*Sorry, you're not my type.*»

*

«Du mußt einer Frau immer das Gefühl lassen, daß *sie* dich anmacht, sobald sie merkt, daß *du* sie anmachst, verliert sie das Interesse.»

«Ich hab es ja schon damit versucht, sie nicht zu beachten.»

«Und?» «Sie hat mich nicht beachtet.» «Du mußt eben noch ein paarmal hingehen.»

«Ich war mit Cédric da und hab Französisch geredet. Das müßte ihr eigentlich aufgefallen sein.» «Ich würd mich nicht drauf verlassen.» «Ich hab ihr auch eine Kurzgeschichte geschrieben.» «Und?» «Erst wollte ich sie ihr schicken, aber dann kam mir das zu feige vor.»

«Und was steht in der Kurzgeschichte?»

«Daß ich mich nicht traue, sie ihr zu geben.»

«Klingt ja spannend.»

«Ich weiß.»

Peter gehörte zu den vielen Bekannten, die ich in den letzten Wochen nach ihrer Meinung gefragt hatte. In Wirklichkeit interessierte mich ihre Meinung natürlich gar nicht. Ich kannte alle Meinungen und vertrat sie abwechselnd. Die Realität hatte ihre Netze ausgeworfen, ich mußte da allein rauskommen. Ein Weg war natürlich, ins Kino zu gehen. Deshalb ging ich mit Peter in *Happiness*, wo ungeheuer häßliche Menschen unglücklich waren über ihr langweiliges und dabei auch noch anstrengendes Leben. Nach dem Film tat mir irgend etwas weh, und da es kein Körperteil war, konnte es nur die Seele sein. Wie immer ließ sie sich nur blicken, wenn es ihr schlecht ging. Der Film war einfach zu böse, und das böseste daran war, daß er die Wahrheit sagte. Wie schäbig die Dinge wirkten, wenn sie nicht vom jungen Paul Newman, sondern von häßlichen und langweiligen Menschen gemacht oder gefühlt wurden. Man hatte keinen Grund, sich darüber zu erheben. So wie der dicke Mann auf dem Sofa lief schließlich auch ich durchs Leben, nur daß ich nicht einmal den Mut aufbrachte zu klingeln. Vielleicht war ich ja noch nicht verzweifelt genug. Und genau das würde ich auch nicht sein, schließlich war es endlich wieder wärmer geworden, und ich hatte nicht vor, mich in diesem Frühjahr in meinen, nicht nur von mir gefürchteten Phantasmen aufzureiben.

Ich hatte ihr also eine Erzählung geschrieben. Das war nicht schwer gewesen, aber als ich sie meinem Freund Dean zu lesen gab, war er zwar nicht dagegen, aber auch nicht begeistert.

«Der ganze erste Teil kann raus.»

«Was? Der erzeugt doch erst den Spannungsbogen.»

«Aber diese langen Gespräche über diese ganzen Sachen . . .»

«Apollinaire und Flaubert und Baudelaire heißen diese ‹Sachen›.»

«Die gehören doch gar nicht da rein.»

«Wo gehören die *nicht* rein?»

«Da entsteht aber so ein Bruch zum zweiten Teil.»

«Es *soll* doch ein Bruch entstehen!»

«Ich weiß nicht, ich würds rauslassen.»

Ich war natürlich vollkommen anderer Meinung. Diese Erzählung sollte schließlich nicht nur von Mariposa handeln, sondern viel mehr von der Freude darüber, einen Freund wiedergesehen zu haben, und mit jemandem, der alles andere als ein Intellektueller war, über die lebensverlängernde Wirkung von Baudelaires Texten gesprochen zu haben. Wir waren zwei Tage in Gespräche vertieft gewesen und hatten vor jedem Haus Berlins gestanden. Er hatte fotografiert, und ich hatte ihm die Frankfurter Allee gezeigt. In einer Beuys-Ausstellung hatten wir uns gefragt, ob die Avantgarde wirklich eine Bereicherung für unser Leben war. Aber als wir dann auf der Straße überall Beuys-Objekte herumliegen sahen, hatten wir beschlossen, unsere Fähigkeit, die Wirklichkeit so verwandelt wahrzunehmen, der Avantgarde zuzuschreiben. Und das sollte nicht in die Erzählung über eine Kellnerin und ein paar nervende Maurerlehrlinge gehören?

Natürlich hatte Dean recht. Das merkte ich, als ich den ersten Teil herausnahm und auch den zweiten Teil noch einmal überarbeitete. Und als ich ihm die neue Fassung schickte, bekam ich sein Placet. Es war eine Hilfe, aber keine große. Denn ich hatte es mir in den Kopf gesetzt, ihr die kleine Geschichte persönlich in die Hand zu drücken. Dabei freute ich mich zwar über meine Kompromißlosigkeit, aber ich mußte auch darunter leiden. Würde sie wie ich der Meinung sein, daß zu so einer Tat mehr Mut gehörte als zur Löwenjagd?

Zur Zeit wurde der Vorbau des schwedischen Hochhauses an der Friedrichstraße abgerissen. Was dabei zum Vorschein kam, war die Würdelosigkeit der modernen Bauweise. Jede abgerissene Wand war voll von wirr herumhängenden Kabeln. Zwischen Räumen und Wänden taten sich unförmige Zwischenräume auf, die ein Paradies für Kakerlaken sein mußten. Einmal war ich als Kind mit meinen Eltern aus dem Bahnhof gekommen, und direkt vor uns war jemandem eine Flasche «Amor»-Wermut aus dem Einkaufsnetz gefallen. Jahrelang bildete ich mir ein, den Fleck auf dem Bürgersteig noch zu sehen. Das fiel mir jetzt wieder ein, während ich so tat, als würde ich mir durch die Scheiben des Wartehäuschens der Straßenbahn die Abrißarbeiten ansehen. In Wirklichkeit versuchte ich, mich im Spiegel zu erkennen. Denn ich war an dem Tag beim Friseur gewesen. Deans Ex-Freundin hatte meine Frisur mit der von Otto Schily verglichen. Der neue Look war nicht viel besser geraten. Während mich der schwule Friseur, der nicht nur aussah und redete, *sondern auch so roch* wie ein aus Bielefeld zugewanderter Soziologiestudent, frisierte, lief vor dem Fenster ein Pärchen vorbei, das sich die Augen dick mit Mullverband umwickelt hatte. Sie bewegten sich sehr langsam vorwärts. *Method acting*? Während ich den Friseur dabei beobachtete, wie er mir blind die Haare schnitt, beobachtete er das blinde Pärchen auf der Straße. Am Ende schmierte er mir, um seine Tat zu vertuschen, ungefragt eine bläuliche Krem in die Haare. Als ich ihn danach fragte, was das sei, sagte er, das Zeug heiße *Blue Sperm*.

Ich sah zwar kaum mein Spiegelbild, aber was ich sah, machte mir nicht viel Mut. Das Schicksal wollte es aber so, daß zuerst eine Bahn kam, die mich direkt zum *Spengler* fahren würde. Ich war nicht besonders zuversichtlich. Trotzdem stieg ich ein und wartete nicht auf die Bahn, die mich nach Hause gefahren hätte. Ich wollte zumindest am *Spengler* vorbeigelaufen sein.

Vor dem Scala stieg Deans Ex-Freundin ein, sie war ganz außer Atem. Ein Zeichen Gottes? Ich hatte mir gewünscht, jemanden zu treffen, um mir ein bißchen Mut machen zu lassen. Sie lobte meine Haare, aber sie war eine Spanierin, und Spanierinnen war in Männermodefragen nicht zu trauen. Außerdem kam sie vom Land. Ich sah eine Viertelstunde lang neben mir durchs dunkle Fenster und studierte meinen verunstalteten Kopf. Im Grunde war er gar nicht verunstaltet, sondern nur ans

Tageslicht gezerrt worden. Warum war ich zum Friseur gegangen? Weil die Paßbilder, die ich am Nachmittag abgeholt hatte, die schlimmsten waren, die ich je von mir hatte sehen müssen. Das Gesicht rot, die Nase dick, die Haut unrein, die dünnen Haare zur Seite geschüttelt, und natürlich hatte der Fotograf mich wieder zu einem, wie er es nannte, freundlichen Gesicht gezwungen, vorher war er nicht bereit gewesen abzudrücken. Herausgekommen war das gefürchtete schiefe Grinsen.

Ich näherte mich dem *Spengler* von hinten. Dabei schwankte ich zwischen Draufgängertum und Mutlosigkeit. Ich wußte, ich hatte nichts zu verlieren, aber ich wußte auch, daß ich vielleicht gerade einen Fehler machte. Vor dem *Spengler* war der Bürgersteig aufgerissen. Ich mußte also mit großem Abstand daran vorbeigehen und angestrengt von weitem nach innen spähen, um zwischen den vollbesetzten Tischen Mariposa auszumachen. Sie war nicht da. War ich erleichtert? Ich ging weiter, vielleicht war Summi zu Hause. Aber das ganze *Spengler* sah mir nach, und einige Gäste stürzten aus der Tür, um mir hinterherzurufen: «Was versteckst du denn da in deiner Jackentasche? Ist das etwa ein Gedicht?» Richtig, ich hatte kurz vor der Ankunft die Strategie geändert und die Erzählung in die Innentasche der Jacke gesteckt. So hätte ich sie nicht erst aus meiner Ledertasche kramen müssen.

Bei Summi meldete sich niemand. Ich kehrte um und ging noch einmal am *Spengler* vorbei, diesmal faßten sich die Gäste nur noch an den Kopf. Irgendwo hatte sich Mariposa auf ihr Zeichen hin versteckt. Jemand mußte Schmiere gestanden haben. Sie lechzten danach, daß ich reinkommen und mich an den Tresen setzen würde. Sie wollten mein Leid von nahem studieren. Aber ich widersetzte mich und ging langsam weiter. Doch als ich das angstbeladene Ziel hinter mir hatte, verwandelte sich die Aufregung in Langeweile. Sollte ich so nach Hause gehen? Geschlagen? War das das Ende meiner Jugend, hatte ich nicht mehr die Kraft, mein Leben zu ändern? Ich klingelte bei Ulf. Gott gib, daß er da ist. Ulf lag mit Summi im Bett und sah fern. Sie sahen einen deutschen Film mit furchtbaren Dialogen und einer unerträglichen Hauptdarstellerin, die Sätze sagte wie: «Kein Fisch weiß, wer seine Mutter ist!» Und als ihr Mann ihr berichtet: «Charly kann heute nicht kommen, er ist krank geworden.»

«So ein Idiot!»

«Aber er kann doch nichts dafür.»

«Natürlich, man kann immer was dafür.»

Solche und andere Sätze erinnerten mich immer an meine erste Freundin. Sie konnte eigentlich nichts dafür, aber ich war doch geschockt, daß sie mir jetzt schon im Fernsehen auflauerte.

Am nächsten Tag wartete ich ungeduldig auf den Abend. Ich hatte diese ganze Geschichte gründlich satt. Wenn das unter «sein Glück bei den Hörnern packen» zu verstehen war, konnte ich darauf verzichten. Aber ich hatte eben auch eine Verantwortung vor meinem Charakter, und der wurde nicht besser davon, daß ich mich vor Entscheidungen versteckte. Das ging eine Weile auf ganz charmante Art, aber man wollte doch nicht für immer den Woody Allen machen.

Um Mut zu schöpfen, ging ich ins Colosseum, in das Kino, in dem ich den überhaupt ersten Film in meinem Leben gesehen hatte. Er handelte von grünen Fröschen, und ich hatte eine rote Plastetasche mit einer Rolle Butterkekse dabei. Inzwischen war das Kino renoviert worden und hatte nicht mehr nur einen, sondern ein Dutzend Säle. Der Film, den ich jetzt sehen wollte, hatte eine ähnliche Handlung, wie der von damals: es ging um Außerirdische, und der Held war wie immer der kleine Schulschwächling, der aber als einziger durchblickte. Hinter mich setzten sich ein paar Studenten: «Der Saal is ja schön, nich so groß.»

«Wir warn damals auch hier, bei der Jugendweihe.»

«Ach, ihr habt ditt hier jemacht?»

«Na klar, meine fünfzehn Minuten Berühmtheit. Mit Dauerwelle und Kleid, und dann ‹Vom Sinn unseres Lebens›.»

Als eine Filmwerbung für eine Actionschmonzette kam, schmatzte die Frau neben mir: «Yemi Lee Curtif if soo geil!»

Ich war umgeben von meiner Generation, kein schönes Gefühl. Aber der Film war genau das richtige für meine mitgenommenen Nerven. Wo würde ich eine Frau finden, die mit mir am Montag «Happiness», am Dienstag «Faculty» und am Mittwoch «Cinema Paradiso» sieht? Die Außerirdischen gaben sich dadurch als Außerirdische zu erkennen, daß sie den ganzen Wasservorrat der Schule wegtranken, weil sie sonst ausgetrocknet wären. Und als mein Bier verschwunden war, fing es auch schon an in meiner Blase zu nerven. Ich sah auf die Uhr, erst eine Stunde vorbei. Schaffe ich es noch 30 Minuten? Ich saß am falschen Ende der Reihe. In dem Moment, als sich die «Königin» der Außerirdischen geoutet hatte, was für sie bedeutete, sich in eine haushohe Krake zu verwandeln, stürmte ich aufs Klo. Jemand rief mir nach: «Der muß erst mal Wasser trinken.» Das mochte ich so an uns Berlinern.

Zu Hause rief ich Dean an.

«Soll ich dir jetzt sagen, du sollst nicht hingehen?»

«Nein, ich weiß, es ist Unsinn.»

«Dann mach es doch einfach.»

«Ich hab schon ein paar Szenarien für den Ernstfall ausgearbeitet, wie die NATO, warte mal, ich les sie dir vor.»

Tatsächlich war ich die möglichen Dialoge mit ihr schon durchgegangen. Es lief wie in einem guten Adventure ab, man bekam immer drei mögliche Antworten vorgegeben und mußte die richtige auswählen. Das war im Adventure gar nicht so einfach, wenn man den Barkeeper etwas fragte und der einen beleidigte und man zu wählen hatte zwischen: «Sag sorry und verpiß dich», «Sag Entschuldigung, ich *muß* es aber wissen» und «Schnapp dir den Nasenring und knall sein Kinn auf den Tresen», dann war womöglich die letzte Variante die richtige. Wie dem auch sei, im Adventure konnte man vorher den Spielstand abspeichern und es dann noch einmal versuchen. Die Möglichkeit hatte man im Leben leider nicht. Aber die Zahl der möglichen Antworten war auch hier begrenzt:

1.

«Ick hab hier watt für dich.»

«Für mich? Watt isn ditt?»

«Kiex dir mal an, ick hoffe, du amüsierst dich.»

«Watt solln ditt sein? 'N Liebesbrief? Laß mal stecken.»

«Ditt is ne kleene Jeschichte.»

«Du, mach dir nüscht draus, aber ick nehm von den Jästen nüscht an.»

2.

«Hier, ditt wolltick dir nich vorenthalten.»

«Wie bitte?»

«Ähem, DITT WOLLTICK DIR NICH VORENTHALTEN.»

«Du sprichst immer so leise, ditt is mir schon neulich aufjefallen.»

«Entschuldigung.»
«Wieso entschuldigstn dich jetzt?»
«Äh ...»
«Watt wolltest du nochmal?»
«Äh, ick hab hier watt für dich.»
«Watt solln ditt sein?»
«Ditt is ne kleene Jeschichte.»
«Und watt sollick damit?»
«Naja, du kommst drin vor.»
«Wa?? Icke??»
«Ja, lies mal, ick will denn aber wissen, obs dir jefallen hat.»
«Ditt kann ick aber nich gleich lesen.»
«Na logisch nich, aber du wirst ja wohl auch mal nich hier sein.»
«Ick weeß nich, ick hab im Moment fülle um die Ohren, bis wann mußet denn sein?»
...
«Watt wollten der von dir?»
«Weeßick ooch nich, hier, hatter mir jejebn.»
«Watt isn ditt?»
«Ne kleene Jeschichte, oder so.»
«Sollickn rausschmeißn?»
«Nee, laß mal, der hat sowieso schon die Hosen voll.»

3.
«Ick hab hier watt für dich.»
«Echt? Für mich? Watt isn ditt?»
«Ne kleene Jeschichte, ick hoffe, die jefällt dir.»
«Und wieso jibst du mir die?»
«Weil ick dich jut finde.»
«Ach so?»
«Ja.»
«Kannst du mir ditt nich so sagen?»

«Habick doch.»

«Naja, ick meine nich *so* so.»

«Wie *so* so?»

«Na so komisch.»

«Hauptsache, ick habs dir überhaupt jesagt, oder?»

«Ditt is nett von dir.»

«Wirklich?»

«Ja.»

«Keen Quatsch?»

«Ej, hör mal, soll ick dir vielleicht nochn Wanderpokal überreichen?»

4.

«Warte mal, Mariposa heißt du, oder?»

«Ja, wieso?»

«Habick richtich jehört neulich. Ick heiß Jürgen.»

«Hi Jürgen.»

«Ick wollt dir ditt hier jeben, deshalb bin ick hier.»

«Watt isn ditt?»

«Ditt is ne kleene Jeschichte.»

«Ne kleene Jeschichte?»

«Ja, manche sagen ooch Short-Story dazu.»

«Und wieso jibst du mir die jetzt?»

«Weil du drin vorkommst.»

«Icke?»

«Ja, und nich zu knapp.»

«Wie? Jetzt bin ick aber neugierig.»

«Und ick bin jespannt wien Flitzebogen, watt du sagst.»

«Kannick aber nich gleich lesen.»

«Laß dir Zeit.»

...

«Watt liestn du da?»

«Ach, ditt hat mir son Tüp jejebn.»

«Und watt kicherste so dabei?»

«Ditt is irgendwie voll komisch.»

«Ach so? Watt warn ditt fürn Tüp?»

«Keene Ahnung, der is in letzter Zeit öfter hierjewesn. Ziemlich unscheinbar eigentlich. Der kiekt dir nie ins Jesicht.»

«Und watt will der von dir?»

«Weeß ick do nich.»

«Zeig mal her.»

«Nee, ditt is für mich.»

«Watt isn jetzt los? Vielleicht zeigst du mal her?»

«Nee, ditt is *nur* für mich.»

«Ej, ick sach dir, fang nich so an.»

«Mann, ditt is MEINS, ditt jeht dich nüscht an!»

«Sie dich vor do, wenn du nochmal fremdjehst, denn platzt mir der Arsch!»

Dean reagierte eher skeptisch: «Das beste ist, du machst dir überhaupt keine Gedanken vorher.»

«Ich weiß, daran habe ich auch schon gedacht.»

«Das kommt dann schon.»

«Ich setz auch eher auf schweigen und groß ansehen.»

«Na klar, weil du den Leuten auch immer ins Gesicht siehst …»

«Bei ihr lohnt sichs aber.»

«Na dann los.»

«Scheiße, mir geht das auf den Keks, ich meine, ich hab hier eine Erzählung und keinen Liebesbrief. Und wenn ich nicht mal sicher bin, daß die Erzählung gut ist, dann sollte ich den Beruf wechseln.»

«Sei aber nicht enttäuscht, vielleicht liest sie sowas gar nicht.»

«Damit muß man rechnen.»

«Was wäre denn die größte Enttäuschung?»

«Enttäuschen kann sie mich eigentlich nicht, weil ich mir keine Hoffnung mache. Aber wenn sie mich unter die täglichen Nerver einordnen würde, die ihr an die Wäsche wollen, wäre das traurig.»

«Mach dir mal keinen Kopp und geh hin.»

«Ich hab schon überlegt, ob ich das Ganze nicht einfach als Recherche betrachten sollte. Es gibt Recherchen, für die man mehr Überwindung bräuchte.»

«Meinst du das ernst?»

«Eigentlich nicht, aber man fängt eben an zu spinnen, wenn man zuviel nachdenkt. Weißt du übrigens, was mir aufgefallen ist? Ich hab sie doch Mariposa genannt ...»

«Und?»

«Das heißt doch Schmetterling, und bei Thomas Mann wird die Frau, der Leverkühn seine Syphillis verdankt, doch auch als Schmetterling bezeichnet, *Hetaera Esmeralda*.»

«In welchem Buch?»

«Im ‹Doktor Faustus›.»

«Das hab ich nicht gelesen.»

«Ist ja auch egal. Jedenfalls hab ich beim Schreiben gar nicht daran gedacht, und jetzt gefällt es mir doppelt gut. Aber darf man sich darauf was einbilden, wenn es reiner Zufall ist? Wer weiß, was die Leser einem alles reininterpretieren, wenn man schon selbst nicht die Kontrolle hat.»

Ich stand vor meinem Schicksal in der Pflicht. Ich mußte endlich wieder etwas tun, was mich in Frage stellte, man konnte nicht immer nur gleichmäßig und stetig an sich arbeiten, man mußte von Zeit zu Zeit genau das tun, was man eigentlich nie tun würde. Abwechselnd vor Freude über mich und mein Talent lächelnd und dann wieder nervös und niedergeschlagen, ging ich zur Raumerstraße, vorbei an Ulfs Wohnung, in der Licht brannte. Selten hatte ich so sicher das Gefühl gehabt, etwas allein durchstehen zu müssen. Für Momente gelang es mir, mir einzubilden, mich in einer Geschichte geradeaus zu bewegen und mich auf die nächste Seite zu freuen. Aber die meiste Zeit über kämpfte ich nur darum, mir dieses Gefühl zu verschaffen. Es war inzwischen natürlich dunkel, gegen elf, die Kneipen waren voll, wie immer. Wie oft hatte ich mir einen Ort gewünscht, wo ich mich im Winter an den Tresen setzen könnte, um vor mich hinzusehen und mich wie Al Pacino zu fühlen. So einen Ort hätte ich bitter nötig gehabt, aber die Überwindung war zu groß für mich. Ich hatte Sozialphobie, in so einen Raum einzutreten kam für mich schon einer von Herakles' Aufgaben gleich. Deshalb stellte ich befriedigt fest, daß mir die Kneipen, an denen ich jetzt vorbeiging, läppisch vorkamen, daß es jetzt ein Kinderspiel wäre, dort hineinzugehen und die Leute nicht zu beachten. Dann hatte die ganze Geschichte also doch schon etwas bewirkt. Leider galt das natürlich nicht für das *Spengler*.

Auf der Hälfte des Wegs sprach mich ein junger Mann an: «Hast du mal ne Zigarette?»

«Nee, ich rauche nicht mehr.»

Irgendetwas an meiner Antwort mußte für ihn etwas anderes bedeutet haben als für mich, denn er fragte weiter: «Kann ich deinen Namen wissen?»

Was sollte *das* denn jetzt? Sammelte der die Namen aller Nichtraucher, oder wollte er mit mir ins Bett? Eine dritte Möglichkeit fiel mir nicht ein. Normalerweise wäre ich bei so etwas in mich zusammengesunken, weil es sich wohl nie ändern würde, daß mir, wo ich auch war, die Verrückten nachliefen, doch heute grinste ich nur beim Weitergehen und freute mich, wie souverän ich geworden war. So arbeitete ich mich langsam durch die Studentengrüppchen die Raumerstraße hoch, aber an der letzten Ecke änderte ich die Taktik: nein, nicht frontal, ich würde von der Seite kommen. Das bedeutete einen Umweg über die Dunckerstraße von fast zehn Minuten. Egal, ich war noch nicht bereit für den Frontalangriff. Auf dem Umweg gelangen mir zwei souveräne Phasen, doch kurz vor dem Ziel stürzte ich wieder in ein Loch. Außerdem waren da immer noch die vermaledeiten Bauzäune. Ich ging ganz langsam in Richtung Tür, knöpfte meine Jacke auf, sah aber Mariposa nicht. Oder sah ich sie doch und wollte sie nicht sehen? Es war auch kein Tisch frei und der Tresen war fast voll besetzt. Ich ging unauffällig weiter, die blonde Kellnerin hatte mich schon komisch angesehen und überlegt, ob sie die Polizei rufen sollte. Ich ging wieder zu Summi, aber diesmal wollte ich gar nicht bei ihr klingeln, es war schließlich schon halb zwölf. Ich brauchte nur etwas Zeit. Sehr langsam ging ich wieder zurück zum *Spengler* und blieb in einiger Entfernung vor der Tür stehen. Der Krach kroch die Straße entlang bis zu mir. Was da so alles diskutiert wurde. Von weitem erreichte einen von den Gesprächen nur ein unangenehmes menschliches Gemurmel. Wenn das die Außerirdischen hörten ... Aber vielleicht hörten sie es ja und ließen uns deshalb links liegen. Wenn ich jetzt einen Schritt mache, gibt es kein Zurück, dachte ich. Plötzlich sah ich sie genau vor mir gegenüber an der Kasse stehen. So klein hatte ich sie gar nicht in Erinnerung gehabt. Doch ich konnte diesen einen Schritt nicht machen. Es war mit einem mal alles niederschmetternd real, das Gemurmel, die Nacht, das fremde Mädchen in Sichtweite, meine albernen Ängste und mein Ferienlagerbenehmen. Da konnte man sich nichts mehr zurechtmogeln, das war die Wirklichkeit, und ich schaffte es nicht, in ihr einen kleinen Schritt nach vorn zu tun. Ich drehte mich um und fluchte. Was jetzt? Enttäuscht und ärgerlich ging ich zur Schliemannstraße, vielleicht war Vera ja da, die durfte man auch um halb zwölf noch rausklingeln. Ich betete zu Gott: mach, daß Vera nicht in der Lausitz bei ihren Eltern ist, mach, daß das Sozialamt sie gezwungen hat, an *jedem* Tag für drei Mark die Stunde alte Frauen beim Einkaufen zu begleiten. Nichts rührte sich. Verdammt, dieser verschissene Sozialstaat, offenbar hatten sie sie laufenlassen, sie war jedenfalls nicht zu Hause. Und jetzt? Ich ging in Richtung Helmholtzplatz am «Schlafzimmer» vorbei, wo die Studenten unter sich die Zukunft des Landes aufteilten. Da konnte ich nicht rein. Aber an einem Tresen mußte ich unbedingt sitzen. Ich ließ den Zufall für mich entscheiden, und als ich am «Simone de Beauvoir» vorbeikam, gab ich mir einen Ruck und ging hinein.

«Was solls denn sein?»

Als würde ich das jeden Tag tun, antworte ich wie aus der Pistole geschossen: «Ein kleines Jever.»

Ich trank eigentlich immer Berliner, aber der Satz war noch für das *Spengler* einstudiert gewesen, wo sie kein Berliner hatten.

«Ein Bier?»

«Ja, ein Jever.»

«Haben wir nicht.»

«Na dann ein Berliner.»

«Wir haben Holsten und Lübzer.»

«Na dann ein kleines Lübzer.»

«Na also, erst so wählerisch und dann doch ein Lübzer.»

Hatte ich wieder etwas nicht verstanden? Mir schmeckten doch sowieso alle Biere gleich. War Lübzer die falsche Wahl gewesen? Egal, ich war nicht hier, um den Barkeeper zu beeindrucken, sondern um der Kellnerin 200 Meter weiter eine Erzählung in die Hand zu drükken. Nur deshalb war ich hier. Ich stützte meine Ellbogen auf den Tresen und stellte fest, daß meine neue Jacke dazu zu eng war. Gut, daß ich das hier noch mal übte, ich würde also dort den Schal vorher einstecken und mich nicht so auf den Tresen stützen, sondern in einer anderen Position. Am besten ein Arm aufgelegt und der andere stützt das Kinn, das ging eine Weile. So konnte man auch leichter am Bierglas nippen. Als ich die richtige Position für die nächsten fünf Minuten gefunden hatte, ging mir eine bedrückende Frage durch den Kopf: was mache ich hier? Ich sah mich nach den Gästen um. Neben mir diskutierten zwei Burschen über das durchschnittliche Arztgehalt. Warum war ich mir auf Anhieb so sicher, sie nicht in mein Rettungsraumschiff zu lassen? Was hatten sie mir getan? Nichts, aber mußten sie so aussehen? Beide trugen Jeans und weiße, sehr weite Wollpullover mit Profilstrickmuster, falls man das so nannte. Kurze Haare und in fünf Jahren eine Halbglatze. Beide hatten die gleichen, kleinen, schmalen, schwarzrandigen Brillen. Beide kamen von weit her und hatten sich ihr Feierabendbier redlich verdient. Menschen oder Aliens? Immerhin hatte ich jetzt eine Beschäftigung: ich konnte sie hassen. Neben ihnen saß ein Verlierer, der nichts sagte und anhaltend schmunzelte. Die meisten Tische waren leer, aber hinter mir saß ein Soziologiedoktorand und schrieb ohne abzusetzen lange Sätze in ein kleines Notizbuch. Warum war anderen so etwas nicht peinlich? Ich hätte nie auch nur ein Wort notiert in der Öffentlichkeit. Aber ich wußte auch, warum: weil *sie* es machten und ich nicht mit ihnen verwechselt werden wollte.

Plötzlich grüßte mich die Kellnerin, ich sah sie fragend an, und als ich in ihr eine entfernte Bekannte erkannte, war es schon zu spät, sie hatte sich wieder weggedreht. Ich hatte sie immer für etwas hochmütig gehalten, sie studierte Italianistik, offenbar war sie nur zurückhaltend. Eine Stunde saß ich am Tresen und beobachtete die Kellnerhierarchie, auf der meine Kommilitonin allem Anschein nach ganz unten stand. Ich war todmüde und fragte mich, wann ich das letztemal 20 Stunden hintereinander wach gewesen war. Die beiden Mediziner unterhielten sich über Wochenendtickets, und als sie endlich zahlten, hatte ich mein zweites Bier getrunken und beschloß zu gehen. Wie wäre es, meiner entfernten Bekannten Auf Wiedersehen zu sagen, schließlich hatte sie der Herrgott geschickt, oder sollte das etwa ein Zufall sein? Nie im Leben, sie war ein weiteres, etwas ungeschickt gewähltes Zeichen, und sie bedeutete: «Siehe, ich schicke dir deine entfernte Bekannte, nur deinetwegen muß sie Gläser polieren statt Dante zu lesen, nur damit du wissest, daß dein Weg ins *Spengler* führt. Weiche nicht ab von deinem Weg, nimm die Last auf dich und gehorche dem Wort des Herrn.» Ganz schön schräg von Gott, es so zu versuchen, mich doch noch rumzukriegen. Naja, Auf Wiedersehen konnte ich ihr ja unabhängig davon sagen. Als sie gerade am Tisch hinter mir stand und abkassierte, wartete ich genau den Moment ab, in dem sie damit fertig war, um vom Barhocker zu rutschen, mich umzudrehen und ihr beim Rausgehen zuzunicken. Aber da hatte ich die Rechnung ohne den Wirt gemacht. Der war in dem Fall ein Gast. Er saß am Tisch und funkte mir ins Timing. Denn als ich vom Barhocker gerutscht war und es kein Zurück gab, und ich noch eine Sekunde verharrte, um ihr zuzunicken, verlängerte der Typ den Zahlvorgang so hinterhältig, daß die Kommilitonin, als ich an ihr vorbeiging, nicht wie berechnet aufsah, sondern nach einer Antwort auf seine Frage suchte. Was hatte er gesagt? Er hatte gesagt: «Äh ...»

«Ja?»

«Äh, man kann dich hier erreichen?»

Gütiger Gott, was für ein lausiger Spruch! «Man kann dich hier erreichen?» Gott im Himmel, welche Prüfung erlegst du meiner Kommilitonin auf, nur weil du mir ein Zeichen geben willst. Wieviel Schuld muß ich noch auf mich laden? Niedergeschlagen von dieser perversen Szene ging ich langsam wieder die Raumerstraße hinauf. Inzwischen war ich so angetütert, daß ich seelisch streckenweise einschlief. Vor dem *Spengler* blieb ich hinter einem Kleinbus stehen und sah durch die Scheiben. Es war halb zwei, und die Bar war schon viel leerer. Am Tresen saß nur noch ein Gast, und an den meisten Tischen waren die Stühle schon hochgestellt. So stand ich dort eine Minute, zwei, die Leute lugten hinter ihren Gardinen auf mich hinunter, das Telefon in Griffweite, falls ich mich als der gefürchtete Prenzlauer-Berg-Exhibitionist erweisen sollte. Das tat ich nicht, ich stellte in dem Moment genau das Gegenteil eines Exhibitionisten dar, ohne zu wissen, ob es dafür einen Fachbegriff gab. Ich konnte mich immer noch nicht damit abfinden, nicht den Mut aufzubringen, einer Leserin persönlich einen Text in die Hand zu drücken. Nicht hineingegangen zu sein, das würde ich mir nie verzeihen. Aber doch hineingegangen zu sein, das würde *sie* mir vielleicht nie verzeihen. Vielleicht mußte ich mich damit abfinden, dachte ich erschöpft und wollte gehen, aber Gott ließ nicht locker, er hatte schon zuviel Zeit in mich investiert, er schnappte sich meine Beine, zerrte daran herum, und mit seinen Helfershelfern schaffte er es, mich in Richtung der Pforte zu ziehen, von der ich noch nicht wußte, ob sie zum Paradies, zur Hölle oder nur ins *Spengler* führte. Und genau in dem Moment, als mich Mariposa kommen sah, machte Gott sich kichernd aus dem Staub, ich hörte ihn nur noch feixen: «Geilomat, gib fünfe, Micha, der Reip is doch ein Obertrottel.»

Gut, das war jetzt nicht der Moment für persönliche Animositäten, mit ihm würde ich später abrechnen. Jetzt mußte ich Nägel mit Köpfen machen. Zu diesem Zweck setzte ich mich an die Bar.

Die Frau, die ich für die Chefin gehalten hatte, war anscheinend doch nur eine Kollegin, sie hieß Uschi. Ich bestellte ein kleines Jever bei ihr, dabei kam ich schon ins Stottern. Verdammt, war Jever so ein kompliziertes Wort? Davon abgesehen fühlte ich mich nicht unwohl. Tatsächlich, jetzt, wo ich drin war, gab es keinen Grund mehr, sich über mich lustig zu machen. Was gab es Normaleres, als hier Platz zu nehmen? Neben mir saß ein Knabe, den sie Ronny nannten und der nur ab und zu von seiner Illustrierten aufblickte. Mariposa huschte durch den Raum und wischte Tische ab. Wenn neue Gäste durch die Tür kamen, verzog sie das Gesicht und schickte sie auf die «linke Seite». So saß ich fünf Minuten und wartete auf mein Bier. Uschi war in der Küche verschwunden. War das normal? Ich hatte ja keine Ahnung, wie lange man heutzutage gewöhnlich auf ein Bier wartete. Mariposa sah mich sitzen, sah das zur Hälfte eingegossene Bier und fragte mich: «Is ditt deins?»

«Äh, könnte sein.»

«Hast dun Kleenet bestellt?»

«Äh, ja.»

«Ick mach dir ditt mal fertig, ausnahmsweise.»

Als Uschi wiederkam, inzwischen hatte sie mich tatsächlich vergessen, rief Mariposa ihr zu: «Ick hab dem jungen Mann sein Bier jejebn!»

Ich beschloß, das als einen guten Einstieg zu werten, auch wenn ich nicht sicher war, ob mir nicht zahlreiche Untertöne der Kellnerinnensprache entgingen. Vielleicht bedeuteten die Worte ja: «Jut jemacht, vielleicht schaffen wat, daßer sich keen zweetet bestellt.»

In jedem Fall blieb mir ein Bier Zeit, meinen Mut zusammenzunehmen. Ich konzentrierte mich darauf und versuchte, dabei müde, aber doch auf sympathische Weise versonnen zu wirken. Das war ich auch, aber Sein und Wirkung waren bei mir schon immer zwei paar Schuhe gewesen. In die Tiefen meiner Versunkenheit drangen ihre Gespräche. Uschi sagte: «Hast du nächste Woche Dienst?»

«Ja, wie immer.»

«Donnerstag is Himmelfahrt, wa, haste mitjekriegt?»

«Ach, ditt is hier immer janz entspannt.»

«Wir können uns ja 'n Kissen umbinden.»

«Jenau, ick muß mal gucken, ick hab son kleenet Kissen, ditt is herzförmig. Ditt bindick mir um' Bauch und loof denn so», dabei machte sie ein paar breitbeinige Schritte.

«Läuft so ne Schwangere?»

«Weeßick nich, ick gloobe.»

Ich registrierte ncbenbei, daß sie über Schwangerschaft nur Wissen aus zweiter Hand hatte. Was war ich scharfsinnig! Je leerer mein Bier wurde, desto knapper dosierte ich meine Schlucke. Am Ende roch ich nur noch daran, aber auch davon wurde es seltsamerweise leerer. Zu allem Unglück schaffte Uschi einen riesigen Teller heran und stellte ihn genau neben mich. Das war das Abendessen der beiden. Verdammt, Frauen aßen langsam. Und in Uschis Gegenwart wollte ich die Geschichtenübergabe nicht unbedingt wagen. Sonst wüßte morgen die halbe Stadt davon. Zum Glück mußte eine der beiden Chet Baker eingelegt haben. Wenigstens hielt der zu mir.

«Ick jeh morgen zum Elektroschock.»

«Wieso?»

«Na wegen meim Jesichte, kiek mal», sie zog beide Augenbrauen hoch.

«Siehstu ditt? Die linke kommt janich hoch. Ditt hängt bestimmt mit den Koppschmerzen zusammen.»

Gott, der Schlawiner, hatte sich gar nicht verdünnisiert, er hörte nicht auf, mich mit seinen Zeichen anzustacheln. Mariposa hatte Facialis-Probleme! Und *der* Berliner Spezialist für *facialis parese* saß direkt neben ihr, in Griffweite! Ich, der ich ein Jahr nach meiner halbseitigen Gesichtslähmung meine linke Gesichtshälfte immer noch nicht wieder ganz unter Kontrolle hatte! Was hätte ich ihr darüber erzählen können! Wir hätten stundenlang nur über den Trigeminus-Nerv geplaudert, wir hätten uns unsere Lähmungen vorgeführt und uns Mut zugesprochen. Wir hätten die verbrecherischen Ärzte, die alle unter einer Decke steckten, in einem riesigen Saal zusammengetrieben und sie mit Waffengewalt dazu gezwungen, stundenlang Fratzen zu schneiden. Die Ärzte, die mich mit Elektroschocks gepeinigt hatten und, da sie immer im richtigen Moment den falschen Knopf drückten und so alle Daten verloren gingen, die schmerzhaften Messungen endlos wiederholten. Wir hatten etwas gemeinsam. Ich roch ein bißchen an meinem Bier.

«Rat mal, wer heute bei mir angerufen hat, um zu wissen, wat rausjekommen is?»

«Wer denn?»

«Jakeener, nur meine Mutter.»

Was rausgekommen ist? Wobei denn? Hatte sie sich irgendwo beworben, oder hatte sie eine Prüfung bestehen wollen? Und warum hatte niemand angerufen? Was war mit den anderen los? Und was war mit ihrer Mutter los, die schien ja eine bemerkenswerte Rolle in ihrem Leben zu spielen, daß sie sie ständig vor mir erwähnte.

«War eigentlich der Typ mal wieder hier?»

«Welcher Tüp?»

«Na, der aus deiner Klasse.»

«Ach Jörgi, nee, ick gloob, der hatt ditt jeschnallt. Wenner dajewesen wäre, hätten die mir bestimmt watt jesagt.»

Armer Jörg, du hast verloren. Was machst du jetzt? Sitzt du etwa gerade zu Hause und schreibst eine Erzählung für Mariposa, die das Steuer noch einmal herumreißen soll? Dann laß dir gesagt sein: es gibt nur eine Erzählung, und die habe ich schon aufgeschrieben und patentiert. Such dir eine andere Kellnerin. Ich verstehe ja, daß du sie die ganze Schulzeit durch heimlich geliebt hast, aber dachtest du, nur weil du kurz vor dem Abschluß deines Kulturwissenschaftsstudiums stehst und irgendwelche Leute viel von dir halten, sei endlich der Zeitpunkt gekommen, es doch noch einmal zu versuchen? Dachtest du, sie würde dich reinkommen sehen und sagen: «Donnerwetter, Jörgi, du hast dich ja jemacht seit dem Abschlußball!»

«Ja, ich stehe kurz vor dem Examen, und irgendwelche Leute halten viel von mir.»

«Na, wer hätte ditt jedacht, du warst doch immer der Klassensprallo. Hier, ick jeb dir einen aus.»

«Mariposa, ich habe dich immer geliebt, die ganze POS-Zeit durch.»

«Ick weeß doch, Jörgi, ditt mußte mir nich sagen, eine Frau spürt ditt. Nu halt maln Mund und lasset kommen, wiet kommt.»

Nein, Jörg, in diesem Fall hattest *du* die Rechnung ohne den Wirt gemacht, das Leben war keine deiner ach so witzigen und dabei erstaunlich gefühlvollen Erzählungen, du bist hereingekommen, und sie hat dich gar nicht erkannt. Und als du ihr dann umständlich erklärt hattest, wer du bist, hat sie sich nicht gefreut, sondern erschreckt. Die Geister der Vergangenheit hatten vor ihrem geistigen Auge genau dein Gesicht. Nimms mir nicht krumm, Jörg, aber du bist keine weitere Zeile wert.

Es war jetzt viertel drei. Chet legte sich ins Zeug, mein Bier war definitiv leer, daran war nichts zu rütteln. Ich hätte natürlich heimlich ins Glas spucken können, aber irgendwo hörte der Spaß dann doch auf. Uschi hatte endlich aufgegessen. Sie stand auf und nahm mir mein leeres Glas weg. Einige Minuten später fragte sie: «Nochn Bier?»

«Nee, is jut.»

Der Countdown lief.

«Uschi, meinste, wir komm' hier vor drei weg?»

«Nee, guck doch mal, da kommen schon wieder welche.»

«Ick bin sooo müde, ick kann janich mehr stehen. Uschi, mach doch *bitte* mal ditt nervige Jedudel aus, watt hatter denn noch für CDs da?»

Uschi würgte Chet ab. Gut, die Soli waren wirklich manchmal etwas lang.

Ich ging zum dritten Mal aufs Klo. War ich tatsächlich ein Außerirdischer? Ich dehydrierte. Wieder setzte ich mich auf den Hocker. Mariposa stellte in weit entlegenen Gebieten des Raums Stühle hoch. Ronny war mit der Illustrierten durch und fing von vorn an zu blättern. Mariposa kam zurück und tippte auf der Kasse herum. Ich stand auf und bestellte bei Uschi doch noch einen Wodka. Nicht sehr klug von mir, ich hatte mir schließlich schon mein Geld in der linken Tasche zurechtgelegt. Jetzt müßte ich doch das Portemonnaie rausziehen beim Bezahlen. War Uschi auch eine Außerirdische? Hatte sie Mariposa hypnotisiert? Ich schaffte es einfach nicht, dieser Frau in die Augen zu sehen, sie sah immer weg. Hypnose wäre dafür eine schmeichelhafte Erklärung gewesen. Seltsamerweise mußte ich jetzt lächeln. Ich hatte doch eigentlich schon viel erreicht. Wer hätte gedacht, daß ich mich jemals überwinden würde, das *Spengler* zu betreten? Niemand von meinen Freunden, und nicht einmal ich selbst. Und geschwiegen hatte ich auch, das war ungewohnt für mich und warf bei den Zuschauern Fragen nach meinen Gedanken auf. Ich trank den Wodka und griff nach meiner Jacke. Mariposa werkelte an einem der Tische hinter meinem Rücken. Ich gab Uschi das Geld und sagte irgend etwas, was sie vielleicht als «tschüß» deuten konnte, wenn sie viel Phantasie hatte. Aber als Alien konnte sie ja sowieso meine Gedanken lesen. Ich ließ Ronny rechts sitzen, drehte mich um und ging auf Mariposa zu: sie hatte alle Stühle hochgestellt. Die kleine Geschichte steckte inzwischen in meiner rechten Jackentasche. Ich hatte mich dann doch gegen die Innentasche entschieden, warum wußte ich nicht.

«Hör mal, ich hab hier was für dich.»

«Hä?»

«Ne kleine Geschichte.»

Sie sah mich zwar nicht groß an, aber fragend.

«Kennen wir uns?»

Verdammt, die Antwort war neu, wie war sie darauf gekommen? Ich war doch nun wirklich alle Szenarien für den Ernstfall durchgegangen. Gut, die NATO hatte es nicht besser gemacht.

«Du mich vielleicht nicht, aber ich hab dich schon mal gesehen, insofern kenne *ich* dich.»

«Aha.»

«Naja, ich hoffe, du amüsierst dich.»

Währenddessen hing mein Arm mit dem Briefumschlag in der sich plötzlich auftuenden Leere zwischen uns. Warum griff sie nicht wenigstens nach dem Umschlag? Ich legte ihn auf einem der hochgestellten Stühle ab. Jetzt mußt du zeigen, was in dir steckt, kleine Geschichte. Ich kann dir nicht mehr helfen, du mußt ganz allein zurechtkommen. Entnervt drückte ich ihr den Umschlag in die Hand und ging. Hatte sie noch etwas gesagt? Schon auf dem Heimweg konnte ich mich nicht mehr daran erinnern. Hatte sie wenigstens pflichtbewußt gelächelt? Ich wußte es nicht. Aber darüber konnte ich mir ja später den Kopf zerbrechen. Ich hatte mich besiegt, und ein unangenehmerer Gegner als ich selbst war mir noch nicht begegnet. Was konnte sie mir also anhaben? Sie war doch sowieso hypnotisiert. Wollte sie mir erzählen, daß sie nur Geschichten von Leuten las, die sie kannte? *Ditt* konnte sie ja wohl verpupen.

III Warum nicht?

Es ist, als habe ein begabter Schriftsteller ihre Dialoge geschrieben, ihm ist es schon fast unheimlich, daß er immerfort mitschreiben könnte. Aber alles, was sie sagt, ist so gesagt richtig, und was besonders bemerkenswert ist: selbst seine harmlosen Sätze, die, wenn sie für sich stehen müßten, nicht der Rede wert wären, werden, wenn ihnen ihre Antwort folgt, zu reiner Poesie. Nicht nur das ist ihm unheimlich, er kommt aus dem Staunen gar nicht mehr heraus. Es zeigt sich nämlich, daß sie nicht nur in der gleichen Stadt aufgewachsen sind, sondern sogar in der gleichen Straße. Liegt es daran, daß sie die gleichen Filme verehren und sich über die gleichen Sprüche amüsieren? Und noch dazu ist sie fußballbesessen, ist aber genau wie er erleichtert darüber, daß ihr neues Glück sie von dieser Sucht befreit. Sie arbeitet von Zeit zu Zeit als Fotografin, was er sehr bewundert, aber sowenig er ihr ins Handwerk pfuschen würde, so sehr legt sie Wert auf seine Ratschläge, die er gar nicht als Ratschläge meint, sondern als Kompliment. Sie hat noch nie ein Gedicht geschrieben, liebt aber die gleichen Sätze wie er, ohne daß sie den Grund dafür, genau wie er es ja auch nicht vermag, in Worte fassen könnte. Wenn er sagt «Bernhard», sagt sie «Ja, natürlich», und es ist nicht so, daß er es als Kummer erleben würde, daß er nicht genauer ausdrücken kann, was an diesem Autor lebensverlängernd ist. Aber er hat auch nicht den Verdacht, daß sie gar nicht versteht, was es ist, nur weil sie es genau wie er nicht näher bezeichnen kann. In solchen Fällen ergänzt sich beider Sprachlosigkeit, und er wacht nicht eifersüchtig über seinen Autor und reagiert nicht argwöhnisch, wenn sie ihre Sprachlosigkeit für genauso begründet hält wie er seine. Sie fotografiert ihn, und er hat sich so noch nie gesehen. Sie trägt unaufdringliche Kleidung, die bei anderen vielleicht gewagt gewirkt hätte, sie wirkt darin verführerisch und unschuldig zugleich. Allerdings nicht wie ein junges Mädchen, sondern wie ein verwegener Engel. Deshalb ist ihm ihre Ausstrahlung in der Öffentlichkeit auch nie peinlich, wie sollte sie es sein, wo ihnen doch die Menschen zulächeln, um dann die Köpfe zusammenzustecken und sich zuzuraunen, daß diese beiden glücklich sein müssen. So vervielfältigen sie ihr Glück, indem sie es zeigen. Er besucht sie abends und bleibt nicht, weil er muß, sondern weil er will, und wenn er nicht will, dann geht er, nicht weil er sie satt hätte, sondern weil es selbstverständlich ist. Sie schenkt ihm eine Rousseau-Erstausgabe, aber nicht zum Geburtstag, denn genau wie er sieht sie keinen Grund, sich an Geburtstage erinnern zu müssen. Sie kennt sich gut mit ihren fotografischen Chemikalien aus und bleibt oft tagelang im Labor. Er sagt ihr: fotografier das, und sie sucht im Archiv, das erstaunlich gut geordnet ist, und findet genau dieses Bild, sie hat es in einer Zeit gemacht, als sie ihn noch gar nicht kannte. Spät nachts sehen sie oft zusammen fern, bei *Cat on a hot tin roof* und

The long hot summer, und vor allem am Schluß von *Stardust Memories* kommen ihnen die Tränen, aber es genügt ihnen auch, Nachmittagskochsendungen und Tierdokumentarfilme zu sehen. Sie sind sich dann sehr nah, auch wenn sie gar nicht aufeinander achten. Sie müssen auch nicht ihre Hände halten, im Gegenteil, oft setzen sie sich an öffentlichen Plätzen oder in Restaurants weit voneinander entfernt und genießen es, auf dem Weg zur Toilette aneinander vorbeizugehen. Wenn sie miteinander schlafen, umarmt sie ihn nicht wie ein Kind, das man festhalten und beschützen muß, und sie sieht nicht mütterlich interessiert und beglückt auf ihn herunter, wenn er ihre Brust küßt. Sie ist auch nicht sportlich, obwohl sie so aussieht. Es gibt keinen Moment, in dem er das Gefühl hätte, sich sein Glück nur vorzuspielen, und wenn er morgens aufsteht und allein ist, muß er nicht zu ihr gehen, sondern fühlt sich tatendurstig und zuversichtlich bis zum Abend. Allerdings kommt es vor, daß er sie, einer Laune des Moments folgend, doch am Tag besucht, dann verbringen sie ihre schönsten Stunden. Natürlich muß er ihr nicht, und ohne daß sie es verstehen würde, erklären, daß es Tabustunden gibt, nämlich wenn er arbeitet, sie würde gar nicht daran zweifeln, denn sie arbeitet ja selbst. Sie liebt derbe Witze und runzelt nie die Stirn bei einer Geschmacklosigkeit, sie hat auch noch nie Platon gelesen, aber man hätte vieles von dem, was sie sagt, bei Platon finden können, nur vielleicht nicht wörtlich, da sie es viel kürzer formuliert hat. Sie benutzt keine Fremdwörter, aber immer wieder überrascht sie ihn mit Begriffen, die er seit der Zeit, als er nicht mehr in ihrer Straße wohnte, vergessen hatte. Wenn sie dann «Zuckersand» sagt, oder «killern», oder «kleener Mokel», muß er kurz stehenbleiben, weil ein Glück ihn durchfährt, und später wird er immer wieder lächeln, wenn er daran denkt. Sie kann singen, aber nicht wie die vertrocknete Nonne oder das musikalische, aber emotional farbenblinde junge Mädchen, in einer der Sprechstimme fernen Tonlage, sondern fast ohne Anstrengung, so daß die Grenze zwischen Sprechen und Singen kaum auszumachen ist. Sie hat ein Auto, mit dem sie zusammen nach Spanien fahren, allerdings ohne das vorher so geplant zu haben. Spanien lag nur zufällig auf dem Weg, stellte sich dann aber als genau der richtige Ort heraus. Sie leidet unter der Hitze, beide machen sich in Straßencafés den schattigen Platz streitig, deshalb fahren sie aber auch im Herbst weg. Es gibt viele Momente, in denen er bei anderen Frauen, gerade auf Reisen, angestrengt wäre und das Bedürfnis hätte, in der Zeitung die Bundesligatabelle zu studieren und deren Veränderungen acht Spieltage im voraus zu durchdenken. Oder er würde aus Erschöpftheit nicht angesprochen werden wollen. Dann würden diese Frauen fragen: «Was hast du denn? Sollen wir uns vielleicht mal eine Weile nicht sehen?» In diesen Momenten würde er diese anderen Frauen nicht weniger lieben, aber er wäre müde von seiner Liebe, und das würde ihn traurig und schuldbewußt machen. Bei ihr bemerkt er überrascht, daß es gerade dann genügt, sie am Steuer zu sehen oder über einem Buch oder zu beobachten, wie sie einen Platz überquert, und von ihr geht dann ein Frieden aus, der sich über ihn legt und ihm tiefer als je im Leben das Gefühl gibt, glücklich zu sein. Und die Gefahr besteht ja gar nicht, daß sie ihn im falschen Moment anspricht oder seine Gedanken wissen will, er muß sie auch nicht verliebt anlächeln, sie beobachten sich im Gegenteil oft sogar mit leicht zugekniffenen Augen, als studierten sie ein schwer zu überschauendes Ereignis. So können sie ihre Gesichter stundenlang erforschen, und sie kehren von diesen Erkundungen immer bereichert zurück. Und wenn sie ihn nicht ansieht, hat er nie das Gefühl, daß ihre Gedanken in einer Ferne sind, die ihn nicht kennt. Er sieht sie und glaubt nicht mehr an den Tod. Das gilt aber nur für das Leben, denn in seiner Arbeit beschäftigt er sich immer intensiver mit dem Sterben. Seine Texte werden sogar gewalttätiger und beginnen ihm selbst zu gefallen. Überhaupt wird er konsequenter, eben hat er das Wort «Traumvernichtungsmaschinerie» notiert, und jetzt blickt er zu ihr auf und denkt über ihre Schönheit nach. Denn es ist nicht so, daß diese Schönheit mit der Welt in Konkurrenz stände, und er die Landschaft nicht mehr schön finden dürfte, sondern im Gegenteil, viele Orte bekommen erst durch sie eine Aura, er hätte sie ohne ihre Anwesenheit überhaupt nicht beachtet. Er sieht ihren Körper und freut sich darauf, er fühlt sich aber nicht gezwungen, ihn zu erfahren, er hetzt nicht von einem Liebeserlebnis zum nächsten, sondern ihr Geruch und seine Erinnerung an ihren Geruch übertreffen sich wechselseitig. Sein Leben vor ihr erscheint ihm nicht gering, und er hat auch nicht das Gefühl, es verraten zu haben, sondern er erkennt darin einen Weg, der zu ihr geführt hat. Natürlich sehnt er sich nach wie vor danach, nichts vom Leben und nichts von der Welt und nichts von den Menschen zu verpassen, aber so ungeduldig ihn diese Gier immer gemacht hatte, jetzt genießt er es, daß es der kürzeste und vielversprechendste Weg ist, das meiste davon zu bekommen, wenn er bei ihr ist, ihr zusieht, ihre Worte hört, ihr in die Augen sieht und wenn sie leise seinen Namen sagt und ihm ist, als sei das ein ihm unbekanntes Wort, das mit einem Mal soviel Unsagbares sagbar macht.

*

Schrieb hier sogar der Koch Gedichte? Ich sah angestrengt aus dem Fenster auf die Bauzäune und wartete ungeduldig, daß der Kaffee endlich kälter würde. Ich hatte mich in der Annahme, das Schwerste läge hinter mir, gründlich getäuscht. Keineswegs war es so, daß mich der einmal aufgebrachte Mut abgehärtet hätte. Im Gegenteil, ich hatte jetzt sogar mein Incognito verloren. Den Weg ins *Spengler* zu finden war dadurch nicht leichter geworden. Einmal hatte ich es schon versucht und war vorbeigegangen, weil mir kurz davor klargeworden war, daß ich dort nichts Gutes zu erwarten hatte. Denn hätte sie mir andernfalls nicht schon längst eine kleine unscheinbare und unverbindliche Nachricht zukommen lassen? Meine Adresse hatte doch in der kleinen Geschichte gestanden.

«Ich glaub, es ist vorbei, sie hätte sich doch sonst ganz sicher gemeldet. Es war doch mehr als deutlich geworden, wo ich wohne», hatte ich zu Dean gesagt.

«Na, so deutlich doch auch wieder nicht, oder?»

«Wer weiß, was sie aus der Geschichte rausgelesen hat.»

«Sie wird sich schon amüsiert haben.»

Ich war mehr als mißtrauisch und redete mir ein, daß ihre Reaktion mich nicht erschüttern könnte. Aber wie sollte ich die Reaktion erfahren?

Der Koch schrieb ein Blatt nach dem andern voll. Im Café herrschte Sonntagsstimmung, man baute gerade das Frühstücksbüffet ab und stellte sich auf die Horden ein, die der Abend des Herrentags hereinspülen würde. Ich hatte mich an einen leeren Tisch gesetzt, eigentlich war ich nur zum Üben hereingekommen, weil ich Mariposa von draußen nicht gesehen hatte. Aber plötzlich war sie auf mich zugekommen, und ich hatte sie in folgendes Gespräch verwickeln können: «Einen Kaffee bitte», worauf sie antwortete: «Einen Kaffee», und sich umdrehte.

Das war alles gewesen. Sie hatte nicht einmal gelächelt, im Gegenteil, sie hatte mich mit dem abschätzigen Gesichtsausdruck angesehen, mit dem man ungebetene Gäste betrachtete. Daran war nichts zu rütteln, und ich nahm mir vor, mir über diesen Eindruck so sicher zu sein und mir meine Einschätzung davon so unauslöschlich einzuprägen, daß ich nicht anfangen würde, daran herumzudeuteln, sollte ich dieses Café jemals mit heiler Haut und ohne verbrannte Zunge wieder verlassen. Denn der Kaffee ließ sich Zeit beim Abkühlen, und ich hatte hier nichts mehr zu suchen, konnte aber erst gehen, wenn ich ausgetrunken hatte.

Ich versuchte, nicht daran zu denken, woran ich, sobald ich wieder auf der Straße wäre, denken würde. Aber wie sollte mir das gelingen? Was war nur los mit mir in diesem Leben? War das meine Schuld? Hatte ich nichts dazugelernt? Gut, ich hatte immer dazu geneigt, Frauen meine Gefühle umständlich und schriftlich statt direkt und ins Gesicht zu sagen, und ich hatte dabei erfahren müssen, daß die Gefühle den langen Weg von meinem Papier in ihren Kopf nicht ohne Schaden überstanden. Da ich aber aus diesen Erfahrungen gelernt hatte, glaubte ich zu wissen, wie man unangestrengt Mißverständnisse berichtigt oder peinliche Situationen, die leicht eisig werden konnten, auf charmante Art entschärft. Und trotzdem war es wie immer. Sie hatte mir nichts anderes zu sagen, als daß ich verschwinden sollte, und drückte das mit den Worten «Ein Kaffee» aus. Und ich mußte zur Strafe auch noch die Bezahlung organisieren. Wie oft hatten sie mir in den Ohren gelegen, ich sollte endlich meine ewigen Bedenken über Bord werfen und mich dubiosen Gefühlen für Frauen hingeben. Und ich hatte gesagt, ja, aber für welche? Und jetzt machte ich einer kleinen Dame ein Kompliment, und es war doch wieder ein Fehler gewesen. Sah ich so aus, als könnte ich mit der Wahrheit nicht umgehen? Aber richtig, hatte ich nicht vor kurzem selbst zu Ulf und Summi gesagt: «Bis jetzt ist es noch nicht schlimm. Schlimm wäre, wenn sie mir auch nur den Ansatz eines Lächelns gönnen würde. Dann käme erst die Zeit der hoffnungslos übersteigerten Träumereien. Alles andere könnte ich wegstecken.»

Hatte sie das gehört? Hätte sie sich sonst so ausgesprochen darum bemüht, alle Zweifel auszuräumen? Hatte ich in der Geschichte ein Wort benutzt, das ihr schon immer verhaßt war? Wirkte ich wie ein aufdringlicher und lästiger Halbsäufer, der in den Cafés die Runde machte, in der Hoffnung, irgendeiner unerfahrenen Kellnerin ein Ohr abkauen zu können? Wenn das zuträfe, wäre der Schaden, mit dem sie rechnen mußte, wohl zu groß, um das Risiko eingehen zu können, mein Kompliment nicht gleich abzuschmettern.

Ich nippte an meinem Kaffee und beobachtete ein Pärchen, das sich damit nützlich machte, Besteck in Servietten zu wickeln. Die Glücklichen gehörten dazu, was hatte ihnen diesen Status verschafft? Der Koch dichtete immer noch. Wenn ich jemals darüber schreiben könnte, würde mir sicher eine spritzige Bemerkung dazu einfallen, etwa: «Jetzt war es klar, er schrieb an meinem Todesurteil!» Das war ja das Problem an meiner Prosa, daß sie nur von spritzigen Bemerkungen lebte, weil sie für die Wucht wirklicher Gefühle nicht kraftvoll genug war. Vielleicht könnte ich ja etwas sehr Trauriges über diese erniedrigende Situation schreiben, einen Text, bei dem dem härtesten Knochen die Tränen kämen. Aber das wäre nur Wasser auf die Mühlen der anderen, die von Anfang an behauptet hatten, ich würde diese Geschichte wie üblich nur inszenieren, um später darüber schreiben zu können. Dabei hätte ich meine Erzählung sofort vernichtet, wenn das etwas genützt hätte. Wozu war sie denn gut, wenn sie ihrer Leserin nicht gefiel? Aber vielleicht gefiel sie ihr ja, und der Autor gefiel ihr nicht. Da waren wir ja schon zwei, denen das so ging. Hatte ich eigentlich wirklich über sie geschrieben? Das sah doch nur beim ersten Hinsehen so aus! Meine Mariposa hätte mir beim Hereinkommen verschwörerisch oder auch spöttisch zugeblinzelt, wäre an den Tisch getreten und hätte gesagt: «Ditt haste dir ja schön ausbaldowert. Aber mach dir mal nich zu große Hoffnungen.»

«Was für Hoffnungen? Hauptsache, du betrachtest mich nicht länger als anonymen Gast, gesichts- und seelenlos wie ein Kassenbon!»

«Ej, ick hab mich doch völlich schiefjelacht. Wenn du mir versprichst, daß deine ‹Vernunft nicht in Schwierigkeiten kommt›, könnwa ooch mal ausführlicher verhandeln, jetzt is schlecht, die Besoffkis kommen gleich.»

Und diese Mariposa hätte ich fast geopfert für die wirkliche. Trotzdem, warum konnte der dritte und letzte Satz, den sie in meinem Leben zu mir sagte, nicht ein anderer sein als «Drei Mark fünfzig»?

Warum nicht?

Nachdem *der Stierkämpfer*
mit dem verwirrten Stier einen *Pas de deux* getanzt hat, ihn letztendlich mit einem geschickten Degenstoß durch den Nacken ins Herz treffen konnte und der Stier, nicht weniger verwirrt als zuvor, nun seinen Tod erlebt, trennt sich der Stierkämpfer von seinem Partner mit einem Schulterklopfen, das ihm gebotene Risiko anerkennend, und nur der Beifall des Publikums kann ihn für Momente den Gedanken an einen nächsten Stier vergessen lassen, der diesen aufmerksamen Mann, der aber an einer seltsamen Einsamkeit leidet, schon im Moment des konzentrierten Degenstoßes von neuem befallen hatte.

Maik und der Tag X

Bis es so weit gekommen war, daß Maik sich ernsthaft fragte, ob er wirklich noch auf die Zeit bauen konnte, die seine Wunden heilen würde, oder ob er schon zu anderen Wundermitteln greifen müßte, war viel Zeit vergangen.

Früher hatte er sein Leben im Griff gehabt, jedenfalls war es ihm so vorgekommen. Er hatte nie viel über sich nachgedacht und sich als große Tonne gesehen, in die der Ärger hineinpaßte, bis sie überlief, was selten der Fall war. Wenn doch, dann redete er ein paar Tage nicht, machte blau und fuhr mit dem Trabi seines Bruders an die Ostsee. Wenn er von dort zurückkam, war er wieder der alte. Mehr Pflege hatte er nie nötig gehabt. Falls es jetzt wieder einmal dazu käme, wäre er zu stolz, seinen Bruder um das Auto zu bitten, und er könnte auch nicht blaumachen, weil er gar keine Arbeit hatte, und wenn er nicht redete, dann war der einzige, der das bemerkte, er selbst.

Mit der Entlassung hatte alles angefangen, dann waren solche Kleinigkeiten wie die Sache mit dem Baum passiert, und vor allem rückte der Tag X immer näher. An dem Tag, das hatte er sich geschworen, würde er aus seiner Wohnung ausgezogen sein, um nie mehr eine Kohle anzufassen und zu vergessen, was eine verstopfte und stinkende Duschkabine war. Er hatte nur fast die Hoffnung verloren, daß er das aus eigener Kraft schaffen würde. Der Tag X war sein vierzigster Geburtstag.

Nach der Wende war er einer der ersten gewesen, die arbeitslos wurden. Sobald überall Visitenkartenautomaten standen, war sein Druckereimeisterbetrieb ins Schwimmen gekommen. Kurze Zeit hatte er mit dem Gedanken gespielt, ein paar dieser Automaten in die Luft zu sprengen, aber er war nicht der Typ für solche Heldentaten. Dann wurde sein Chef 65 und wollte sich keine großen Investitionen mehr antun. Maik war zwar noch für ihn losgezogen, um Aufträge zu besorgen, daß sich das «Kaltakquise» nannte, wußte er gar nicht, aber irgendwann war der Ofen aus und die Druckerei machte dicht.

Nach der Entlassung war er in seiner Wohnung verschwunden und hatte für eine Weile kaum mehr mitbekommen, was draußen vor sich ging. Er war immer der Meinung gewesen, keine großen Ansprüche an das Leben zu haben. Deshalb verstand er nicht, warum er das wenige, wovon er träumte nicht zusammenbekommen sollte. Für Drucker bestand definitiv kein Bedarf. Beim Arbeitsamt boten sie ihm eine Umschulung an. Die kostete 20000 Mark, mit 6000 Mark hätte er sich daran beteiligen müssen. Woher sollte er soviel Geld nehmen? Aus Verzweiflung hatte er zu rauchen begonnen, billige HB vom Vietnamesen. Dabei war er sich immer sicher gewesen, nie damit anzufangen, schließlich konnte er seinem Alten nicht verzeihen, daß er sie von klein auf vollgequalmt hatte, um dann viel zu früh zu sterben. Aber wenn man tagelang allein in seiner Bude hockte und Facharbeiter fürs Frühstücksfernsehen wurde, dann griff man nach jedem Mittel gegen die Einsamkeit, zumal wenn man die Finger vom Alkohol lassen wollte.

Das Verrückte war, daß er sich früher immer Zeit gewünscht hatte. Jahrelang war er ja um fünf Uhr morgens aufgestanden, wenn man den Vorgang so bezeichnen konnte. Er war eine halbe Stunde im Tran durch die Wohnung geschlurft, um wach zu werden, und hatte dabei Musik gehört. Manchmal hatte ihn erst der Student von oben wachgeklingelt, weil er von Maiks Radiowecker aus dem Bett gefallen war. Aber ohne den Wecker hätte sich Maik überhaupt nicht gerührt.

Er haßte das, vor allem im Winter, wenn er in stockfinsterer Nacht in seiner klirrend kalten Bude stand und sich darauf freuen konnte, neun Stunden knuffen zu gehen. Jetzt wußte er, was schlimmer war: sich gegen Mittag hochzuquälen und nicht zu wissen, was man anstellen sollte mit der vielen Zeit und dem wenigen Geld. Und dabei kam es ihm vor, als würde er, je weniger passierte, umso schneller älter. Daß ihn das so schnell weichkochen würde, hätte er nicht für möglich gehalten. Er hatte doch so viel vorgehabt: Die Ten-Years-After-Nummer auf der Gitarre hinzubekommen, im Oldsmobile nach Graceland zu düsen oder einfach noch mal mit Rucksack und Benzinkocher loszuziehen. Wie damals, als er jeden Sommer nach Prag oder Budapest oder sogar weiter nach Bulgarien getrampt war. Sie hatten an der Straße geschlafen unter irgendeinem Kioskvordach, wo der Verkäufer für sie immer wieder seine Bob Dylan-Platte umgedreht hatte. Und morgens hatten sie sich aus einer Hotellieferung Hörnchen geklaut. Hörnchen, Platten und Schwarzbier, dafür waren sie damals nach Prag getrampt und hatten sich dort an den Jesuslatschen erkannt. Jetzt würde er den Weg auch im Auto machen, das war nicht ehrenrührig, aber woher nehmen, wenn nicht stehlen? Nicht mal ein Trabi war drin. Und ohne Arbeit fand er auch keine Madame. Die konnte er mit seiner Dunkelkammer nicht locken. An sich herrschte ja Ordnung, aber als Liebesnest konnte man den verquollenen Verschlag beim besten Willen nicht gebrauchen. Deshalb mußte er raus hier. Aber statt das zu schaffen, wurde er fett. Denn wie zum Hohn schmeckte alles viel besser als früher.

Mit der Band war es zu Ende gegangen, und das gerade, als sie sich endlich vernünftiges Equipment kaufen konnten. Früher mußte man sich ja alles selber zusammenlöten. Er hatte noch ein ganzes Schubfach voll Klinkenstecker. Kurz nach der Wende, als man sich noch nicht klarmachte, was man gerade erlebte, hatte er sich damit im Musik-A&V am Strausberger Platz eingedeckt. Ein paar Monate später konnte man die Dinger überall und viel billiger bekommen. Und richtige Kabel, ohne Wackelkontakt. Aber gerade als sie diesen neuen Bassisten gefunden hatten, der fast die Stimme von Keith Richards hatte – gerade da mußte Maik aussteigen, weil er sich kein Auto leisten konnte. Abends über die Dörfer, das war früher einmal gegangen, dann war man eben irgendwo untergeschlüpft bis zum Morgen, aber jetzt wurde ihm das zuviel. Und er konnte sich ja nicht jedesmal nach Hause kutschieren lassen. Aber ohne Band konnte er die Gitarre auch nicht mehr sehen. Die lag jetzt auf dem Zwischenboden. Im übrigen waren sie sich auch nicht mehr einig über die Musik geworden. Die andern hatten es satt bekommen, immer vor übriggebliebenen Shell-Parkas zu spielen, die in ihrer eigenen Nostalgie ersoffen, und wenn einem klar wurde, daß man schon fast genauso aussah, wollte man am liebsten die Flucht ergreifen. Aber alle Versuche, ein breiteres Publikum zu erreichen, waren fehlgeschlagen: es war bei den Dörfern geblieben.

Dabei war Maik zur Wendezeit richtig aufgeblüht. Gitarrensaiten, neue Instrumente, die Hoffnung auf neue Fenster, und unter ihm war endlich wieder jemand eingezogen, nachdem die Wohnung zwei Winter leergestanden und er sich fast die Füße abgefroren hatte. Ein Kunststudent. Der war zwar geräuschempfindlich, brachte aber Leben ins Haus. Er war direkt von der Armee gekommen und mit seinem Schlafsack hier gelandet, nachdem er schon verschiedene Wohnungen besetzt hatte. Zur Wohnungseinweihung hatte er eine riesige Party veranstaltet, mit einer Art Band und einer Performance, bei der er halbnackt auf einem Stuhl gestanden, «Helmut! Helmut!» gebrüllt und dazu eine Mohrrübe gekaut hatte. Dann hatten sie angefangen, die Wände zu bemalen, und die Band hatte gebrüllt: «Ambitionierte Anarchisten agitieren alternde Arschlöcher!!» Ein Mädchen war durch den Nudelsalat getanzt, und die Zigaretten, die sie rauchten, rochen eigentlich überhaupt nicht wie Zigaretten: «Abwegige Alibis ändern abrupt aufgetretene Ansichten!!!»

Hinterher mußte der Student die Wohnung gründlich renovieren, und Maik half ihm dabei. Der Student wußte nicht einmal, daß man beim Tapezieren darauf achten mußte, daß die Ränder keinen Schatten warfen. Dann hatte er seine Nachbarin geschwängert. Seine betrogene Freundin hatte eines Nachts in riesiger Schrift auf die Hofwand gepinselt: «Jens, du bist ein Ar...:», weiter war sie nicht gekommen. Die Schrift blieb, der Student machte sich aus dem Staub, die schwangere Nachbarin trieb ab und zog aus, und die Wohnung unter Maik blieb wieder leer.

Nach einem Jahr ohne Arbeit war er krank geworden. Mitten im Sommer. Was er genau hatte, konnten sie ihm nicht sagen. Irgendwas am Herz, genau wie sein Vater. Das erstemal ernsthaft im Krankenhaus, und gleich einen Monat. Im Haus hatte das überhaupt keiner mitbekommen. Für ihn war es ein Warnschuß gewesen. Das Deprimierendste daran war, daß er bei seiner Entlassung aus dem Krankenhaus fast wehmütig wurde. Unter Menschen zu leben, täglich mehrere freundliche Frauen zu sehen, und eine Weile größere Sorgen zu haben als die Arbeitssuche, das hatte für ihn mehr Reiz gehabt als sein üblicher Tagesablauf. Wenn er sich das klarmachte, rauchte er natürlich noch mehr. Bis vierzig mußte Schluß sein mit Außenklo und Kohleschleppen, zwanzig Jahre waren genug. Sein Beitrag zur Lösung des Wohnungsproblems, Genügsamkeit und Eigeninitiative, war nicht mehr gefragt. Aber was nützt die größte Entschlossenheit, wenn niemand einen arbeitslosen Drucker braucht? Genau das hatten die vom Arbeitsamt ihm auch klarzumachen versucht. Und dann hatten sie ihn überreden können. Er hatte sich den Rest vom Zopf abgeschnitten, viel war ja schon nicht mehr dagewesen, von seinem Bruder einen Anzug geborgt und sich umschulen lassen, auf Vertreter für Kinderspielzeug. Das hatte er erstmal keinem gesagt, wer konnte schon Vertreter leiden? Aber wen interessierte es am Ende, womit man im Leben sein Geld verdient hatte? Es gab keine Abrechnung, ob man auf seine Kosten gekommen war oder nicht, lag nur an einem selbst. Im übrigen hieß es ja auch Außendienst, das klang angeblich besser. Genau wie im Osten, da hatte man auch Zerspanungsfacharbeiter und nicht Dreher sagen sollen. Im Grunde war das System ja das gleiche geblieben. Jetzt hieß es «höherpreisig» statt «teuer» und «preiswert» statt «billig». Das nannten sie Verkaufsstrategie. Sollte er das nicht besser können? Wenn er gute Laune hatte, konnte er schließlich jeden bequatschen. Trotzdem, anfangs lief es bescheiden, weite Wege, viel Überwindung und wenig Geld. Aber mit der Zeit würde er im Spielzeugbereich Fuß fassen und seinem Bruder den Trabi abzahlen können, ohne den er den Job nicht bekommen hätte. Er freute sich nicht darauf, aber freudlos war besser als freudlos und elend. Es konnte eben nicht jeder wie Mick Jagger sein.

*

Halb zwei. Wieder so spät. Er wollte sich eigentlich langsam an die zwölf rantasten. Sein langfristiges Ziel war, wieder einmal vor zehn aufzustehen. Nicht, weil es viel zu tun gegeben hätte, aber ihm selbst kam das krank vor, am Nachmittag erst die Zähne zu putzen. Doch was sollte er machen, er hätte sowieso nicht früher einschlafen können. Da hätte es gar nichts genutzt, den Fernseher auszuschalten, das hatte er schon oft genug versucht in der letzten Zeit. Man macht die Augen zu und wartet auf den Schlaf, und daß man fast eingeschlafen war merkt man daran, daß man plötzlich aufschreckt, und zwar nicht von einem Geräusch, sondern von einem bösen Gedanken. In der letzten Zeit war es immer wieder ein ganz bestimmter gewesen: daß er das Beste schon hinter sich hatte, ohne es bemerkt zu haben.

Er hatte die Lust an fast allem verloren. Und wenn es abends in seiner Wohnung so dunkel war wie nirgends auf der Welt, dann mußte er den Fernseher anmachen, um wenigstens irgendwelche Stimmen zu hören. Tagsüber schaffte er es auch so, wenn er in seiner Küchennische saß, dem Zigarettenrauch zusah und auf die Stille lauschte. Das waren seine friedlichen Momente. Nur der Baum fehlte, den er so lange beim Wachsen beobachtet hatte. In all den Jahren, die er hier wohnte, hatte er genau gesehen, wieviel der Baum im Jahr größer wurde, und sich deshalb immer auf den Frühling gefreut, wenn die Zweige rote Spitzen bekamen. Der Baum mußte wild gewachsen sein, nach dem Krieg, er schraubte sich krumm und schief Stockwerk für Stockwerk nach oben. Vor manchen Fenstern fehlten abgesägte Äste. Im Sommer sah man den Boden nicht mehr durchs dichte Laub. Eines Tages hatten sie die Fassade vom Hinterhaus gegenüber neu verputzt und dafür ein Gerüst gebaut. Die Gerüstbauer hatten vorsorglich das ganze Strauchwerk zertrampelt und dafür eine blendend weiße Fassade hinterlassen. Wenn Maik gute Laune hatte, dann stellte er sich bei dem Anblick vor, er sei Jack Nicholson in «Einer flog über das Kuckucksnest». Aber wann hatte er zuletzt gute Laune gehabt? Ohne gute Laune war er Maik und die neue Fassade eine kahle Fläche. Das Haus links daneben hatte noch seine alte, zerschossene und abgebröckelte Fassade. Wenn man Augen dafür hatte, sah man dort, was die alte Zeit von der neuen unterschied: Reste von Ornamenten. Die Bauherren hatten im letzten Winkel ihrer dunklen Mietskasernenhinterhöfe an Verzierungen gedacht. Wozu? Sie hatten sicher nicht vorgehabt, es ihren Mietern schöner zu machen. Aber ein paar Verzierungen hatten einfach zum Standard gehört.

Darüber, daß man ihm seinen Baum genommen hatte, war Maik so wütend gewesen, daß er beim Bezirksamt angerufen hatte: «Irgendwer hat auf meinem Hof einen Baum fällen lassen, ich wollte wissen, ob das genehmigt war.»

«Warten Sie, ich stelle Sie durch zum Grünflächenamt.»

Zehn Minuten später: «Auf meinem Hof ist heute einen Baum gefällt worden.»

«Wo wohnen Sie denn?»

«Kirschallee 15.»

«Warten Sie, ich sehe mal nach. Ja, die Fällung war genehmigt. Das war ein Kirschbaum. Obstbäume sind nicht geschützt. Außerdem hat der Hausbesitzer die Auflage, in der nächsten Pflanzperiode für Ersatz zu sorgen. Trotzdem Danke für den Hinweis.»

«Bitte.»

«Möchten Sie vielleicht eine Baumpatenschaft übernehmen?»

«Ich rede von *meinem* Baum, hier auf *meinem* Hof. Der stand 40 Jahre, und warum muß er jetzt umgehackt werden?»

«Wie gesagt, das hat seine Richtigkeit, der Bauherr hat die Fällung beantragt und wird für Ersatz sorgen.»

Eigentlich hätte er fluchen wollen, aber er war nur ganz stumpf vor Enttäuschung und Machtlosigkeit gewesen. Wie konnte man so dämlich sein? Seit das passiert war, hatte er nicht mehr das gleiche friedliche Gefühl, wenn er in seiner Küchennische saß. Trotzdem hielt er es nachmittags gerade noch aus. Aber abends, wenn es stockfinster wurde, so daß er mit Lampen dagegen nicht ankam, mußte er sich mit den Fernsehstimmen beruhigen. Er war wahrscheinlich der letzte Berliner ohne Farbfernseher, aber er hatte Angst, in Farbe überhaupt nicht mehr davon loszukommen. Es war schlimm genug, wenn man um zwei Uhr nachts immer noch wach war und wußte, daß man wieder nicht vor Mittag aus dem Bett kommen würde. Und vor Selbstekel fand man dann erst recht nicht mehr die Kraft auszuschalten. Abgesehen davon, daß erst um die Zeit vernünftige Sachen kamen. Manchmal hatte man ja Glück, da schaltete man noch ein letztesmal durch, und dann fing gerade irgendwo ein alter Film an. Dann konnte man noch einmal aufs Klo gehen, doch noch ein Bier holen und sich mit Aschenbecher und Zigaretten ins Bett legen. Der nächste Tag war sowieso gelaufen. Das waren im Grunde gute Momente. Mal sehen, wie Marlon Brando mit deinen Problemen fertig wird. Filme von früher mit den altmodischen lispelnden Synchronstimmen. Oder im Regionalfernsehen kam ein alter DEFA-Film, wo deine Stadt aussah wie früher und alte Haudegen am Sozialismus verzweifelten: «Sechzehner Muttern! Den Kommunismus wollen sie aufbauen und haben keine sechzehner Muttern!» Oder einer dieser traurigen Dokumentarfilme über die Ostprovinz. Über irgendeine Hutfabrik, die es nicht geschafft hat. Maik hatte in seinem ganzen früheren Leben freiwillig nicht einen DEFA-Film gesehen, höchstens, wenn er Zelten war, auf Usedom, und es so regnete, daß man im Waldboden versank und nur Unterschlupf im Wellblechkino fand. Dafür mußte man dann tatsächlich einen Ost-Film oder eine russische Frontromanze in Kauf nehmen. Daß man sich davon freiwillig nicht mehr antat, verstand sich von selbst. Aber seit der Wende, oder vielleicht auch erst etwas später, hatte er sich dafür zu interessieren begonnen. Man konnte sagen, was man wollte, die Menschen, die da zu sehen waren, hatte es gegeben. Gab es die, die heute zu sehen waren?

*

Im Krankenhaus hatte er sich angewöhnt, Zeitung zu lesen. Das hatte er nach seiner Entlassung, als er wieder bei sich war und sich damit abfinden mußte, wieder allein zu sein, beibehalten. Er redete sich ein, sich so wenigstens auf dem laufenden zu halten, obwohl er genau wußte, daß es reine Ablenkung war. Er las die Zeitung von vorn bis hinten und dann noch einmal von vorn. Immerhin sah er sich nebenbei die Stellenanzeigen an, um rauszukriegen, als was er heute gefragt wäre. «Wie alt bist du?» hatte er den Kunststudenten damals gefragt, «21? Weißt du, was ich machen würde mit 21? Ich würde Jura studieren, knallhart. Ich war früher auch wie du, man denkt, man braucht die Kohle nicht und kommt so zurecht, aber Geld ist nicht das Falscheste, glaub mir. Und irgendwann kommst du in das Alter, wo du dir deine Gedanken machst über die Zukunft. Wenn ich du wäre, ich würde keine Zeit verlieren und Jura studieren.» Der Student hatte ihm nicht widersprochen, aber vielleicht war ihm das die Mühe nicht wert gewesen.

Wenn er die Autoannoncen durchhatte, kam er zu den Wohnungsinseraten. Er war ein bißchen stolz darauf, zumindest im Ostteil die meisten Straßen zu kennen. Maximilianstraße, Korsöer Straße, Cantianstraße. Alles Ecken, die er im Geist genau vor sich sah. Aber bei den Mieten konnte er gleich weiterblättern. Und er wußte, noch einmal würde er so bald nicht umziehen, nach dem Tag X, also kam so eine Kühlbox wie seine nicht mehr in Frage. Das mit den Wohnungsangeboten war längst eine Marotte geworden. Er überlegte immer, wo er glücklicher wäre. Vielleicht ein uralter menschlicher Reflex, sich nach Schlafplätzen umzusehen. Aber eines Tages stolperte er in der Rubrik «Friedrichshain» über eine Annonce für eine freie Wohnung in der Schreinerstraße. Genau in dem Haus, in dem er seine ersten sieben Lebensjahre verbracht hatte. Er hatte damals ein Zimmer gehabt, in das nur ein Bett hineinpaßte. Vielleicht war es ja dieselbe Wohnung? Er setzte sich in seine Küchennische, steckte sich eine Zigarette an und versuchte, sich zu beruhigen. Er konnte es sich nicht erklären, aber plötzlich hatte er deutlich das Gefühl gehabt zu wissen, wo er hinziehen müßte. Und mit diesem Gefühl war ihm auch der seltsame Gedanke gekommen, hier die ganze Zeit nur zu Gast gewesen zu sein. Es stimmte, es war immer noch nicht selbstverständlich für ihn, von der etwas weiter entfernten Kaufhalle mit einem Einkaufsnetz durch die Straßen nach Hause zu gehen. Ihm kam es immer vor, als spiele er nur Bewohner des Viertels. Schließlich war er hier nicht großgeworden. Er hatte sich zwar, als es ihm noch besser ging, für die Gegend interessiert, sich alles durchgelesen, was er dazu fand, und sogar begonnen, die Fotos, die im kostenlosen Wochenwerbeblatt abgedruckt waren, auszuschneiden und auf Papier geklebt zu sammeln. Aber er war nicht von hier, und er hatte immer gemeint, man könne ihm das ansehen. Jetzt erinnerte er sich auch wieder daran, wie er es genossen hatte, als er vor Monaten im Auto von Bekannten auf dem Rücksitz gesessen hatte und durch die Frankfurter Allee gefahren war. Sonnabends hatte er hier oft seine Oma zum Friseur begleitet. Die Straße war so hell gewesen und der Bürgersteig so breit, daß er diese Spaziergänge geliebt hatte. Jetzt stellte er sich vor, wie es wäre, in einer der Wohnungen dort ganz oben zu wohnen und einfach jeden Kontakt abzubrechen. Aus einem Fenster zu sehen und fremd zu sein, als sei man neu geboren. Warum war ihm der Gedanke auf der Frankfurter Allee gekommen? Seit er als Siebenjähriger aus der Schreinerstraße weggezogen war, war er nur selten in der Gegend gewesen, und vor ihrem alten Haus hatte er seitdem keine drei Mal gestanden. Früher hatte es sich nicht ergeben, später kam die Angst dazu, die wenigen, aber umso stärkeren Erinnerungen unter neuen Eindrücken zu verlieren. Er hatte sich immer gefragt, wie sich jemand fühlte, der immer noch in seinem Kindheitsviertel lebte. In denselben Straßen, in denen er Fußball gespielt und sich abends verlaufen hatte. Wie fühlte sich das an, wenn man durch diese Straßen ging und einen Meter größer war? Und wenn man erkennen mußte, daß man einer der letzten Übriggebliebenen war? Daß es längst andere gab, für die das Viertel zur Heimat geworden war und die von einem nichts wissen wollten? Aber wäre es nicht schön, wenn man eine Frau aus seinem eigenen Karree träfe, wenn man die gleichen Erinnerungen hätte wie sie und nicht mühsam versuchen müßte zu beschreiben, was man sah, wenn man an damals zurückdachte, sondern sich mit Straßennamen, Häuserecken und Wasserpumpen behelfen konnte? Es war ja völlig klar, welche Frau das sein müßte. Sie war einen Kopf größer als er und hatte ihm, als er noch gar nicht zur Schule ging, ohne ihn zu kennen, auf der Schreinerstraße, Ecke Samariter einen Anhänger mit einem eingestanzten Pferdekopf geschenkt. Würde es ihn glücklich machen, mit dieser alten Schreinerstraßlerin in der Schreinerstraße zu leben und aus dem Balkon seinen Schreinerstraßenkindern zuzusehen, wie sie sich mit Dreck bewarfen, die Matchies klauen ließen, und, ohne es zu ahnen, ihre Köpfe einer immerwährenden Erinnerung an die Schreinerstraße öffneten?

*

Morgen würde er sich die Wohnung ansehen, er würde einfach losfahren, als sei es eine Urlaubsreise durch Deutschlands Hauptstadt. Er könnte vielleicht die alte Pumpe mit dem Drachenkopf fotografieren, oder die lange S-Bahn-Brücke, der Apparat müßte noch irgendwo liegen. Und wie wäre es, nachzusehen, was jetzt im Haus für Sport und Freizeit verkauft wurde, wo er regelmäßig sämtliche Etagen durchforstet hatte, auf der Suche nach Lederturnschuhen, einer Kraxe oder einem Fichtelberg-Zelt. Außerdem wollte er sich doch schon ewig Hanteln kaufen. Früher war er schließlich mal stärkster Pionier seiner Klassenstufe gewesen, warum sollte er sich jetzt mit seinem Bauch abfinden? Zeit hatte er ja, da könnte er wieder ein bißchen trainieren. Er müßte nur möglichst früh ins Bett kommen. Sollte er einfach seinen alten Wecker benutzen? War der etwa immer noch auf fünf Uhr gestellt? Vor Aufregung konnte Maik eine Stunde lang nicht einschlafen. Morgen würde er angreifen. Wie war er überhaupt so tief gesunken? Wegen der Druckerei? Mein Gott, gut, daß er den Job los war, das war sowieso nur eine Notlösung gewesen, viel lieber wäre er damals Kraftfahrer geworden, aber das hatte er nicht lernen können, weil seine Eltern keine Beziehungen hatten. Vielleicht könnte er ja versuchen, den Taxischein zu machen, mit den Straßen kannte er sich aus, und nachts zu fahren, würde ihm vielleicht sogar Spaß machen, jedenfalls war es besser als Fernsehen. Ob es immer noch die alten Männer gab, die auf dem Forckenbeckplatz Skat spielten und Drachen steigen ließen?

Zum ersten Mal seit sehr langer Zeit freute sich Maik darauf aufzuwachen.

Viele beneiden *den Kranführer,*
weil er sein Leben so weit in der Höhe verbringt. Manche bedauern ihn, weil er tagelang mit keinem Menschen sprechen kann. Die wenigsten wissen, daß er in letzter Zeit abends immer unwilliger zurück auf die Erde gestiegen ist, um nach Hause zu gehen, und daß er die Nacht viel lieber hoch oben in seinem Kranführerhäuschen damit verbracht hätte, nach unten zu sehen und sich oben zu wissen. Insgeheim beschäftigt er sich oft, vor allem, weil ihm bei den gut einstudierten, von ihm verlangten Bewegungen, immer mehr Zeit zum Denken bleibt, mit der Vorstellung, sein Leben im Kran ausklingen zu lassen und sein Kranführerhäuschen eines Tages für immer zu beziehen. Da er so wenig vom Leben auf der Erde erfährt, ahnt er nicht, daß die meisten Menschen gar nicht darüber nachdenken, ob er seinen Kran gelegentlich verläßt. Zumindest haben sie ihn noch nie vermißt, jedenfalls nicht am Boden, denn oben, wo er ist, sehen sie gern zu ihm hinauf, wenn zu verschiedenen Zeiten des Tages die langen Kranarme in ihr Blickfeld geraten. Dann denken diese Menschen an den Kranführer, ohne aber mit ihren Gedanken lange bei ihm zu verweilen.

Triumphgemüse

Wenn sie Frau Tatziet zuletzt besuchte, stürzte sich die Stille mit solcher Gewalt auf sie, daß sie es nicht mehr schaffte, etwas zu sagen. Sie saß dann am großen runden Tisch in der Stube, starrte auf die blaukarierte Wachsdecke und suchte verzweifelt nach einer Antwort auf die vielen Fragen zu ihrem Befinden und zum Befinden ihrer Eltern, ihrer Tochter und ihrer ehemaligen Freunde, die Frau Tatziet gesehen oder von denen sie gehört hatte und von denen sie nie jemanden vergaß. Aber wie sollte sie davon sprechen, ohne zu klagen? Und wäre es nicht undankbar gewesen zu behaupten, was sie eigentlich jederzeit behauptet hätte, daß es ihr immer schlechter ging? Auf dem Tisch stand wie immer die große Tonschale mit den Briefen aus der letzten Zeit, sicher lagen auch ihre eigenen dabei, man wußte, daß man an die Öffentlichkeit schrieb, wenn man an Frau Tatziet schrieb, deshalb fiel es ihr ja auch so schwer zu schreiben, denn Worte, die jeder lesen könnte, fand sie nicht mehr. «Willst du die Briefe lesen?» fragte Frau Tatziet. «Ist was Interessantes dabei?» «Nur Triumphgemüse. Aber Achim schreibt ganz nett.» Vielen Briefen waren Zeitungsausschnitte aus den «Hohenloher Nachrichten», der «Rheinischen Post» oder der «Ostseezeitung» beigelegt, die von den Erfolgen fremder Kinder und Enkel berichteten. Jemand war als Zivildienstleistender bei der Arbeit im Krankenhaus fotografiert worden, ein anderer hatte bei einer Messe neben dem Präsidenten eines afrikanischen Landes gestanden, ein dritter stellte Aquarelle in den

Gängen eines Thüringer Landamts aus. Der Nachmittag war schon vorbei, es wurde dunkel in der Stube, auch wenn das einzige kleine Fenster nach Süden ging. Eine dicke Fliege, die den Winteranfang in irgendeiner Ritze überstanden hatte und sich nicht entschließen konnte zu sterben, stieß träge gegen die Scheibe. Auf dem Fensterbrett vertrockneten die Topfpflanzen, die Frau Tatziet immer wieder geschenkt bekam, und die sie halbherzig pflegte, weil sie Topfpflanzen verachtete und froh war, wenn sie eingingen. Sie fürchtete sich überhaupt vor Geschenken. Seit der einzigen Erbschaft, die ihr Mann vor Jahrzehnten gemacht hatte, hatte sie ihre Wirtschaft nicht mehr in der gewohnten Weise führen können. Zwei Räume des Hauses, die «Schreckenskammer» und das «Oberstübchen» füllten Überreste dieser Erbschaft, sie hatte aber, um sich nicht zu erschrecken, schon seit Jahren nicht mehr hineingesehen. Sogar hinter dem Hühnerstall gab es einen Raum, in dem ein kaputtes Klavier stand und mottenzerfressene Noten sich stapelten. Solange ihr Mann lebte, durfte sie nichts wegwerfen. Und zur sogenannten «Schreckenskammer» hatte sogar nur er den Schlüssel besessen. Dort stapelten sich die Einzelteile mehrerer Vorkriegsfahrräder, Bücherkisten, eine Bahnwärterlaterne, Bretter, Zeichenpapier, eingetrocknete Farbtöpfe, die gesammelten Aluminiumtüten der Kaffeepäckchen, aus denen er seine Vogelscheuchen baute. In einem Teil des Kellers, der nach dem Krieg eine Zeitlang als Ziegenstall gedient hatte, verrosteten alte Rohre, ein Bausieb, Einzelteile von ausgestorbenen Gartengeräten, der vorletzte und der letzte Badeofen und eine alte Waschmaschinentrommel, aus der ein Zementmischer werden sollte. Im Schuppen hingen immer noch die Gerippe mehrerer selbstgebauter Faltboote, in verschiedenen Stadien der Auflösung. In einem davon war ihr Mann damals hier angekommen und hatte es auf der Schulter vom Fluß hochgetragen. Er war von hinten durch den Garten gekommen, und die Schwestern hatten sich sofort in ihn verguckt.

Wenn ihr das alles schon über den Kopf wuchs, was sollte sie dann mit Geschenken? Manchmal legte ihr jemand die neueste, bequemste und durchdachteste Gartenschere in den Weg, aber sie würde immer die alte und halb verrostete nehmen, die ja auch tatsächlich besser in der Hand lag und schärfer schnitt. Nur Doktor Oettkers Gummikelle hatte in ihrem Haushalt Fuß fassen können, und erst als davon nicht mehr als ein Gummistummel übriggeblieben war, war Frau Tatziet bereit gewesen, eine neue anzunehmen. Die hatte einen Plastegriff statt des bewährten Holzgriffs, *sic transit gloria mundi*, hätte ihr Mann gesagt.

«Bei Manschnow haben jetzt welche nach Gefallenen gebuddelt, wegen der Orden. Und die von der Zeitung wundern sich, daß die gewußt haben, wo sie suchen müssen. Dabei kann man hier überall was finden. Hauptsache, sie kommen nicht noch zu uns.» «Wieso? Liegt hier auch was?» «Hier liegt überall was, und nicht nur Hühnerknochen. Aber warum soll man das ausgraben. Die Rugierin hätten sie auch lieber in Ruhe lassen sollen.» «Welche Rugierin?» «Na, Mutter hat doch damals nach ihren modernen Prinzipien den Boden umgebrochen, und dabei haben sie ein altes Grab gefunden. Das ist jetzt im Märkischen Museum.»

Zuletzt hatte Rike immer wieder von Frau Tatziet und ihrem Haus geträumt. Es waren böse Träume gewesen: Frau Tatziet war eine Treppe hinuntergewankt und hatte sie nicht erkannt, ihr Haus war verfallen oder sogar abgebrannt gewesen. Diese Träume waren so intensiv und häufig geworden, daß sie Angst bekommen hatte, sie wieder zu besuchen, weil sie sich die Wirklichkeit genauso schlimm vorstellte. Oder waren die Träume die Folge ihrer Angst? In ihrer Jugend hatte es Jahre gegeben, in denen sie viele Wochen in Alt-Lipchen verbracht hatte, jetzt fuhr sie monatelang nicht hin. Kam sie doch einmal wieder, brach ihr Frau Tatziet mit den Worten: «Wir hatten uns schon an dich gewöhnt» das Herz. Schon weil sie immer noch «wir» sagte, obwohl sie längst allein war. «Wir haben nur die Eßgeschirre aufgehoben zum Kirschenpflücken. Naja, die Zeitungsfritzen wissen auch nicht, was sie schreiben sollen. Dann kommen immer Fotos von Schafherden.» «Du hast doch mal erzählt, daß die Panzer direkt durch euren Garten gefahren sind.» «Ja, wo die Bäume fehlen. Die Kartoffeln kommen da auch nicht richtig. Jetzt haben wir auch eine Autobahn, haben wir immer gesagt.»

Frau Tatziets Mutter war eine energische Frau gewesen. Sie hielt Kino für schädlich und war für selbstgenähte Kleider. Im Alter wurde sie immer schwerhöriger und dadurch noch energischer. Sie hatte in einer Baumschule gelernt, Jugendbilder zeigten sie als junges Mädchen, das mit seinen verschränkten Armen und seinem selbstbewußten Lächeln unter den Mädchenbildern dieser Zeit auffiel. Als Berlinerin «mit 'nem Hang fürt Jrüne» hatte sie von einem Garten geträumt, den sie nach modernen Prinzipien anlegen wollte. Nach dem ersten Weltkrieg hatte sie mit ihrem Mann Domänenland erworben, das an Beamte verkauft wurde. Die Familie ihres Mannes war entsetzt gewesen über seinen Entschluß, sich jenseits der Elbe anzusiedeln. Der Einmarsch der Russen konnte dort niemanden überraschen. Frau Tatziets Mutter hatte aus dem vier Morgen großen Stück sandigem Boden, auf dem bis dahin kein Strauch gewachsen war, einen Garten gemacht, der noch nach 80 Jahren ihre Hand erkennen ließ. Ihr Prinzip war nie die reine Nützlichkeit der Bauerngärten gewesen, wo die Waldstücke wie gepflegte Teppiche aussahen und auf jedem Fleckchen Obstbäume wuchsen oder Beete angelegt wurden, sondern eine höhere Form von Nützlichkeit, die auch bedachte, daß ein Garten aus verschiedenen Perspektiven betrachtet verschiedene Reize haben soll und daß es in ihm stille Ecken und überraschende Plätze geben muß. Natürlich hatte sie die Kunst des Obstbaumbeschneidens an ihren eigenen Apfel-, Birn- und Kirschbäumen ausgeübt, so daß die Bäume, die auf so seltsame Namen wie «Danziger Kant» oder «Josephine von Mechelen» hörten, vorbildlich gerade gewachsen waren und man durch die Kronen, wie es das Lehrbuch verlangte, einen Hut hätte werfen können. Wenn Frau Tatziet später für ihr ökologisches Biotop gelobt wurde, weil es bei ihr so viele unübersichtliche Ecken gab, in denen Igel und Fasane unterkommen konnten, zog sich der Lobende aber nur ihren Spott zu, denn hinter diesem Idyll stand bei ihr keine Überzeugung, es war eher aus Verlegenheit entstanden, weil man seinem Garten immer hinterherlief.

«Ich geh nachher mal in die Kaufhalle, die haben schon wieder alles umgeräumt, ich hatte mich gerade dran gewöhnt. Paßt du bitte auf, daß die Katze nicht reinkommt?» «Seit wann hast du denn eine Katze?» «Ach, das ist so ein räudiges Biest. Irgendwer hat angefangen, die zu füttern, und jetzt geht sie nicht mehr weg. Die ist aber schon taub, glaub ich.»

Rike hatte hier ihre ersten Sternschnuppen gesehen und die ersten Bienenstiche bekommen, weil sie gedacht hatte, daß Bienen nur beißen und sich freuen, wenn man sie streichelt. Und sie hatte sich hier zum erstenmal geküßt. Mit einem Bengel aus dem Dorf. Damals waren die Kerle mit ihren Cowboy-Hüten und Simson-Motorrädern ihnen überallhin gefolgt und hatten sich beim Baden in der Oder schreckliche Mühe gegeben, sie mit krachenden Arschbomben zu beeindrucken. Sie hatte die Aufregung, deren Ursache sie war, genossen und sich den Anführer für sich ausgeguckt. Und dann hatte sie im Wäldchen am Ende des Gartens auf dem Rücken gelegen, die Hände in den warmen Boden gegraben, die Wolken beobachtet, dem Specht zugehört und sich auf die Zukunft gefreut, wenn sie endlich aus der Schule raus wäre, dann wollte sie bei einer Freundin in Berlin unterkommen und sich später selbst eine Wohnung suchen und malen oder schreiben, oder am besten beides. Sie hatte mit Britta Brombeeren gepflückt, Sauerampfer gekaut und gewettet, wer mehr Kirschkerne im Mund behalten konnte. Und nachts hatten sie heimlich auf dem Heuboden übernachtet, wo sie sich schrecklich gruselten, als die Marder um sie herumschlichen.

«Du kannst dir vom Boden ein Glas Honig holen. Und bring gleich deine Bettwäsche mit, ich hab sie nicht gewaschen, weil du beim letztenmal gesagt hast, du kommst bald wieder. Stoß dir nicht den Kopf.»

Auf dem Boden roch es nach altem Holz, Äpfeln, Staub und Kinderpulle. Das war der alte, vertraute Geruch. Sie hatte sich immer eingebildet, daß in diesem Haus sogar die Kohlen im Keller «gesund» rochen, es konnte hier keine falschen Töne geben, man mußte nur das eigene mitgebrachte Gift loswerden. Auf dem Dachboden, der über eine steile Leiter zu erreichen war, hatten sie im Sommer oft übernachtet. Bei der Ankunft fanden sie manchmal tote Hornissen in den Betten. Die Ewigkeit reinen Glücks, die dann vor ihnen lag, ließ sie fast zerplatzen. Und bevor sie abfuhren, ritzten sie ihre Namen in den Türbalken, unter die Namen der anderen Gäste aus früheren Jahren: «Hier weilten wir viele schöne Tage und werden dessen stets gedenken. Rike & Britta.» Das klang immer etwas gestelzt und für die Ewigkeit gedacht. Britta, die ihre Puppen an den Haaren aufhing und nie genug Sachen zum Anziehen mitbrachte, weil ihre Mutter sich nicht kümmerte. «Ich werde jetzt deinen Zeichenstil analysieren», hatte sie gesagt, und festgestellt «daß das ja nur lauter Striche sind.» Mit vierzehn war Rike begabter als sie gewesen. «Na, hast du was Spannendes gefunden?» «Ich hab nur den Honig gesucht. Da oben liegen noch alte DDR-Zeitungen, da liest man sich immer fest.» «Gibt gleich Essen.» Frau Tatziets Vater war Englischlehrer gewesen, und wie alle Lehrer seiner Zeit hatte er eine tiefe Verbundenheit zu seinem Fach empfunden und in seiner Freizeit Ausflüge in die Weiten oder Tiefen der Philologie unternommen. Aus seinem Bestand waren ein Sprachkurs auf Schellack geblieben, «*In the theatre*», dazu englischsprachige Studien über wenig bekannte altenglische Handschriften, auch seine Doktorarbeit fand sich noch in der Bibliothek «Germanische Heldensagen aus angelsächsischer Sicht». Daß er ein fortschrittlicher Mann gewesen war, sah man daran, daß er Ausgaben von Oscar Wilde und Erstdrucke von Rilke und Hofmannsthal angeschafft hatte. Aber was bedeutete Fortschrittlichkeit damals? Vielleicht ja nicht viel mehr, als sich jung zu fühlen und heimlich «Caesar» zu sagen statt «Kaesar», je nachdem, welcher Glaubensrichtung die Lehrer angehörten. Wenn man die Bibliothek genauer besichtigte, stieß man aber auch auf Schriften aus dem reichen Panorama an ideologischen Überspanntheiten der ersten Nachkriegszeit, die zudem zum Teil von engen Freunden aus alten Wandervogelzeiten stammten. So vom Ehepaar Busch, das kinderlos in einem schönen Haus in der Nähe gelebt und einen Lesekreis unterhalten hatte. Herr Busch schritt als Dichter durchs Leben und maß sich in seinen Epigrammen mit Goethe. Dabei war er immer dem klassischen Versmaß auf der Spur, als

Freund des Fortschritts aber staub- und wissensverachtend: «Götter, verzeiht mir die Sünde/auf dieses Chaos von Büchern/legt auch ich noch meine Buch.» Er rieb sich sehr am Allgemeinen, Deutschen, Poetischen, und wenn ihn Alltägliches bedrückte, dann wirkte sein hoher Stil zuweilen etwas unterfordert: «Würdig war sie des Mannes, verstand ihn? O ja, sie verstand ihn/bracht' er Lorbeeren nach Haus, freut sich die Köchin sehr.» Frau Busch, über die er so sprach, schürfte derweil tief, wenn sie sich den «Schöpfern und Deutern deutscher Weltanschauung», wie sie es nannte, widmete und den Leser dabei von Meister Eckart über Luther bis zu Wagner führte, diesen auch noch den Grafen Gobineau zur Seite stellte und sich dabei grüblerisch mit den abstraktesten Werten herumschlug. Viele der Bücher waren nur dadurch interessant, daß sie hier zusammenstanden. Wer hätte gedacht, daß 1946 in der sowjetischen Besatzungszone eine einsprachige Ausgabe der Odyssee gedruckt worden war? Und überall gab es Anstreichungen, in «Ravensteins Kriegskarte des Kampfgebiets von Verdun» und in Abuschs «Vom Irrgang der Nation». Buschs hatten den Krieg nicht überlebt, wie Frau Tatziets Mutter ihr Bruder und eine ihrer Schwestern. Darüber erfuhr man von ihr aber nicht viel. Sie hatte keine Kinder, den Rest mußte man sich denken. Erst mit sieben Jahren hatte Rike überhaupt bemerkt, daß Herrn Tatziet ein Arm fehlte. Der Krieg hatte ihr ihren Mann, den sie gerade erst geheiratet hatte, für sechs Jahre genommen und nicht unversehrt wiedergegeben. Er war in den letzten Kriegstagen in Österreich angeschossen worden und hatte nur überlebt, weil eine beherzte russische Ärztin ihn mit einer Amputation rettete. Herr Tatziet war dann nach Lüneburg gekommen, wo seine Frau ihn besuchen durfte. Den ersten Versehrtenball empfand sie als etwas

Makabres, sie war damals noch nicht dreißig und plötzlich umgeben von unvollständigen Körpern und gebrochenen Blicken. Herrn Tatziets Verletzung war um so tragischer, als er Waffen stets für zu gefährlich gehalten hatte, um sie Menschen anzuvertrauen. Der Krieg war für ihn kein Gesprächsthema, auch nicht im hohen Alter, er äußerte sich dazu nur in Andeutungen, etwa, wenn er berichtete, wie ausgefeilt die Mechanik der deutschen Gewehre war, was ihn als Bastler interessierte und wie leicht diese Mechanik von ein paar Sandkörnern lahmgelegt wurde. Er behauptete auch, daß man mit einem Maschinengewehr nicht zielen könne, und daß es deshalb geradezu eine friedliche Waffe sei. Was er damit sagen wollte, wußte man nie genau, vielleicht lag ihm etwas auf der Seele, oder er wollte die Zuhörer auf seine Art belehren, denn als Pädagoge war er stets bemüht, die Menschen nicht zu überfordern. Er war ja ein eher unwilliges Publikum gewohnt. «Stimmt das eigentlich, daß die kaputten Stellen im Küchenboden von den Russen sind? Warum haben die denn den Estrich aufgekloppt?» «Naja, erst kamen die Abbaurussen und dann die Aufbaurussen, immer abwechselnd.» «Achim hat das mal erzählt.» «Vielleicht haben sie nach Schätzen gesucht. Den ganzen Bastelmüll haben sie jedenfalls dagelassen, leider.»

Herr Tatziet war geradezu ein Phantasieakrobat, wenn es um das Imaginieren von Gefahren ging. Gab es eine Grube auf dem Hof, mußte sie abgedeckt werden, damit nachts kein Reh hineinfiel. In den kleinen Teich wurde ein Brett gelegt, damit der Igel nicht ertrank. Von den Bäumen durfte kein toter Ast abgesägt werden, weil es vielleicht der Lieblingsast irgendeines Vogels war, der beleidigt sein und nicht mehr wiederkommen würde. Von den Gefahren der Welt erholte er sich bei den antiken Autoren. Seine ganze Liebe galt dem Griechischen und dem

Latein, mehr aber noch als dem Latein dem Griechischen. Der Anfang der Odyssee gehörte zu seinen Glanznummern. Einmal im Leben war er in Rom gewesen, als wenig begüterter junger Mann. Dort hatte er sich von Zuckerwasser ernährt und die italienischen Maler im Original gesehen, um ein Leben lang von dieser Erfahrung zu zehren. Generationen von Dorftölpeln war er als Zeichenlehrer in bleibender Erinnerung geblieben, und das Ortswappen, das er zu einem Jubiläum entworfen hatte, tauchte immer wieder in der Zeitung auf. Darüber freute er sich jedesmal, auch wenn er es nie für ganz gelungen gehalten hatte. Er hatte große Achtung vor der Arbeit anderer, deshalb ärgerte es ihn, wenn Briefe kamen, auf denen die Anschrift kaum zu lesen war, weil das dem Postboten seine Arbeit erschwerte. Es brachte ihn auch auf, daß im RIAS jede Woche Tarnadressen gesendet wurden, schließlich konnte sich jeder denken, daß der Geheimdienst gerade diese Briefe herausfischen würde. Er gehörte noch einer Generation von Beamten an, die, wenn der Bus wegen eines Schneesturms nicht fahren konnte, zu Fuß zur Schule gingen: eine Stunde Latein für 30 Schüler durfte nicht ausfallen, denn schließlich kam das 30 verlorenen Einzelstunden gleich.

«Ich muß heut noch rüber zu Borcherts, der Uwe hat mich neulich nicht bezahlen lassen, als er wegen der Steckdose hier war.» «Wo ist eigentlich Borcherts Pferd hin?» «Davon mußte Wolfgang sich trennen, das hat immer zuviel gefressen.» «Soll ich für dich rübergehen?» «Nein, laß mal, ich bin da sowieso überfällig. Die haben mir doch zum Geburtstag gratuliert. Mach dir keine Sorgen, wenn es länger dauert, bei denen muß man immer erst reinkommen und sich setzen, auch wenn man nur Geld bringt. Die lassen einen nicht an der Tür stehen. Das ist östlicher Schlag.» «Wieso? Sind die andern hier anders?» «Na, in

Lüneburg waren doch sogar die Grabsteine so gebaut, daß man drumrum gehen mußte, wenn man sehen wollte, wer da lag. Und außerdem: im Winter ist der Pommer noch sturer als im Sommer. Und Borcherts sind von östlich der Oder, aus Streudörfern. Die sind da immer so gastfreundlich, weil man nicht so eng hockt und der Nachbar nicht der Hauptfeind ist. Bei Uwes Einsegnung mußten wir auch reinkommen, obwohl wir das Haus voll hatten, aber Mutter Borchert meinte, die Verwandtschaft würde sie fragen, ob sie schlechte Nachbarn sind, wenn wir nicht zur Einsegnung reinkommen. Das ist östlicher Schlag.»

Über die tausend Gäste, die das Haus gesehen hatte, gab es tausend und mehr Anekdoten, doch wenn Rike etwas wissen wollte, was noch nicht zur Sprache gekommen war, wußte sie nicht, wie sie danach fragen sollte. Die Menschen waren freundlich, verstockt oder nichtssagend, aber wenn man ihre Geschichten erfuhr, gruselte es einen, denn jeder hatte seine dunklen Flecken und das unscheinbarste Leben hatte einmal auf der Kippe gestanden. Sie studierte gern die Fotoalben, die in der Stube ein windschiefes Regal füllten. Das älteste reichte in die Zeit vor dem ersten Weltkrieg zurück, es waren nur wenige und sehr kleine Bilder darin, aber jedes davon sagte ihr mehr als die Farbfotos, die sich in den neueren Alben häuften. Damals bewegten sich die Menschen noch posierend durchs Leben, was in Filmaufnahmen komisch, auf Fotografien aber markant wirkte. Am liebsten sah sie sich die Bilder von der Hochzeit der Tatziets an. Wie die Gäste eintrafen, mit ihren Spitzbärten und Uhrenketten. Wie sie auf dem Hof Kaffee tranken, die Kastanie war damals noch ein kleines Bäumchen. Wie dann die Herren und Damen in zwei getrennten Zügen zur Kirche gingen. Wie Herrn Tatziets schwer zu bändigende Stirnlocke im Lauf des Tages immer mehr in die Höhe stand. Wie dann in verschiedenen Konstellationen posiert wurde und die Braut, die nach der Trauung ihren langen Zopf aufgelöst hatte, als einziges von den jungen Mädchen offenes Haar trug. Und wie das Paar auf Herrn Tatziets eigener BMW in die Flitterwochen an die Ostsee fuhr. Es waren zwar ein paar beunruhigende Uniformen zu sehen, aber wie konnte dieser Sommer direkt in den Krieg führen? Stundenlang konnte sie die alten Fotografien befragen und immer wieder an dem Versuch scheitern, sich in diese Zeiten hineinzudenken. Sie kannte die abgebildeten Personen und ihre Familienverhältnisse, sie erkannte die Jahreszeit und sie kannte oft auch das Jahr. Aber wie es geschehen konnte, daß aus diesen jungen sorglos scheinenden Menschen alte und wunderliche Menschen geworden waren, das konnte sie sich nicht erklären, denn der Moment, in dem das geschehen war, war nicht auszumachen. Sie versuchte, einzelnen von ihnen kontinuierlich durch die Jahre hinweg zu folgen und zu beobachten, wie sie älter und ihre Augen trüber wurden. Aber sie konnte nie den Moment ausmachen, wo das Alter wirklich zuschlug, es war da, und es war langsam gekommen, aber es gab keinen Punkt, an dem man es bei der Arbeit sah, man sah nur das bedrückende Ergebnis. Aus unreifen, schlaksigen jungen Männern voller Dummheiten im Kopf wurden rotgesichtige, bärtige Familienväter, aus jungen schwatzenden oder schwierigen Mädchen wurden Matronen oder verbitterte geschiedene Frauen. Und irgendwann trat sie selbst in die Alben ein. Und auch sich konnte sie altern sehen, in Zeiten, die unbeschwert gewesen sein mußten, und in Zeiten, in denen sie sich ihren Kummer selbst ansehen konnte. Manche Bilder hatte ihre Mutter hierhergeschickt, das waren die schrecklichsten. Denn ihre Mutter beurteilte ein Foto danach, ob ihre Tochter darauf den Mund zu dem, was sie für ein Lächeln hielt, verzog. «Na, was hast du da Spannendes?» «Nichts, nur die Fotos.» Rike mochte es nicht, wenn ihr über die Schulter geguckt wurde. Aber Frau Tatziet interessierte sich für alles, was sie tat. Dabei war es ihr selbst doch so unwichtig. Es war doch alles nur Ablenkung von ihrer Arbeit, zu der sie sich immer seltener aufraffen konnte. Warum konnte sie nicht einfach unsichtbar sein? «Hast du da unser Familienfoto? Das ist das einzige, wo wir mal alle zusammen drauf sind, noch mit Vater. Ich durfte mir Zöpfe flechten, aber nur, wenn ichs selber mache. Deshalb ist der eine verkehrtrum.» Später kam eine ganze Seite mit Aufnahmen von Frau Tatziets Bruder. Erst als Schüler, dann als Rekrut und Soldat. Auf der Hochzeit hatte er auf dem Hof mit seinem Akkordeon zum Tanz aufgespielt. Die Soldatenbilder wollte Frau Tatziet nicht sehen, denn auf den letzten Aufnahmen hatte er plötzlich trostlose und ängstliche Augen bekommen. «Wenn ich denke, wie unschuldig wir uns damals noch amüsiert haben. Wir haben zum Beispiel Köpfe ausgeschnitten und auf alte Römer geklebt. Naja, heute ist das eine Kunstrichtung.» Immer wieder hatte Rike schon bei der Ankunft das Haus tief durch die Nase eingeatmet und sich gefreut, daß alles noch am gleichen Platz war, und sich wieder einmal ein Jahr lang nichts verändert hatte. Aber mit der Zeit bedrückte sie ihre Unfähigkeit, diese Welt zu beschreiben und sie so vielleicht festhalten zu können. Sie konnte nicht mehr einfach ein Gartengerät zur Hand nehmen oder sich in einem Bett schlafenlegen, wenn das Gartengerät und das Bett eine Geschichte hatten, und zudem eine Geschichte, in der sie selbst vorkam. Und das galt auch für die Geräusche des Hauses, die seit ihrer Kindheit die gleichen geblieben waren. Wie ein kleines Kind lag sie bibbernd unter dem schweren Federbett, das sich erst langsam aufwärmte.

Der Ofen puckerte und sie hörte auf das Sirren der Mücken, das Brummen der Fliegen, das Grummeln der Eisenbahn in der Ferne, das Knarren der zweiten Treppenstufe, das Rumpeln der Marder im Efeu, das Zwitschern der Vögel, von dem man morgens aufwachte, das Flirren in den Blättern der schiefen Birke an der Nordseite des Hauses, das Scharren der Haustür, wenn Frau Tatziet vor Sonnenaufgang die Asche hinausbrachte oder wenn neue Gäste eintrafen. Am meisten liebte sie aber das Rauschen in der großen Kastanie auf dem Hof, wenn sie bis weit nach Mitternacht in der Stube gesessen und mit wunden Augen im Zauberberg gelesen hatte. Vor dem Schlafengehen trat sie dann noch einmal auf die alte blau angestrichene Veranda, wo die laue Nacht sie direkt im Herzen traf, so daß sie sich gewünscht hätte, weinen zu können, weil sie wußte, daß sie sich auf diesen Frieden nicht verlassen konnte, er hatte sie ja auch nicht davor bewahren können, älter zu werden. Es war immer der gleiche Frieden geblieben, aber er war jetzt voller Erinnerungen, zum Beispiel daran, wie er sie schon als junges Mädchen berauscht hatte. Sie konnte sich daran nicht festhalten. Genau wie jetzt hatte sie mit 16 hier gesessen, unglücklich, aber jung und im Grunde doch voller Neugier auf die Zukunft und auf das Gesicht ihres Erlösers. Genauso mußte sich ihre Tochter jetzt fühlen, aber was half es, daß sie das wußte. Sie mißtraute dem schwarzen Himmel und seinen Sternen und den schweren Blättern der Kastanie, den gelben Maiskolben, die hier auf der Veranda zum Trocknen hingen und dem Rumpeln der Schafe im Stall, dem Schatten des Igels, der über den Hof huschte und dem Zirpen der Grillen. Daß sie das alles liebte, hatte sie nicht stärker gemacht, sondern im Gegenteil, es hatte sie nur betrübt, wenn sie weit weg war, sich plötzlich daran erinnerte und die Fadheit ihres Lebens sie erdrückte. «Wer sind eigentlich die beiden Jungen hier?» «Das waren Amerikaner, die waren bei meiner Schwester als Austauschschüler in den Sechzigern. Die hatten noch solche Gesichter, wie unsere Jungs vor dem Krieg.» Mit neunzehn war sie aus dem Leben und seinen Anforderungen und Fragen in dieses Haus und seinen Garten geflohen und hatte fest daran geglaubt, von der Welt nicht mehr zu verlangen als die Bücher, den Sand, die Arbeit im Garten und den Wechsel der Jahreszeiten. Aber wenn sie an einem Kornfeld voller Mohnblüten vorbeigegangen war oder wenn sie in der Abenddämmerung die Reiher über das Wasser gleiten gesehen hatte oder von einem Hügel aus den Fuchs am Feldrain entdecken konnte oder wenn sie stundenlang auf einer Mole die Strudel im Fluß betrachtete, dann hatte sie keine Worte gefunden dafür und immer wieder verzweifelt nach einer Gedichtzeile gesucht. Sie hatte Trakl gelesen und genau wie er über dieses Land schreiben wollen. Wenn er «blau» sagte und «rot» und «silbernes Wasser», und wenn er von Bauernkaten schrieb und von dumpfem Jungsein, und alles reimte sich, als seien die Verse immer dagewesen und die Worte so gebaut, weil sie zusammengehörten und sie nur jemand zusammenfügen mußte. Solche Verse wollte sie auch finden, und sie war überzeugt davon, daß es sie gab, und es betrübte und erschöpfte sie, weil ihr nur Banalitäten einfielen. Warum empfand sie denn alles so intensiv, wenn ihr dazu nichts einfiel? Wie machten andere das? Hatte sie nur die Hälfte einer Begabung abbekommen, die Hälfte, die gerade dazu ausreichte, die Qualität fremder Arbeiten zu erkennen, aber nicht dafür, eigene zustandezubringen? Dann hatte sie zu malen begonnen. Aquarelle und Ölbilder mit grellen Farben. Aber Herrn Tatziet ihre Bilder zu zeigen wagte sie nicht. Wieviele Menschen waren hier schon wie sie groß geworden und hatten mit den gleichen Ansprüchen an sich gekämpft? Zum Beispiel Achim, der inzwischen so trocken und steif war, daß seinen Humor niemand mehr als Humor verstand. Damals hatte er wegen Rike einen Nervenzusammenbruch gehabt. Jetzt hatte er fünf Kinder und eine zunehmend fettleibige Frau, die sich auch immer mehr wie das sechste Kind aufzuführen begann: Britta, die ihm damals ins Bett gehüpft war. Dabei war er in Rike verliebt gewesen. So schlimm, daß er nicht mehr leben wollte und aus Kummer seine Querflöte an einem Baum zerschmetterte, statt darauf zum Hochzeitstag der Tatziets Telemann zu spielen. Über solche Dinge war ja nie gesprochen worden, und dabei hatten alle ihre Niederlagen erlebt, gerade die vielen Lieblingsschüler, die Herr Tatziet zu sich einlud und von denen einige inzwischen tatsächlich in künstlerischen oder zumindest kulturschaffenden Berufen tätig waren. Es gab nur wenige, denen die Enttäuschung über ihr Leben nicht anzusehen war. Auf Uneingeweihte konnte diese Enttäuschung zwar wie Selbstbewußtsein und Wissen um die eigene Bedeutung wirken, aber wie sollten ein Komponist, dessen Kompositionen niemand hören wollte, und eine Grafikerin, die vom heimlichen Nachdruck der Stiche ihres bedeutenderen Großvaters lebte, oder ein Trompeter, der im Orchestergraben eines Stadttheaters versauerte, nicht unglücklich genannt werden? Herr Tatziet war für sie der Ausgangspunkt für den Wunsch gewesen, etwas besonderes aus sich zu machen. Seine Begeisterungsfähigkeit, seine unersättliche Neugier und Liebe zu den Dingen hatten sie angeregt. Er freute sich über jeden Kiesel, den man ihm brachte, und es ehrte einen, wenn er ihn geschenkt haben wollte, weil er darin eine Pfeilspitze erkennen wollte oder sogar ein versteinertes Stück Dinosaurier. Dabei hatte er seine eigene Begabung nie überschätzt.

Und das, obwohl er die kleinsten Bastel- und Modellierarbeiten mit seiner Anmut und Verspieltheit veredeln konnte. Aber ihn interessierten die Bilder, die seine Schützlinge malten, mehr als seine eigenen. Von ihm selbst hingen nur zwei Arbeiten im Haus, ein Ölporträt der Mutter, «ohne Sinn und Verstand gemalt», wie er meinte, und eine Radierung, die ein stämmiges Pferdchen zeigte. Pferde waren bei seinen Kritzeleien ein Lieblingsmotiv gewesen. Sein Respekt vor allen Kreaturen ging schon fast ins Mystische. Er war sich sicher, daß sie sich über die Menschen lustig machten. Aber er schloß es auch nicht aus, daß man mit Wünschelruten Wasser finden konnte, man sollte immer alles für möglich halten, meinte er. Einmal hatte er eine Ziege vom Fluß zum Haus gebracht, und die Leine war den ganzen Weg über nie gespannt gewesen. Daraus schloß er auf die Schlauheit der Ziege und freute sich wie ein Kind. Er war ja ein Bienenimker gewesen, kein Honigimker und auch kein Bastelimker. Die Bienen waren so friedliche und nützliche und dabei so kluge und geheimnisvolle Wesen. Er hatte sie geliebt, und es hatte für ihn in seinem letzten Lebenswinter einen großen Kummer bedeutet, nicht mehr wie gewohnt zu den Kästen gehen zu können, um einen Gummischlauch in den Flugschlitz zu schieben und einem Schwarm bei seinen Wintergeräuschen zu lauschen. Er hatte in diesem Winter an jedem Tag vor der Mittagsruhe Rike aufgetragen zu horchen, wie das Summen der Bienen im Kasten klang. Und Rike hatte ihm dieses für sie immer gleiche Summen genau beschreiben sollen, ohne das zu können, denn sie wußte ja nicht, worin sich ein gutes Summen von einem unterschied, das Anlaß zu Sorge gab. Daß Rike überhaupt bis ans Bienenhaus gehen durfte, war nur Herrn Tatziets Hinfälligkeit geschuldet, früher war diese von selbst angepflanztem

Bambusrohr umwucherte Holzbaracke für die Kinder und für die meisten der Gäste tabu gewesen. Genau wie das Arbeitszimmer, in das sie nie einen Blick getan hatte und in dem Herr Tatziet seine größten Schätze aufbewahrte: einen Druck aus dem 17. Jahrhundert, alte Bastlerhefte, seine Romskizzen, Kunstbände, die besten Zeichnungen seiner Schüler, Tonfiguren, die sie gemacht und die er aufbewahrt hatte. Und natürlich alles, was er vor seiner Frau retten wollte, zum Beispiel eine alte Sahnespritze, die sie wegwerfen wollte, mit einem krummen Stock und einem Einweckgummi hatte er daraus eine Wasserpistole gebaut. Er machte sich keine großen Illusionen darüber, daß davon seinen Tod nicht viel überleben würde. Gerne zitierte er seinen Lieblingsvers: «Nennst du die Dichter nach Heine, sei auch der meine genannt. Ich habe alle Gedichte, bis auf das eine verbrannt.» Aber niemand hatte sich Herrn oder Frau Tatziet allein vorstellen können. Für die Gäste war es ja immer etwas peinlich gewesen, wenn sie neue Freunde oder Freundinnen einführen mußten oder sich insgeheim Scheidungen anbahnten. Solche unerfreulichen Geschichten störten die Harmonie. Es wurde höchstens in einem Nebensatz erwähnt, daß irgendwo «Sand im Getriebe» war. Niemand hätte sich die beiden Gastgeber getrennt denken können. Vor allem Herr Tatziet war auf seine Frau angewiesen, er konnte zwar mit einer Hand einen Drachen oder ein Faltboot basteln, aber mit dem Alter war er natürlich nicht mehr in der Lage, allein zurechtzukommen. Er war schließlich fünfzehn Jahre älter als sie. «Ach Gott, hier ist ja ein Bild von Rogalla.»

«Das mit dem Baby?»

«Ich wußte gar nicht, daß der eins hat. Das sieht ja gefährlich aus, der dicke Mann mit dem kleinen Kind.»

«Der hat jetzt eine Kneipe aufgemacht. Irgendwo in

Mecklenburg. Aber er ist immer noch so ein genialer Schlawiner. Er hat sich mal mit seiner Frau gestritten, wer die Pfütze aufwischt, als der Kleine auf den Boden gepullert hat. Weißt du, was Rogalla da gemacht hat? Er hat ein Loch in die Dielen gebohrt. War doch eine geniale Lösung.»

Nachdem hunderte Beileidsbriefe, es hatten ja Sommergäste aus Schweden oder aus der Bretagne geschrieben, die seit den 30er Jahren nicht mehr hiergewesen waren, sogar aus Namibia war Post gekommen, nachdem diese Briefe gelesen und beantwortet waren, nachdem Frau Tatziet gemeinsam mit ihren beiden Schwestern das Haus so gründlich wie nie geputzt hatte, auch die Bücher waren endlich einmal einzeln ausgeklopft worden, wie es sich gehörte, und mehrere Sperrmüllfuhren waren nötig gewesen, um das Haus von seinen nun sinnlos gewordenen Schätzen zu befreien, nachdem die Zeit der Trauer vorbei war, war Frau Tatziet schmal geworden, sprach mehr als vorher und hatte an Strenge verloren. Früher hatte ja ein straffes, von allen akzeptiertes Regime geherrscht. Denn die Erfahrung lehrte, daß abends Streit aufkam, wenn am Vormittag nicht im Garten gearbeitet worden war. Und auf die Kinder wurde nach dem Abendessen ein Auge geworfen, denn da pflegten die schlimmen Unfälle zu passieren. «Ich muß noch die Bilder vom Hochwasser einkleben. Da hast du was verpaßt, die Deiche wären fast gebrochen, und alle konnten ihre Erfindungen ausprobieren.»

Rike verbrachte auch jetzt noch viel Zeit in Alt-Lipchen. Sie nahm eine Tasche voll Bücher mit und fuhr nicht eher ab, als bis das letzte davon ausgelesen war. Aber sie las sie jetzt lieber oben auf dem Zimmer und nicht mehr unten in der Stube, denn sie wollte nicht gestört werden, und eine Störung konnte das Gefühl sein, gebraucht zu werden, das ihr hier ganz neu war. Es störte sie aber auch, daß sie täglich vier Mahlzeiten bewältigen mußte. Und daß es dabei so still wurde, wenn sie nichts sagte. Und es fiel ihr immer schwerer, etwas zu sagen, je länger geschwiegen wurde. Sie mochte es nicht, daß das, was sie dann sagte, so viel Gewicht bekam, als würde es ihr wichtig sein. Wie sollte sie aus einem Kapitel auftauchen, das wieder einmal alles übertroffen hatte, und geduldig und langsam essen, um sich nicht der Anstrengung auszusetzen, einen zweiten Teller abwehren zu müssen? Am Ende der Mahlzeit war ihr Teller stets umzingelt von den Töpfen und Pfannen, die Frau Tatziet ihr nach und nach zugeschoben hatte und die sie leeren sollte, denn Frau Tatziet konnte Reste nicht leiden. Und dazu mußte sie sich anhören, daß eine vollkommen unwichtige Person sich mit einer anderen vollkommen unwichtigen Person wieder vertrug, oder daß der Jauchewagen für morgen bestellt war oder daß die Gelatine nicht mehr wie früher gelierte. Und daß Achim wieder Opa geworden war, und daß seine Kinder zum Glück alle untergekommen waren, in der Stadtverwaltung, in einem Versicherungsunternehmen, auf der Baustelle. Und die ganze Zeit hatte sie Angst vor einer Frage: Und Lieschen? Was macht Lieschen? Dann mußte sie lügen, weil sie es selbst nicht wußte. Ihre Tochter schrieb ihr ja nicht. Sie hatte ihre Lehre abgebrochen, eine Weile in einer Zoohandlung gearbeitet, dann in einer Kneipe, und noch vor der Wende war sie in den Westen gegangen, mit einer Zigeunertruppe herumgezogen und hatte auf Jahrmärkten getanzt. «Einmal haben wir sie im Wäldchen beobachtet, da war sie ganz vertieft in ihre Indianertänze gewesen.» «Ja, und wenn die anderen getanzt haben, hat sie sich nicht bewegt.» Je mehr Rikes Leben für sie vom Versprechen zur Sorge geworden war, desto deutlicher wurde ihr, daß sie zu einer dieser Erwachsenen geworden war, deren Macken sie hier am Eßtisch immer verwundert beobachtet hatte. Die nicht zuhörten oder nichts sagten oder ungeduldig darauf warteten, ihre «Texte», wie Frau Tatziet es nannte, loszuwerden. «Erwin hat ja neue Zähne», sagte da die Frau von ihrem Mann, «oben. Unten hat er ja noch fünf eigene.» «Inge hat jetzt ganz plötzlich wieder eine Hüftoperation gemacht.» «Die Arbeiterrückfahrkarte hätten sie nicht abschaffen sollen.» «Jetzt bauen die einen Tunnel bei uns, 20 Millionen soll das kosten, und es steht schon Wasser drin. Na, ich geh da nicht runter.» Die Texte handelten davon, daß alles schlimmer wurde, und jetzt auch noch die dumme Geschichte mit dem Enkel, und überall steht alles nur noch auf Englisch, und wann hat es eigentlich zuletzt geregnet, und die Weltmeere kippen, und die Telefonfritzen sind genauso unzuverlässig wie früher, und im Fernsehen kommen nur unsinnige Sendungen, und der Fernseher war gar nicht kaputt gewesen, der Strom war nur ausgefallen ... Und sie konnten nicht eher abbrechen, als bis sie zu Ende gesprochen hatten, um anschließend in sich zusammenzufallen mit einem bitteren Lächeln auf den Lippen. Und jetzt saß Rike selbst hier bei Frau Tatziet am großen runden Tisch, unter dem Lieschen damals gelegen hatte, mit drei Jahren, sie hatten sie schon mit der Taschenlampe im Plumpsklo gesucht, jetzt saß sie hier in der betäubenden Stille einer Stube auf dem Land, die einem bewußt machte, daß die Welt still war ohne die Menschen und daß man alle Geräusche und Bilder täglich nur brauchte, um sich nicht an sich selbst zu erinnern. Und sie konnte nichts Hoffnungsfrohes über die Lippen bringen, und auch nichts Mitteilenswertes wollte ihr einfallen, und es fiel ihr so schwer, Dinge über Verwandte und Bekannte zu berichten, die ihr doch so unwichtig erschienen, und das wichtige war immer traurig und schwer und nur dazu gut, Unbeteiligte traurig und schwermütig zu machen. «Na, geh erst mal durch den Garten, ich mach solange Abendbrot. Aber zieh dir Gummistiefel an, sonst kriegst du nasse Füße.» Für alle Gäste galt, daß sie aufgekratzt vom eigenen Leben in dieser Stube landeten und nicht still sitzen konnten, den Kopf schwer von den mitgebrachten Sorgen, die hier nicht am Platz waren oder ihren Sinn verloren. Und erst ein Gang durch den Garten konnte die Augen und die Sinne auf die Umgebung einstellen, und man wurde langsamer, man atmete tiefer und konnte vielleicht auf dem Rückweg schon wieder lächeln. Aber für Rike lag kein Trost mehr in diesem Garten, der längst nicht mehr außerhalb der Welt lag, denn die Nachbarn hatten einen Zaun gezogen, die Straße war lauter zu hören und befahrener als früher, und auch man selbst war so schrecklich groß geworden, man brauchte keine Ewigkeit mehr für die Wege und hatte keine Angst mehr vor den hohen Brennesseln. Als Kind war man erschöpft im Wäldchen angekommen, und jetzt waren es nur drei Schritte. Und überall war Gras gewachsen, sogar auf den alten Trampelpfaden, von denen sie einmal jeden Huckel gekannt hatte. Auch der Garten wurde alt und konnte sie nicht mehr beschützen, und jede Schönheit war eine Wunde, und sie würde hier so wenig Trost finden wie an jedem anderen Ort. Wie sollte sie ihrer Tochter beistehen, wenn sie selbst so zerbrechlich geworden war? Manchmal kam sie sich vor wie ein Bote des Bösen. Das Böse war auf dem Land allgegenwärtig, aber man wußte, wie man es von sich fernhielt, und tat das auch. Man hatte kein Recht, Probleme aus einer anderen Welt anzuschleppen. Sie wußte, daß ihr der Garten jederzeit entzogen werden könnte, und es würde sie, auch wenn sie immer damit zu rechnen versuchte, doch sicher überraschend treffen. Vielleicht gerade, wenn sie eines Morgens etwas Fröhlichkeit gewonnen hatte. Frau Tatziet war älter als es ihre Haltung zugab. Sie sah schlechter als man ahnte, schließlich waren ihre Augen jahrelang falsch behandelt worden, und außerdem hatte sie nie viel Aufhebens um ihre Gesundheit gemacht. Im Haus kannte sie jeden Winkel, aber wenn sie ihr verrostetes Mifa-Fahrrad zur Kaufhalle schob und die Kinder auf modernen Fahrrädern an ihr vorbeirauschten, oder wenn sie ihre Schafe, die zu nichts gut waren, als ihre Schafe zu sein, in den Garten führte, wirkte sie wie aus der Zeit gefallen. Und was machte man gegen die Angst, jemanden zu verlieren, wenn es auch die Angst und der Kummer war, daß mit diesem Menschen seine ganze Zeit verloren ging und nichts als eine brüchige Erinnerung bleiben würde, eine, die kaum etwas verstanden hatte? Wenn man Nacht für Nacht von diesem Verschwinden träumte? Man hielt sich die Augen zu und wollte nichts davon wissen und haßte sich dafür, daß man es immer noch nicht gelernt hatte, Abschied zu nehmen.

*

Rike saß in der dunklen Waschküche auf einem Kinderhocker und weinte. Sie war gar nicht bis in den Garten gekommen. Nebenan im Stall hörte sie die Schafe an ihren Rüben kauen. Es roch nach Kernseife und Kohlenkeller. Einen Gummistiefel hatte sie an, in den anderen war sie nicht hineingekommen. Sie hatte sich hinsetzen müssen und nicht mehr aufstehen können. «Rike?» Frau Tatziet rief nach ihr. Rike versuchte, schnell den zweiten Stiefel anzubekommen, aber da öffnete Frau Tatziet schon die Küchentür.

«Na, wie war der Garten? Irgendwelche Sensationen?» «Ich war noch nicht draußen.» «Meditierst du hier im Dunkeln?» «Mir war plötzlich schwindlig.» «Hast du ein bißchen geweint? Du bist doch nicht mehr vierzehn.» «Ich hab nur die kleinen Gummistiefel gesehen.» «Welche Gummistiefel?» «Die kleinen roten. Die hat Liese immer angezogen, den ganzen Sommer durch.» «Die stehen hier noch?» «Und dann ist sie durchs Gras spaziert und hat selbstgemachte Lieder gesungen. Aber nur, wenn sie keiner hören konnte.» «Und deshalb sitzt du hier und weinst?» «Mir ist nur eingefallen, wie sie damals zum ersten Mal abhauen wollte, mit fünf.» «Ach ja, sie war auch immer so eine Morgenlandfahrerin.» «Sie hat ihren Kinderkoffer gepackt, ‹Den kleinen Angsthasen› reingetan, ihre Sparbüchse, ein halbes Brot aus der Küche gemopst, und ist mit den kleinen roten Gummistiefeln losgezogen.» «Naja, putz dir erstmal die Nase.» «Sie ist nur bis zur Gartentür gekommen und umgefallen, einfach so umgekippt. Ich hab kein Taschentuch.» «Nase putzen in der Schürze, gibt ihr Stil und gibt ihr Würze.» «Ich wäre gern ihre Freundin geworden.» «Ach, das wollen alle Mütter. Was denkst du, wie furchtbar ich meine fand. Vor allem, wenn sie mit Frau Busch Theater gespielt hat: märkische Marktfrau streitet sich mit sächsischer Marktfrau. Das haben sie an der Badestelle geübt. Und wegen ihrer Ohren hat sie viel zu laut gesprochen. Das war mir so peinlich, daß ich den ganzen Tag geheult hab, weil ich mich so geschämt hab für sie.» «Aber du bist deshalb nicht lebensmüde geworden.» «Das ist doch nicht deine Schuld.» «Wessen dann?» «Na, komm erstmal essen. Du kannst dir Bratkartoffeln machen.» «Kann ich erst noch durch den Garten gehen?» «Dann bring aber Bollenpiepen mit für die Bratkartoffeln. Welchen Tee soll ich aufbrühen? Pfefferminz? Oder lieber Fenchel, der beruhigt. Und heiz den Badeofen nach, wenn du wiederkommst, du bist das so kalt bestimmt nicht gewohnt. Soll ich morgen früh Schrippen holen?» «Ich kann auch gehen.» «Nein, du schlaf mal aus, du hast ja noch dein Stadtgesicht.»

Der Stotterer
hält sich ja insgeheim für den wahren Dichter. Bevor er ein Wort, ohne es genau zu überdenken, und letztendlich ja, ohne es zurückrufen zu können, in die Welt entlassen würde, würde er sich lieber die Zunge abbeißen. Die meisten halten ihn deshalb für stumm und sind so taktvoll, ihn nicht darauf anzusprechen, sie vermeiden es sogar, in seiner Gegenwart über ihn zu lachen. Dabei gäbe es ganz andere Gründe, über ihn zu lachen, als seine nie zu einem Ende kommende Art, zum Sprechen anzusetzen. Denn wie ein Dichter denkt er und tröstet sich damit, daß niemand seine Worte so ernst nimmt wie er. Viele dächten ja gar nicht über das Reden nach und bewegten sich in Gesprächen, als handle es sich um eine Selbstverständlichkeit und als könne man die Gespräche nicht im Gegenteil sogar noch verbessern. Allerdings ist das uneingestandene, wahre Problem des Stotterers, von dem aber auch nur er weiß, in Wirklichkeit, daß er zuletzt, da er ja nun schon seit Jahren mit niemandem ein Wort gewechselt hat, so daß die wenigsten sich daran erinnern, wie schlecht er sich auszudrücken weiß – ja, wer erinnert sich denn überhaupt noch an ihn? –, daß er zuletzt in immer häufiger auftretenden Anfällen von Nachdenklichkeit an der Selbstverständlichkeit, die dem Atemholen zugrunde liegt, zu zweifeln begonnen hat und mittlerweile ernsthaft befürchten muß, eines Tages an seinen Zweifeln zu ersticken, und das, ohne ein Wort zu sagen.

Elf Trainer hatte ich. Der Erste hat mich entdeckt und mir den Mut gegeben, meine Karriere als Profi zu beginnen. Der Zweite war ein Spaßvogel, immer für einen lustigen Einfall gut, aber als es in der Liga nicht gut lief, fiel die Kritik auf ihn. Der Dritte war ein harter Hund, bei ihm durfte man sich keine Ausfälle erlauben, Aufbegehren wurde mit Entzug des Stammplatzes bestraft. Die Öffentlichkeit bewunderte sein Händchen im Umgang mit den Stars. Er verstand es, die Großen des Geschäfts in ein taktisches Konzept einzubinden, gegen das sie bei anderen rebelliert hätten. Der Vierte war ein Schweiger, immer wieder haben seine taktischen Geniestreiche das Konzept der gegnerischen Mannschaft zu Makulatur gemacht, man wußte nie, woran er gerade dachte, aber sicher hatte es mit Fußball zu tun. Der Fünfte war ein Philosoph. Wo andere von einem simplen Spiel sprachen, das noch immer über Einsatz, Können und das nötige Quentchen Glück entschieden würde, vertrat er Ansichten wie: «Um nach oben zu kommen, muß man unten gewesen sein», und: «Kein Tor schießt sich selbst», und: «Wer gewinnen will muß siegen lernen.» Der Sechste war mit dem Fußball verheiratet. Wo andere die Ansicht vertraten, es gebe Wichtigeres im Leben, vertrat er die Ansicht, es gebe gar kein Leben. Ihn an der Außenlinie zu beobachten, wenn wir spielten, war immer ein Erlebnis für die Zuschauer. Seine Anspannung entlud sich in Wutausbrüchen, Beschimpfungen und Stoßgebeten an den Fußballgott. Er starb nach einer in letzter Minute abgewendeten Niederlage, so wie er es sich immer gewünscht hatte: aus dem Leben gerissen, das heißt aus dem Spiel.

Der Siebente war ein Künstler. Seine Mannschaftsaufstellungen waren feinsinnige Kompositionen, die sich den Zuschauern und den Interpreten erst bei der Aufführung erschlossen. Der Achte war ein Motivationsgenie. Er schaffte es immer wieder, uns bei der Ehre zu packen, so daß auch der letzte sein Letztes zu geben bereit war. Der Neunte war ein Minimalist. Er hielt nichts von großen Worten. Analysierten andere die Tücken und Feinheiten des Spiels und luden ihm Bedeutungen auf, die man darin nicht vermutet hätte, dann sagte er: «Kokolores. Wer zuletzt führt, hat gewonnen.» Der Zehnte behandelte uns wie erwachsene Männer und überließ uns die Entscheidung, was wir mit unserem Potential anfangen wollten. Er lehnte es ab, für uns zu denken: «Ihr müßt selbst wissen, was ihr wollt, ich bin nur der Übungsleiter.» Von allen Trainern, die ich in meiner Laufbahn hatte, war mir aber der Elfte der liebste. Unter ihm stieg ich zum ersten Mal ab, nicht, weil er die Mannschaft schlecht trainierte, nicht, weil die Mannschaft schlecht spielte, nicht, weil uns der Siegeswillen fehlte, sondern weil wir zu alt geworden waren, um mit dem neuen System, das den Jungen in die Wiege gelegt war, mitzuhalten. Doch mit diesem elften Trainer war es ein Vergnügen, alt zu werden, nie vergesse ich seine Worte: «Jungs, eure Zeit ist gekommen, dagegen bin ich machtlos, aber ich werde euch weiter trainieren.»

Des Eskimos
Welt bewegt sich um den Haken, mit dem er seine Hunde anpflockt. In seiner Sprache heißt dieser Haken Pituffik. Zieht er weiter, ziehen ihn seine Hunde, macht er halt, pflockt er sie an. Dazu benutzt er den Pituffik, was in unserer Sprache Mittelpunkt der Welt heißt, und den er stets mit sich führt. Um den Pituffik erstreckt sich die eintönige Eiswüste. Wie können manche so dumm sein, denkt der Eskimo, und den Mittelpunkt der Welt zu Hause vergessen?

Chausee Enthusiastow

I

Im Trolleybus auf dem Prospekt Mira hat er keine Angst. Nach ein paar Stunden zu Fuß ist es vielleicht die Erschöpfung und das Vergnügen, sich fahren zu lassen. Das ist aber nicht der Grund. Er lehnt aus einem der hinteren Fenster, es wird gerade Abend, und es ist weder zu heiß noch zu kalt. Vielleicht ist das der Grund. Die Menschen wirken müde, aber zufrieden, sie scheinen die Abkühlung zu genießen. Der Bus fährt schon seit einer Ewigkeit geradeaus nach Norden. Die Straße ist zwölfspurig und stark befahren. Die Häuser an der Straße sind so groß, als müßten sie die Stadt an ihrem Ausgang beschützen. Vielleicht vor der struppigen Natur, die man überall dort sieht, wo nicht gebaut wurde. Gestern hat er die Bulgarin verabschiedet, jetzt bleiben ihm noch drei Tage, um das aufzuholen, was er zu zweit vernachlässigen mußte. Würde er sich in Berlin so aus einem Bus lehnen? Warum machte es ihn glücklich, durch einen triumphbogenhaften Durchgang zu gehen, wenn dahinter nichts als ein unscheinbarer grauer Hof lag, auf dem ein paar verbeulte Autos parkten?

Man hatte ihm angekündigt, daß sein Haus renoviert würde, aber zunächst hatte sich nichts getan. Es war ein friedliches Frühjahr gewesen, wie immer, ein Hausflur mit seinem Nachmittagslicht, und auf dem Hof am Wochenende klapperndes Besteck. Aber eines Morgens weckte ihn das Hämmern und Bohren der Bauarbeiter. Und am Abend stand schon das Gerüst vor seinem Fenster. Mit einem Mal war das Haus voll von Handwerkern, und als er auf sein Außenklo gehen wollte, sah es im Hausflur aus, als habe es geschneit. Er verhandelte, stellte sich entschlossen, informierte sich. Am Ende mußte er seine Wohnung in Kisten packen und in der leeren Nachbarwohnung unterstellen, die bereits voll Bauschutt war. Einen Monat würde er in Moskau bleiben, und danach, so hatten sie ihm versprochen, sollte seine Wohnung fertig sein. Er glaubte nicht daran, aber nachdem die Entscheidung gefallen war, hatte er keine Wahl. Er wußte noch nicht einmal, wo er die Nacht nach dem Umzug verbringen würde. Er versuchte, sich damit zu beruhigen, möglichst viel wegzuwerfen. Wenn die Dinge nicht an ihrem Platz standen, hatten sie auch ihren Sinn verloren. Warum konnte er nicht wie Brecht nur einen Koffer besitzen und das noch für zuviel halten?

In diesem Frühjahr hatte er endlich fotografiert. Beim ersten Spaziergang durch sein Viertel war ihm das Tragen der Kamera noch peinlich gewesen und er hatte kein einziges Bild gemacht sondern nur lange die Motive betrachtet, um vielleicht unbemerkt aus der Hüfte zu schießen. Dabei hätte er gern dic spielenden Kinder fotografiert, von denen er lange nicht mehr so viele gesehen hatte. Auf einen Bürgersteig hatten drei Mädchen eine Decke ausgebreitet, man mußte fast über sie steigen. Sie saßen in der Sonne und bemalten die Straße mit bunter Kreide. Ein kleiner Junge ging mißmutig an einer Hauswand entlang und machte mit einem Stock ratternde Geräusche. Auf seinem zweiten Spaziergang fing er an, sich mit der Kamera wohler zu fühlen. Man mußte ja gar nicht abdrücken. Man war plötzlich kein Herumtreiber mehr, der seine Zeit totschlug, sondern ein Beobachter am Rand der Städte, der für die Menschen Dinge entdeckte, die sie selbst übersehen hätten. Mit dem gleichen Respekt wurde man angesehen, wenn man ein paar Tage an Krücken lief. Die Arbeit im Labor beglückte ihn. Er kam gegen Mittag und war erst spät in der Nacht fertig. Währenddessen aß er nichts und achtete nicht auf die Zeit und seine Erschöpfung. Es war jedesmal wieder wie Zauberei, wenn sich das Bild vom weißen Blatt abzuheben begann. Seine Spaziergänge wurden zu Streifzügen, und er mußte nicht mehr versuchen, einen langen Sonnabendnachmittag im Mai zu beschreiben, er machte sich auf die Suche nach einem Bild, das ihn enthielt. Es war nicht leicht, die Bilder, die später in der Erinnerung auftauchen würden, sofort zu sehen. In Moskau hoffte er auf riesige umgekippte Statuen, rätselhafte Fassadenbemalungen, Reliefs in hundert Metern Höhe, Reste der alten Epoche, die in die neue ragten, eine Gegenwelt, die sich ihrer nicht bewußt war. Vor allem hoffte er auf eine Architektur, in der die Frankfurter Allee nur eine Seitenstraße wäre. Die Aussicht darauf tröstete ihn, denn er hatte Angst vor der Fahrt. Die Geschichten, die man sich von Moskau erzählte, waren haarsträubend. Es mußte Neubauslums geben, in denen Kriegszustand herrschte, Verbrecher, die ihre Waffen offen trugen, Busfahrer, die ihre Fahrgäste als Geisel nahmen. Wenn man fallen ließ, daß man dorthin fuhr, staunten die Leute. New York ja, auch Thailand, aber Rußland? Und warum Moskau und nicht wenigstens St. Petersburg? Aber die Hauptstadt der westlichen Welt hatte er gesehen, und jetzt war er neugierig auf die andere Seite. Vielleicht würde er dann endlich einen kraftvollen Heiner-Müller-Satz schreiben können. Heiner Müller im Nieselregen auf dem roten Platz, eines seiner Lieblingsbilder. Im letzten Winter hatte er das dicke Buch mit den Heiner-Müller-Fotografien immer dann hervorgeholt, wenn er ganz verzweifelt war. Wenn der Bauleiter ihm drohte, der betrunkene Nachbar ihn belästigte, die Eltern anriefen und sich nach seinem Studium erkundigten, sein Chef ihn drängte, zu werden wie er. Und wenn Monat für Monat der unwiederbringlichen Jugend verging ohne die Aussicht auf eine Kameradin, mit der man sie teilen könnte. Seine Manuskripte konnte er gar nicht so schnell verschicken, wie sie wieder zurückkamen. Wenn das über ihn hereinbrach, versuchte er sich vorzustellen, wie der so zerbrechlich wirkende junge Müller damit umgegangen wäre. Das Geheimnis eines Menschen, den Privates nur als Material zu interessieren scheint und der noch seinen Tod als Erfahrung inszeniert.

Unterwegs war das erste, was er vergaß, seine Wohnung. Die ganze Last des letzten halben Jahres war plötzlich weg. Die ständigen Anrufe des Bauleiters, das wachsende Mißtrauen unter den anderen Mietern, die Unsicherheit, wann die Arbeiten beginnen und wie lange sie dauern würden. Zehn Jahre hatte er auf den Tag gewartet, an dem die Modernisierung angekündigt würde, und sich ständig für diesen Fall informiert. Kurze Zeit hatte er sich vorgenommen umzuziehen und den Umzug im Kopf immer wieder durchgespielt. Aber er konnte sich von diesem Platz nicht trennen. Dazu war er schon zu lange hier. Im Zug verstand er diese Bedenken nicht mehr. Das alte Hausmittel funktionierte wieder. Er las in seinem alten Russischbuch für die sechste Klasse, Lektion für Lektion, und seine Seele atmete tief durch. Endlich lernte er wieder etwas und würde einen Teil der viel zu groß geratenen Welt sehen. Er fragte sich, warum er nur noch so selten den Entschluß zu einer Reise faßte. In den letzten

Ferien hatte er sich im Reisebüro nach einem Flug nach Lissabon erkundigt. Es war keiner frei gewesen. Gut, dann London. Auch dorthin gab es keine kurzfristigen Flüge. Erleichtert hatte er das Reisebüro verlassen. Jetzt, wo es wärmer wurde, warum sollte er da nicht in Berlin bleiben? Es war so still in den Seitenstraßen, man konnte so friedlich hier leben. Die Zeit verging wie von selbst.

Er hatte ausreichend Büchsenbier für die 26 Stunden dabei. Es paßte genau in das Schränkchen mit den Zahnputzbechern. Sobald er sein Gepäck verstaut und sich gesetzt hatte, war ihm alles gleich. Seine Jacke war noch ganz staubig vom Baudreck. Er hatte seine neue Armeehose an und schwere Schuhe, er war hart und erfahren und würde zur Not auch auf dem blanken Fußboden schlafen. Er kam aus dem Osten und konnte 30 Tage von Brühwürfeln leben. Er trank Büchsenbier und fraß russische Vokabeln in sich hinein, ganze Wortlisten: kaum rollte der Zug an, war er wie besessen darauf.

Das Abteil war so klein, daß man kaum die Beine ausstrecken konnte. Man saß direkt der Wand gegenüber. So langsam wie der Zug fuhr, würde er nie ankommen. Vielleicht war die Entfernung nur ein Mythos, und Moskau lag viel näher? Im Nebenabteil saßen Russen, zwei Frauen und ein Mann, die vielleicht zusammengehörten. Sie hatten noch weniger Platz, denn der Mann hatte Pakete mit Autoteilen auf dem Fußboden verteilt. Er war schon etwas betrunken. Sein Gesicht war aufgedunsen, obwohl er erst knapp über dreißig war. Die schmutzigen Witze, die er erzählte, verstand Jürgen leider nicht. Das blonde Mädchen entschuldigte sich für ihn. Sie war mit einem Deutschen verheiratet und fuhr zu Besuch zu ihren Verwandten. Sie hatte es geschafft, einen Mann zu finden, der nicht wie der Russe war. Höflich und verläßlich und wohlhabend, wahrscheinlich mehr als sie sich je erträumt hatte. Der Russe sah sie traurig an und trank Bier aus einer Blechtasse.

Der Schaffner schärfte ihnen ein, die Tür nachts von innen zu verschließen. Das hatten sie ohnehin vorgehabt. Aber ihm war es sehr wichtig, er forderte den Russen auf, es ihnen zu übersetzen: «*Eto serjosno!*» Wie passend das klang: «*serjosno*»*!* Es ging wieder los – kaum betrat man eine Sprache, riß sie einen mit sich. Ein Schild wies die Reisenden zu bestimmten Handlungen an: «*W nestandartnich situazijach*» Besser konnte man es auf deutsch nicht ausdrücken. Hätte sie vielleicht warmes Wasser? fragte er die Schaffnerin. Aber sie verstand nicht, was er wollte. Er deutete auf den Samowar. Ah! Heißes Wasser! Natürlich. Es gab viele Wörter für Temperatur. Eines war für den warmen menschlichen Charakter gedacht, eines für das warme Wasser. Hatte man das früher in der Schule gelernt? Wahrscheinlich. Man hatte auch gelernt, was «andererseits» hieß. Aber man hatte es nicht wissen wollen und sofort vergessen.

Ein Pärchen aus Sachsen wollte weiter mit der Transsibirischen Eisenbahn. Sicher, es gab auch früher schon Siedler im wilden Westen und noch Verrücktere, die bis nach Alaska gingen. Welches Verbrechen trieb sie so weit? Es würde wohl auch Siedler auf dem Mars geben. Vielleicht hatten sie weniger zu verlieren. Was hatte er zu verlieren? Nur einen unpublizierten Roman, um den sich niemand anders kümmern würde. Und eine immer länger werdende Liste von zukünftigen Opfern seiner Rache, die schon begann, ihm wichtiger zu werden als der Roman.

Der Schaffner gab jedem ein graues Zettelchen mit kaum lesbarer Schrift, die Zolldeklaration. Sie versuchten, die Fragen zu übersetzen, um sie wahrheitsgemäß zu beantworten. Andernfalls rechneten sie damit, sich auf dem Bahnhof entkleiden zu müssen und dem Zug hinterherzuwinken. «Was heißt das?» fragten sie den Russen. «Schreib ‹Keine›.» «Und das?» «‹Keine›, schreib überall.»

Nachts schreckte sie der Zoll auf, der an die verschlossene Tür wummerte. Sie blieben in ihren Kojen liegen und reichten die Pässe hinaus. Nebenan gab es Ärger, der Russe ließ sich nicht wecken. «Pasport!» riefen die Zöllner drohend, und die Frauen versuchten, ihn wachzurütteln. Aber er fluchte nur. Zehn Minuten brauchten sie, bis sie seinen Paß bekommen hatten.

Der Bahnhof in Brest-Litowsk. Endlich sah er die Stadt, über die damals so viele Briefe an ihn nach Brest in die Bretagne geleitet worden waren. Ein Jahr hatte er dort gelebt. Es hatte ihn jedesmal gefreut, wenn der Post dieser Irrtum unterlaufen war. Jetzt waren eine Stunde vor der Ankunft die Toiletten abgeschlossen worden. Jürgen wollte sich auf dem Bahnhof ein Klo suchen, aber hinter welcher der vielen nach Klotüren aussehenden Türen sollte er nachsehen? Auf dem Bahnhofsvorplatz fand er ein Klohäuschen. Die Klofrau wollte seine Mark nicht nehmen, es war ihr zu viel, sie wehrte lachend ab. Er hatte noch nie ein so verkommenes Pissoir gesehen. Die Fliegen taumelten und fielen, vom Geruch betäubt, in die Brühe. Draußen sahen alle Menschen traurig und müde aus. Sie trugen schwere Obstkörbe. So mußten sie selbst damals auf westliche Besucher gewirkt haben, die kein Auge für die feinen Unterschiede hatten. Was hatte der Schaffner gesagt? Irgend etwas von «*Perechod*». Sie hatten ihn nicht verstanden, aber er hatte sie erst aussteigen lassen, nachdem sie so getan hatten, als ob sie verstünden. Kaum hatten sie draußen gestanden, war der Zug angerollt. Jetzt standen sie wartend auf dem einzigen Bahnsteig. Es gab keine Anzeigetafel. An einem Schalter drängelten sich die Leute. «*Meschdunarodnij*» – das hieß doch international? Irgendwo stand etwas von *Moskowski Woksal.* Gab es noch einen anderen *Woksal* in der Stadt? Arndt, der mit ihm ausgestiegen war und draußen begeistert den ersten roten Stern fotografiert hatte, wurde unruhig. Er studierte osteuropäische Geschichte und rechnete mit allem.

Er war drauf und dran, in die Stadt zu fahren und nach einem anderen Bahnhof zu suchen. Es war schon zehn Minuten vor der Abfahrtszeit, und der Zug war immer noch nicht zu sehen. Natürlich wußten sie, daß hier die Achsen getauscht wurden, aber erklärte das, daß der Zug nicht kam?

«Da stimmt was nicht. Bist du sicher, daß wir hier richtig sind?»

«Was willst du denn machen?»

«Der Zug müßte doch längst hier sein.»

Jürgen trug nur seine Sandalen und stellte sich vor, wie er sich von hier zurückschlagen würde, mit einer Mark durch Weißrußland und Polen nach Berlin. Die Vorstellung machte ihm seltsamerweise keine Angst. Es hatte fast etwas Reinigendes für die Seele. Nach so langer Agonie.

«Wenn man wenigstens was von dieser verdammten Sprache verstehen würde», sagte Arndt.

Sie versuchten, aus den Ansagen schlau zu werden, aber es war aussichtslos, sie konnten noch nicht einmal «Ankunft» von «Abfahrt» unterscheiden, es klang anders, als sie es gelernt hatten. Sie suchten den Bahnhof nach einem versteckten Gleis ab, in Rußland wußte man schließlich nie. Die meisten der herumstehenden jungen Männer wirkten auf sie, als hätten sie die Beute schon unter sich aufgeteilt. Dann fuhr der Zug endlich ein, fünf Minuten nach der eigentlichen Abfahrtszeit. Die anderen hatten die ganze Zeit über geschlafen.

Im ersten Ort hinter der russischen Grenze kamen alte Frauen über die Gleise getrippelt und boten ihnen Bier und offenes Waffeleis an, das sie aus Einkaufsbeuteln wühlten. Der Russe prüfte kritisch das Bier: «Das ist wie Pilsator, für Obdachlose», sagte er, «besser anderes.» Er verlangte für sie nach den kältesten Flaschen. Wie sicher und kundig er sich hier bewegte. Das war Heimat. Ihnen kam es schon wie eine Herausforderung des Schicksals vor, überhaupt noch einmal aus dem Zug ausgestiegen zu sein.

Als sie durch Moskaus Vororte fuhren, fehlte ihm noch die letzte Lektion seines alten Russischbuchs Klasse 7. Er hatte gar nicht gewußt, daß er damals soviel reingemalt hatte. Er beeilte sich und sah kaum aus dem Fenster, weil er die Lektion und das Buch unbedingt noch schaffen wollte, bevor er aussteigen mußte.

«Was liest du denn da?»

«Russisch Klasse 7. Hier steht, daß Lenin im Gefängnis Briefe mit Milch geschrieben hat, die man über eine Kerze halten mußte. Wenn der Wärter kam, hat er das Tintenfaß aus Brot einfach aufgegessen.»

II

In Moskau stiegen sie am Belorusski Woksal aus, es war gerade Mitternacht, und sie waren verschüchtert und machten Scherze über Deportationen nach Sibirien und Waffenbrüderschaft. Dann fanden sie einen Bus, der sie zum Institut fuhr. Jede Sekunde war ein Abenteuer. Er hätte nie geglaubt, einmal so weit östlich zu landen. Und es gab immer noch Menschen hier! Sie bewegten sich mit einer Selbstverständlichkeit, als würden sie nicht am Ende der Welt leben. Der Bus raste über breite Prospekte, und er war glücklich, weil eine vollkommen unbekannte Zeit vor ihm lag und weil er sich trotz seiner Müdigkeit langsam wieder lebendig werden fühlte. Niemand wußte hier etwas von seinem Leben, und er würde keinem davon erzählen. Wie hatte er so dumm sein können, jahrelang seinen Kreis nicht zu verlassen? Und würde sich so ein Abenteuer noch oft wiederholen lassen? Nein, es lag ja an diesem Land. Er hatte hier noch eine Rechnung offen. Mit den russischen Lauten verband sich für ihn das Gefühl von Langeweile und Demütigung im Sprachlabor. Niemand wollte so zu sprechen lernen wie die streng gescheitelten braven Jugendlichen aus den Lehrfilmen, die am Wochenende eisschleckend über die Betonboulevards von Alma-Ata flanierten. Nur die schlimmsten unter seinen Klassenkameraden flochten Begriffe wie «Natschalnik» in ihre Rede ein und behaupteten, daß solche Wörter längst in den deutschen Wortschatz eingegangen seien. Davon galt es natürlich sich abzugrenzen. Die krakligen deutschen Buchstaben seines russischen Brieffreunds. Die Reglementierung, die man schon an dessen vorgedruckten Briefumschlägen zu erkennen glaubte. Der sich stets selbst überbietende Kitsch der mitgeschickten Ansichtskarten. Optische Spielereien und häßliche

Zeichentrickmotive. Vor den Russen hatte man Angst zu haben, hatte er gelernt. Solche Angst wie die Eltern, als ihnen ein Soldat an einer Bahnschranke eine goldene Uhr verkaufen wollte.

Im Bus lief das Radio. Der knorrige Fahrer rauchte. Um ihn herum baumelten schmutzige Wimpel und Figürchen. Die ganze Fahrerbuchte war tapeziert mit Pin-up-Girls. Die Aufschriften waren Finnisch. Offenbar ein alter Bus, den sie hierher verkauft hatten. Draußen an den Fassaden die Leuchtreklamen. *Obuw*? *Obuw*? Schuhe! Donnerwetter, es funktionierte, sie benutzten ihre Wörter tatsächlich! Dann eine Brücke über die Moskwa, die goldene Kuppel der Erlöserkirche und in der Ferne der hell angestrahlte Kreml. Spätestens jetzt war es angebracht, davon auszugehen, daß es das alles wirklich gab.

Zuletzt fuhr der Bus einen Prospekt immer geradeaus. Die Häuser wurden schmuckloser, bis rechts und links der Straße nur noch Plattenbauten standen. Das Institut lag in einem Neubauviertel. Sie stiegen aus, gut, daß er in Rumänien gelernt hatte, seinen Rucksack nicht zuunterst in den Laderaum zu legen, so war er jetzt sauber geblieben. Die Wachmänner, ein Bodybuilder, dem sein Kopf nicht mehr paßte, und ein älterer Mann mit Säufernase, studierten aufmerksam ihre Paßbilder, als könnten sie sich so Respekt verschaffen. Aber vielleicht langweilten sie sich nur. Sie stellten Fragen, die niemand verstand, womit sie aber ohnehin nicht zu rechnen schienen. Am besten man grinste, wenn sie grinsten. Hinter einer Scheibe saßen zwei dicke Frauen, die anscheinend für irgend etwas verantwortlich waren, und trugen ihre Namen in ein großes Buch ein. Auf einem Tisch lagen Briefe, die ihre Adressaten nicht gefunden hatten. Japanische Schriftzeichen, Französisch, Russisch, Deutsch. Die Deschurnajas diskutierten. Aus einem Raum am Ende des Ganges drang Diskomusik. Ein betrunkener Pole kam von dort angetorkelt, begrüßte sie überschwenglich und lud sie ein. Ah! Berlin! Da war er auch schon mal. Nein, die Mauer steht nicht mehr. Nein, Jürgen Klinsmann spielt auch nicht mehr.

Sie bekamen ein Zimmer auf der sechsten Etage zugewiesen. Als sie das Licht anmachten, scheuchten sie Kakerlaken in allen Größen auf, die es sich auf dem Kühlschrank gemütlich gemacht hatten. Alle guckten betreten. Der Deschurnaja schien es peinlich zu sein, sie gingen wieder nach unten. Wieder wurde diskutiert. Am Ende bekamen sie von den bedrohlich wirkenden dicken Frauen Zimmer auf der dritten Etage zugewiesen. Das war ein Privileg, erfuhren sie, denn die Kakerlaken wohnten weiter oben. Sie bewunderten die rosa Klobrillen und diskutierten die Frage, wo man sein Geld lassen sollte. Jeder war anderer Meinung. Am besten, man trug es am Körper, ins Zimmer könnte eingebrochen werden. Aber draußen könnte man überfallen werden. Noch besser: man hatte gar kein Geld.

Ihr Fenster ging auf einen Innenhof. Man konnte in die Fenster auf den anderen Stockwerken sehen. Wäsche trocknete, jemand rauchte. 20 Stockwerke. Auf dem Hof kehrte ein Mann mit einem Reisigbesen. Aber eigentlich gab er dem Dreck nur ein anderes Muster. Kaputte Lieferwagen. Unter einem Betonvordach stand ein Campingstuhl. Vier Wochen lang würde dort jemand sitzen, ohne daß ersichtlich würde, warum. Hinter dem Haus kam so etwas wie ein Militärgelände mit Stacheldrahtzaun und dahinter bis zum Horizont Hochhäuser, die so traurig wirkten, weil sie noch nicht alt, aber schon halb verlassen waren. Ein Monat, was für eine Ewigkeit! Wie konnte er zu Hause sein Leben so verschleudern! Wie schnell es verging, wenn man nicht darauf achtgab.

Man kam nur einmal an, und die Ankunft war das wichtigste. Deshalb ging Jürgen nicht schlafen, sondern noch einmal zu den Tanzenden im Parterre. Er versuchte, eine Flasche Bier zu bestellen. Es war laut, und die Frau hinter dem Tresen verstand ihn nicht, sie bemühte sich allerdings auch gar nicht. Er reichte ihr deutsches Geld, sie wollte nur Rubel nehmen und wandte sich gelangweilt von ihm ab. Die Tanzenden schienen sich zu kennen. Ein trüber Kantinenraum und laute Stranddiskomusik. Er blieb nicht lange und ging bald wieder hoch. Der Fahrstuhl sah nicht so aus, als würde er kommen, dann kam er und sah nicht so aus, als würde er fahren. Mit schwerem Stöhnen machte er sich an die eintönige Arbeit. Als die Fahrstuhltür sich wieder öffnete, sah Jürgen ein Mädchen mit pechschwarzen Locken und einen dunkelhaarigen Mann am Ende des Ganges verschwinden. Er trug zwei große Koffer, sie eine Handtasche. Jürgen merkte sich instinktiv die Tür, vor der sie hielten. Er zählte durch: Nr. 333.

Das gleiche Gefühl wie am ersten Abend in Rom, allein in einer Pizzeria des Viertels, die Wand schmückt ein ungeschickt gemalter Radsportler. Dunkelheit, schmale Bürgersteige, die von Autos zugeparkt sind. Aber es wird Frühling. Die fremden Geräusche, der eigene Kopf, der wieder mit sich zu sprechen beginnt. Plötzlich in der Fremde und erfrischt von der eigenen Unsicherheit. Das gleiche Gefühl wie an einem heißen Mittag in Valencia, allein auf der Straße, weil hier um diese Zeit niemand aus dem Haus gehen würde. Jedes Wort muß erkämpft sein, aber manchmal schenken einem die Menschen ihre Gesprächsfetzen, ohne es zu ahnen. Nachmittags hört man einen Löwen klagen, den ein Restaurant im Viertel sich als Attraktion im Hinterzimmer hält. Das gleiche Gefühl wie in New York, in der warmen Nachtluft auf dem Fahrrad am Central Park vorbei, ein kleiner Mensch, wie leicht könnte er hier verschwinden, aber er nimmt sich vor zu beweisen, daß er wichtiger ist als der Central Park. Und dann in Brest am Morgen der Ankunft, auf der Rue Jean Jaurès, die Nacht über hatte es geregnet. Der bucklige Teer und der französische Müll in den Ecken. Womit wird mir dieser Ort einmal wichtig werden? Damit, daß ich mich für ihn entschieden habe? Er hatte ja immer Angst, die Orte, an denen er sein Leben selbst erfunden hatte, wiederzubetreten und etwas nicht wiederzufinden oder totzutreten. Waren es nicht schon zuviele solcher Gefühle? Manchmal vergaß er sie, aber dann brachen sie plötzlich hervor, und es schnürte ihm die Kehle zu, weil er den, der er damals war, nie wiedersehen würde.

Kurz nachdem Lenin aus Petersburg nach Moskau gekommen war, trug sich folgendes zu: Der Kommandant des Kreml, wo Lenin zu dieser Zeit wohnte, stellte einen Posten auf seinem Flur auf und befahl ihm, niemanden ohne Passierschein durchzulassen. Einmal vergaß Lenin seinen Passierschein und wollte zurück in seine Wohnung, aber der Posten ließ ihn nicht durch. Lenin ging zum Kommandeur und ließ sich einen einmaligen Passierschein ausstellen. Am Abend erzählte der Posten dem Kommandeur, was sich zugetragen hatte. Als er erfuhr, wem er den Zutritt verweigert hatte, schämte er sich und ging zu Lenin, um sich bei ihm zu entschuldigen. Aber Lenin sagte: «Du mußt dich nicht entschuldigen. Der

Befehl des Kommandanten ist auf dem Territorium des Kreml Gesetz. Sogar ich, der Vorsitzende des Rates der Volkskommissare, muß mich daran halten. Die Schuld lag also bei mir.»

III

Der Fahrstuhl stöhnte und hielt, die Tür öffnete sich, und das Mädchen mit den schwarzen Locken stand vor ihm. Sie trug einen grauen Anzug und ein weißes T-Shirt, auf dem in großen Buchstaben stand: «*Je craque pour toi*». In den Haaren steckte eine weiße Sonnenbrille der Marke «Police». Jürgen war so aufgekratzt von den letzten zwei Tagen, daß er sie sofort ansprach: «*W Kreml?*» «*Da.*» Als sie merkte, daß er mit Arndt deutsch sprach, sagte sie: «Ich liebe auch deutsch.» Jürgen lachte, weil sie es so drollig und ernst gesagt hatte und weil er freundlich wirken wollte und weil er hier die ganze Zeit lachte. «Du liebst Deutsch?» «Ja, ich verstehe Sie gut.» «Schön, ich verstehe Sie auch. Woher kannst du denn deutsch?» «Ich habe gelernt in Weimar, mit Blasenorchester. Sie werden nach Kreml spazieren?» Jürgen mußte wieder lachen, weil sie nicht aufhörte, ihn und Arndt zu siezen. Sie sah ihn beleidigt an, und bevor er antworten konnte, waren sie schon unten angekommen, wo sie vor dem Hochhaus auf die anderen Exkursionsteilnehmer warteten. Jetzt erst sah Jürgen das große Mosaik mit den russischen Buchstaben, das die Eingangsseite über ihren Köpfen schmückte. Irgendwer hatte sich dafür einmal viel Mühe gegeben. Das Lockenmädchen setzte die Brille auf, was ihre große Nase betonte. Sie stolzierte mit hinter dem Rücken verschränkten Armen durch die Sonne, Schritt für Schritt, während die anderen auf der Treppe im Schatten saßen. Um den Mund hatte sie einen Ausdruck von unangestrengter Arroganz, als müsse ihr die Welt zu Füßen liegen, und wenn das hier nicht der Fall sein sollte, dann wäre das nicht das einzige, was an den russischen Zuständen zu bemängeln war. Jürgen mußte immer wieder auf ihr T-Shirt sehen. Ob sie französisch sprach? Wie gern hätte er eine Bemerkung über diesen Satz gemacht. Außerdem war ihr rechter Schnürsenkel offen. Man hätte es ihr sagen können. Oder sollte man ihn einfach zubinden? Aber das würde sie sicher seltsam finden.

In der U-Bahn saß sie ihm gegenüber neben einer Schönheit, die gar keine Griechin war, wie Jürgen erst gedacht hatte, sondern aus Hamburg kam. Die Lockige sah mißmutig in die Luft und schwieg. Neben Jürgen setzte sich ein alter Mann. Er zeigte auf die Hamburgerin und fragte «*Twoja?*» Als Jürgen ihn nicht verstand, deutete er auf seine Augenbrauen und fragte, ob die des Mädchens geschminkt seien, sie seien so ungewöhnlich dunkel. Jürgen fragte sich, warum hier genau wie in Deutschland immer er angesprochen wurde. Jeder Bettler guckte sich aus einer Menschenmenge ihn aus, jeder, der in der U-Bahn etwas von den Leuten wollte, blieb vor ihm stehen und ließ es auch nicht gelten, wenn Jürgen nicht hinsah. Der Mann wollte wissen, ob das Mädchen seine Freundin sei, Jürgen mußte ihn enttäuschen. In den Augenwinkeln beobachtete er die Lockige, und gleichzeitig versuchte er dem Mann zu folgen, der ihm in einem russisch-deutschen Gemisch den Weg erklärte, den er damals als Soldat nach Berlin genommen hatte. «Von Lwow über Stalingrad bis 60 Kilometer vor Berlin!» «Und dann?» «Dann kam der Befehl, weiter nach Süden, Österreich.» Jürgen fragte ihn, wie die Stimmung im Land sei, denn das ließ sich einfach formulieren: «*Kak schisn w Rossii?*» «Meine

Tochter verdient 40 Dollar! Mehr nicht, 40 Dollar! Was ist das in Mark?» «Kann man davon leben?» An dem Gesicht, das der Mann zog, erkannte Jürgen, wie dumm die Frage war.

Im Kreml war das Mädchen mit den schwarzen Locken einer anderen Gruppe zugeteilt. Jürgens Gruppe wurde von einer älteren Frau geführt, die den Kreml sehr zu lieben schien. Er versuchte vor jeder Sehenswürdigkeit aufs neue, den Faden nicht zu verlieren, aber er hörte nicht einmal Wörter heraus, die er nachschlagen konnte. Die Polinnen dagegen verstanden alles und diskutierten sogar über architektonische Einzelheiten. Es dauerte eine Weile, bis er sich klarmachte, daß der gesamte kirchensprachliche Wortschatz hier nicht auf Latein basierte. Kirche, Heiliger, Märtyrer, Vaterunser, Kreuz, Erlöser, Sünde – man konnte sich auf nichts verlassen. Es war sonnig und heiß, er suchte nach Motiven, aber zuviele Menschen liefen durchs Bild. Er versuchte, in den Kirchen, in denen jeder Fleck bemalt war, Details zu finden, die er sich merken konnte, das ganze war sowieso nicht zu überschauen.

Bevor die Führung zu Ende war, seilte er sich von den anderen ab. In eine Stadt mußte man sich allein stürzen, sonst wurde es keine Erfahrung. Er steckte sich das gute alte Radio ins Ohr und suchte nach einem Sender, wo möglichst viel geredet wurde. Aber er verstand kein Wort. Er wurde ungeduldig, man mußte wohl noch intensiver lernen, vier Wochen hatte er, täglich hundert Wörter, das machte dreitausend. Das waren 90% des Grundwortschatzes. Es war machbar. Niemand verlangte das von ihm, aber er hatte schon zuviel Zeit verschwendet im Leben. Solche Übungen waren der einzige Weg, sich etwas davon zurückzuholen. Und weil man wußte, daß das nicht ging, lernte man um so besessener.

«Achte dein nationales Erbe» stand auf einem Plakat, das in der ganzen Stadt an den Bushaltestellen aushing. Es zeigte das Gesicht eines alten, knorrigen Mannes mit sehr konzentriertem Blick. Die altmodische Brille hatte er auf die kahle Stirn geschoben, und er trug eine blaue Arbeitsjacke mit Stiften in der Brusttasche. So stellten sie sich selbst ihre gute Seite vor, die alten Kerle, die alles zusammenschrauben und reparieren konnten und die bei der Arbeit fluchten, weil sie sie liebten. Sie trugen braune Hornbrillen und glaubten, daß es allen gutgehen würde, wenn nur alle die leerlaufenden Maschinen ausstellen und nicht so mit dem Material aasen würden. Trotzdem sah der Mann nicht aus, wie ein vergleichbarer Mann in Deutschland ausgesehen hätte. Er sah russischer aus. Aber was hieß das? Ein russisches Gesicht? Es war zwar deutlich zu sehen, aber man konnte es nicht an irgendwelchen Einzelheiten festmachen.

Von Anfang an sah er vor allem die Bilder, dic er verpaßte. Im Regen hielt an einer Kreuzung neben ihm ein Fahrrad. Der Vater fuhr, und hinter ihm kauerte auf dem Gepäckständer das Töchterchen, beide waren ganz duchnäßt. Sie klammerte sich an seinen Rücken und hätte genau in die Kamera gesehen. Dann an einer Metrostation ein Pappschild: «Die Autorin Prigowa signiert ihre Bücher.» Er wollte das Schild fotografieren, mit den Menschen, die dahinter die Treppe hochkamen. Dabei bemerkte er nicht, daß die Frau sich wegdrehte. Als jemand rief: «*Molodoi tschelowek!*» verstand er, daß sie nicht fotografiert werden wollte.

Auf einem riesigen Platz stand Lenin, vom Verkehr umrauscht. Sein Mantel flatterte im Wind, aber er ließ sich nicht beirren und strebte vorwärts. Sie hatten zwar einige Statuen gestürzt, doch ihren Lenin hatten sie nicht angerührt. Man konnte ja nie wissen, vielleicht war er noch zu etwas gut. Oder wäre es ihnen nur zu mühsam gewesen?

Ins Mausoleum kam man nur, wenn man seine Tasche abgab. Man stellte sich in die Schlange, und die Aufregung stieg von selbst. Am Eingang wurde man noch einmal abgeklopft. Die Soldaten trugen blitzblanke Uniformen und sahen einen mit aller Strenge an. Sie wiesen einen in die Reihe der Wartenden ein, die man nicht verlassen durfte. Im Gänsemarsch ging es hinab in einen Raum aus dunklem Marmor. In der Mitte lag in einem Glaskasten der tote Lenin. Lange durfte man nicht bleiben, die Wachleute trieben einen an. Sie wirkten so ernst, als hätte es nie einen Machtwechsel gegeben. Eigentlich wollten sie einen gar nicht hier hereinlassen. Man bekam fast Angst vor Falltüren. Wieder draußen kam man an einer Stalin-Büste vorbei, die direkt hinter dem Mausoleum ausharrte. Auch sie hatte alles überstanden. Die Schwerkraft des Systems. Je älter die Menschen waren, um so älter waren ihre Idole. Vor dem Roten Platz demonstrierten Anhänger von Alexander Newski.

Auf einem anderen Platz stand zwanzig Meter hoch ein stählerner Gagarin. Statt Beine hatte er einen Stahlschweif, seine Arme waren Düsen. Ein lächelnder Held aus Stahl, auf halbem Weg ins All. Der ganze menschliche Kummer würde von einem genommen, wenn man sich in eine Rakete verwandeln könnte.

Er verfuhr sich mit dem Bus. Es ging immer tiefer in labyrinthische Neubaugebiete. Er hoffte auf eine Metro-Station, um sich zu orientieren, aber statt dessen hielt der Bus irgendwann, und die Leute stiegen aus. Nur der Fahrer blieb sitzen und rauchte. Die Leute gingen zu Fuß weiter, auf einem Trampelpfad, der sich zwischen zwei Hochhäusern hindurchschlängelte. Er wollte den Fahrer fragen, ob der Bus wieder zurückfahren würde. Aber wie sagte man «zurück» auf russisch? «Metro» verstand er zum Glück. Der Fahrer fragte ihn: «*Inostranetz?*» «*Da.*» «*Otkuda?*» «*Is Germanii.*» «*Ah! Is Germanii! Ja sluschil tam.*» «*Gde?*» «*W Templine.*» Dann erklärte er ihm, daß er den Fahrschein, den er bei ihm gekauft hatte, an einem der unscheinbaren Locher hätte lochen müssen.

In Sibirien arbeitete Lenin viel, schrieb und übersetzte zahlreiche Bücher. Er freundete sich mit den Bauernkindern an, spielte mit ihnen und brachte ihnen Lesen und Schreiben bei. Und immer wieder überlistete er die Gendarmen. Einmal kamen sie zu ihm und sagten: «Wenn wir hier verbotene Bücher finden, wirst du noch drei Jahre in der Verbannung bleiben!» Natürlich hatte Lenin verbotene Bücher, sie lagen griffbereit unten im Regal. Aber er war listig und bot dem kleineren Gendarm einen Stuhl an, und dieser begann in den oberen Regalen zu suchen. Nach drei Stunden beschwerte sich der andere: «Schon drei Stunden suchst du, laß uns essen gehen, ich habe Hunger!» Und so gingen sie, ohne die verbotenen Bücher entdeckt zu haben.

IV

Auf dem Weg zur Metrostation mußten sie einen Fußweg benutzen, der gerade geteert wurde. In der ersten Woche waren die Arbeiter damit beschäftigt, den Sandgrund vorzubereiten. In der zweiten Woche kam auf den Grund eine graue Mörtelschicht, die an den Rändern zerfloß. Bevor in der dritten Woche die Teerschicht darübergegossen wurde, waren schon viele Passanten im Mörtel versunken und hatten tiefe Spuren hinterlassen. Aber niemanden schien es wirklich zu stören. Man wechselte eben auf die andere Straßenseite. Wenn kein Bus kam, winkte man, und sofort hielt ein Auto. Oder es kam ein Kleinbus, in den sich zehn Fahrgäste quetschten, die das Vierfache des Buspreises zu zahlen bereit waren. Seltsamerweise verlangten alle Schwarztaxis das gleiche Geld für die gleichen Strecken. Wenn man die Preise kannte, wurde man nicht betrogen.

Am ersten Unterrichtsmorgen bildete sich eine Traube um die *Stengaseta* mit den Gruppenaufteilungen. Es gab sogenannte «Spezkurse», in die man sich selbst einschrieb. Plötzlich schob sich das lockige Mädchen an ihm vorbei. Sie trug sich bei «Aktuelle politische Situation Rußlands» ein. Als sie wieder weg war, suchte er nach ihrer Unterschrift: Stella. Er suchte in den anderen Listen nach dem gleichen Namen und merkte sich ihren Unterrichtsraum. In den langen Parkettgängen war es fast unmöglich, den richtigen Raum zu finden. Die Numerierung war nicht fortlaufend. Am besten war es, man ging einfach los, bis man zufällig dort vorbeikam, wo man hinwollte.

Morgens stand er um neun auf, kochte sich in seiner Blechtasse einen Kaffee und versuchte etwas Eßbares zu finden. Es gab krümeliges Schwarzbrot zu kaufen, aber die Butter wurde im Kühlschrank steinhart. Also doch wieder die chinesische Fertignudelsuppe? Arndt verzweifelte bald, einmal saß er in der Küche und kaute an einem rohen Kohlkopf. Eine Pizza mußte er wegwerfen, weil der Herd nicht funktionierte. Welche von den Kochplatten war kaputt und welche würde in einer halben Stunde warm sein? Wieviele Tage konnte man von Pelmeni mit Knoblauchsahne leben? Mit der Kaffeetasse in der Hand machte Jürgen sich auf die Suche nach den Unterrichtsräumen. Natürlich kam er zu spät, aber er genoß es jedes Mal.

Im Unterricht mußte er erzählen, wie der vorige Tag war. Von den 80 am Vortag notierten Wörtern hatte er kaum eines behalten. Sie hinterließen nur eine Erinnerung daran, daß es sie gab und daß er sie schon einmal getroffen hatte und jetzt vermißte. Die Lehrerin erzählte, wie gern sie mit dem Auto fuhr. Jürgen berichtete, daß man hier kaum eine Straße überqueren könne, die Autos würden bewußt auf einen zuhalten. Das sei eine Stadt der Autofahrer, breite Straßen, keine Ampeln. Jetzt verstand er, warum die Russen in Berlin losrannten, wenn die Ampel auf rot schaltete und sie die Straße noch nicht überquert hatten. Die Lehrerin verstand nicht, was er wollte. Es sei doch gut, wenn man freie Fahrt habe. Und wenn die Fußgänger immer die Unterführungen benutzen würden, gäbe es auch keine Unfälle. Am liebsten aber redete sie vom Ballett. Dann leuchteten ihre Augen. Und wenn man versehentlich von «Anton» Puschkin sprach, blieb ihr das Herz stehen.

Zu Mittag fuhr man in die zehnte Etage, wo sich eine provisorische Kantine verbarg. Die Mensa war in diesem Jahr geschlossen, und sie hatten immer noch nicht herausbekommen, wo die anderen aßen. Oben gab es wahlweise Pelmeni oder *Kuriza,* Broiler. Das Muttchen schloß sie schnell ins Herz, weil sie so höflich waren und sogar die leeren Teller wieder zurückbrachten. Einmal wollte Jürgen eine Summe aufrunden, es kam ihm wirklich nicht auf 12 Kopeken an. Sie fragte ihn: «*Wui ne chotite naschich kopeek?*» Damit hatte sie zwar recht, aber Jürgen hatte das Gefühl, sie beleidigt zu haben.

Nachmittags legte er sich aufs Bett, den runden weißen Empfänger von «Radio Rossija», dem landesweiten Kabelsender, auf dem Bauch, Wörterbuch und Vokabelheft in der Hand und fischte nach Wörtern. Oder er setzte sich ins Studierzimmer, sah aus dem Fenster auf das endlose Neubauviertel, über dem es an jedem Abend verrücktere Sonnenuntergänge gab, und beobachtete die kleine Japanerin, die den ganzen Tag über hier saß und russische Sätze vor sich hinmurmelte, die sie in ein dickes Heft schrieb. Er versuchte, einen Absatz aus der Zeitung zu übersetzen. Jemand schrieb etwas über Rußland, man hätte es gern verstanden. Anfangs mußte man jedes Wort nachschlagen, dann nur noch jedes zweite. Dann wieder jedes. Am späten Nachmittag beschloß er oft, heute nicht in die Stadt zu fahren, und setzte sich in den Fernsehraum, jeden Abend mit der Hoffnung, schon etwas mehr von den Nachrichten oder wenigstens von dieser amerikanischen Agentenserie zu verstehen. In jeder Folge waren die schöne Frau und der sportliche Mann, die sich abwechselnd gegenseitig retteten, in einem anderen Land im Einsatz. Einmal sogar in Berlin. Eine Schreibmaschinenschrift erschien: «Berlin. Danziger Straße». Dazu sah man die S-Bahn über die Museumsinsel fahren. Auf einem Briefkasten stand: «Der Briefkasten». Das machte die Welt weniger beängstigend, wenn die großen Amerikaner so ahnungslos im Detail waren. Andererseits, wen interessierten Details? In einem russischen Film wurden zwei Soldaten von Soldaten mit anderen Uniformen verfolgt. Es ging durch Wälder und Sümpfe. Anscheinend waren die beiden besondere Soldaten, sie trugen hellblaue Baretts und wirkten ungewöhnlich tapfer. Was wußte man in Deutschland überhaupt von der russischen Wirklichkeit? Jürgen erinnerte sich an den Spezialisten für deutsch-deutsche Verhältnisse, der früher Jahr für Jahr im Westfernsehen prognostiziert hatte, daß Honecker nicht über den Herbst kommen werde. Irgendwann hatte er natürlich dann doch einmal recht behalten.

Draußen war es nie richtig warm und nie richtig kalt, aber immer windig. Machte man den Fehler, eine Metro-Station zu Fuß zu gehen, um etwas von der Stadt zu sehen, kam man erschöpft an. Vor der Metro ließ man die Leute erst aussteigen, aber an einem vorbei drängelten sich schon die anderen Wartenden und stürzten sich auf die wenigen freien Plätze. Die Fenster standen offen, und für kurze Zeit berauschte einen die kühle Luft. Die Metro rasselte rasend schnell endlose Stationen entlang, und nach einer halben Stunde wußte man, warum die Leute unbedingt sitzen wollten. Nach und nach erkälteten sie sich alle. Entweder die Sonne blendete einen, oder der Wind blies einem Staub in die Augen. Abends irrte man auf Abenteuersuche durchs Haus, von Etagenküche zu Etagenküche, und machte Bekanntschaften. Alle wollten sich kennenlernen, was sollte man hier auch sonst tun? Zurück auf dem Zimmer hörte man ein wenig Arndt zu, der gerade wieder wie ein Papagei die Reden der großen Führer der Ostblockstaaten wiedergab. Der von den sozialistischen Staaten im Stich gelassene Enver Hoxha, der sich als letzten aufrechten Kommunisten verstand und sich bei Kim Il Sung über Stalins Renegatentum beschwerte. Oder Walter Ulbricht: «Die Lügen der westlichen Revolverblätter sind das Papier nicht wert, auf dem sie gedruckt sind.» Russisch zu lernen hatte Arndt nach zwei Tagen aufgegeben, seine Gesprächsversuche endeten immer wieder kläglich, weil das entsprechende Mädchen nicht verstand, daß er «Wie geht's?» gefragt hatte, und weil er nicht verstand, daß ihre Antwort «Wie bitte?» war. Sie trafen hier zum erstenmal auf Menschen, die kein Wort englisch sprachen. Es kam zu Auflösungserscheinungen. Es gab keine Waschmaschine im Haus, sie konnten keine Reinigung im Viertel finden. Es gab kein warmes Wasser. Arndt wusch fast täglich seine Wäsche im kalten Wasser und hängte sie an einem Kleiderständer auf, so daß das Zimmer überschwemmte. Wie machten das die anderen? Und wo gingen sie bloß essen? Was konnte man überhaupt essen? Und wann war man zum letztenmal nüchtern eingeschlafen? Nächste Woche solle warmes Wasser kommen, hieß es jede Woche. Was stört mich das, dachte Jürgen, ich habe drei Jahre ohne Dusche gelebt, ein Ostdeutscher duscht ohnehin, wenn überhaupt, dann lieber kalt.

Einmal hatte Lenin zu entscheiden, was mit einer zusätzlichen Menge Geld geschehen sollte, die aus Exporten stammte. Der Feind stand vor der Tür, die Menschen hungerten. Man hätte das Geld überall gebrauchen können. Lenin entschied, eine Bleistiftfabrik zu bauen.

V

An einer provisorisch wirkenden Wandzeitung entdeckten sie einen kleinen handgeschriebenen Zettel, auf dem etwas von einer Exkursion nach Petersburg stand. Sie suchten auf die bewährte Weise nach dem angegebenen Raum und tatsächlich: hinter irgendeiner Tür saß eine junge Russin, als hätte sie auf sie gewartet. Sie schob ihnen eine Liste hin, und sie trugen sich hinter erfreulich vielen Motenegrinerinnen und Polinnen ein. Eine Stella konnte Jürgen so schnell nicht entdecken. Dafür Magda aus Warschau, von der er erfuhr, daß sie erst 19 war, obwohl sie rauchte und fluchte, als sei sie schon viel älter.

Im Zug nach Petersburg wurde es spannend. Die deutschen Züge waren ja keine Züge mehr. Man zog sich die Schuhe aus und spazierte auf gesaugtem Teppichboden durchs blitzsaubere Abteil. Sie ruckten sanft an und glitten durch die Landschaft, von der man durch die klaren Scheiben alles hätte sehen können, wenn es einen interessiert hätte. Nicht mehr das alte «Tok tok ... Tok tok». Kein Pfeifen, kein mulmiges Gefühl, wenn man zwischen den Waggons unter sich die Gleise sah, keine Entdeckungsreisen zu den eingeschweißten belegten Broten und den Waffelmischungen im Mitropawagen. Auf dem Weg nach Petersburg nahm man sich besser nicht vor, sich nicht schmutzig zu machen. Erst spekulierte man noch, ob die Betten überhaupt reichen würden, aber da hatten die ersten bereits irgendwelche Bretter umgebaut und festgehakt, und schon waren in jeder Nische sechs Schlafplätze da. Die Araber feierten in ihrer Ecke und steigerten sich in einen endlosen Singsang hinein. Es klang absurderweise wie «Schawarma hamwanich, Schawarma hamwanich». Die Polinnen flüsterten in der Nachbarkoje. Der glückliche Rumäne nahm auch zum Schlafen die Kopfhörer nicht ab, mit denen er den ganzen Tag über selig lächelnd herumlief. Bei der Schaffnerin gab es für 13 Rubel weiße Bettwäsche. Sie war noch etwas feucht vom Waschen. Wie angenehm man schlief, wenn man auf dem Bettkasten lag, in dem man seine Schuhe versteckt hatte. Wie schön, das Tocken der Gleise zu hören und sich unterwegs zu wissen. Mit dem Stolz des genügsamen Abenteurers.

Am nächsten Morgen mußte man sich zusammenreißen, wenn man vorhatte, sich die Zähne zu putzen. Das Klo war verstopft, und man war leider nicht der erste, der bereit war ein Auge zuzudrücken. Die Spüle war entweder verrostet oder verklebt, und der Wasserhahn mußte lange studiert werden, bis man den kleinen Kolben an seiner Unterseite fand, den man drücken mußte, um das Wasser fließen zu lassen. Nachher berichteten sie einander von ihren Abenteuern auf der Toilette.

«Sprichst du Russisch?»

Die beiden hatten seit zehn Minuten diskutiert, jetzt versuchte der Jüngere den Älteren zurückzuhalten.

«Ein bißchen.»

«Woher kommst du?»

«Aus Berlin.»

«Aus Berlin? Gibt es da Wälder und Sümpfe?»

«Nicht so viele wie hier.»

«Und sammeln die Berliner *Jagodi*?»

«*Jagodi*?»

«Ja, für Schnaps.»

Jürgen schlug das Wort nach. Der Alte tippte auf das Wörterbuch. Jürgen sollte richtig nachsehen. Preiselbeeren. Ja, es gibt Preiselbeeren, aber man sammelt sie eigentlich nicht.

«*Wot*», sagte der Alte zum Jungen: ich habs doch gesagt. Der Junge winkte ab, und der Alte begann, Jürgen auseinanderzusetzen, daß er ein Ferienlager kenne bei Petersburg, dort gebe es viel Sumpf und viele Beeren.

Und die Kinder sammelten die Beeren, viele Zentner könne er liefern, ob Jürgen jemanden kenne in Berlin, der den Handel organisieren könne. Beeren zum Schnapsbrennen. Der Alte nannte Zahlen.

«Gibt es keine deutsche Handelsvertretung in Petersburg?»

Er winkte ab, zu langsam, er würde lieber direkt verkaufen. Jürgen fragte ihn, um abzulenken, nach der Stimmung im Land: «*Kak schisn w Rossii?*» Wieviel verdiente man? Konnte man davon leben? Der Alte zählte auf: er bekam 3000 Rubel. Etwas über hundert Dollar. Aber davon könne er gut leben. Seinen Sohn könne er zum Ringen schicken, die Tochter spiele Klavier. Er habe ein Auto, eine Datsche, eine Dreizimmerwohnung. Aber noch mal zu den Preiselbeeren, wäre da nicht was zu machen?

Eine Autobrücke über die Newa. Die Straßenbahnschienen ragten aus dem zerbröckelten Gleisbett heraus. Die Autos hätten eigentlich dagegenknallen müssen, aber alle bremsten rechtzeitig, sie kannten ihre Straßen. Im Reisebus rauschten sie viel zu rasch die Siegesallee hinauf und hinab, man war stolz auf andere Bauwerke und wollte nicht dauernd nach den alten Statuen gefragt werden. Viel länger hielten sie sich vor Palästen und Kirchen auf. Das gelbe Wörterbuch wurde langsam schmutzig vom Nachschlagen. Neben Jürgen saß ein kleiner Mexikaner. Er hatte tiefe Augenringe, sah völlig verhungert aus und litt schrecklich unter der Hitze, der Luft, dem Essen, seiner Existenz. Jedenfalls zog er ein entsprechendes Gesicht. Aber Jürgen traute sich nicht, ihn auf Spanisch anzusprechen.

Im Prachtpark von Peterhof streunten sie ziellos umher. Die Sonne schien, die Menschenmassen verteilten sich auf die vielen Wege, aber er wußte nicht so recht, was er hier sollte. Die schöne Hamburgerin berichtete von ihrer Arbeit beim Fernsehen. Sie war 27 und hatte es gerade noch geschafft, über ein Praktikum dort unterzukommen. 27 Jahre, sagte sie, das sei auch das Limit. Danach würde einen beim Fernsehen niemand mehr nehmen. Und bei der Zeitung sei es nicht anders.

Die Montenegrinerinnen waren alle sehr groß, trugen elegante Sonnenbrillen und redeten kein Wort mit ihnen. Lag das an ihnen oder an der NATO? Der Führer kündigte immer wieder eindringlich die Abfahrtszeiten des Busses an, als riskierten sie ihr Leben, wenn sie sich verspäteten. Sie waren auch immer pünktlich und warteten dann für gewöhnlich eine halbe Stunde im heißen Bus auf Karim, einen der Ägypter, der, wenn er endlich kam, von seinen Freunden jubelnd begrüßt wurde. Einmal blieben ihnen noch fünf Minuten bis zur Abfahrtszeit. Jürgen und Arndt kauften sich noch schnell ein Eis. Da entdeckten sie auf einem Parkplatzgelände eine Go-Card-Strecke. Sie sahen sich kurz an und überlegten nicht lange. Ein paar Runden auf laut knatternden widerspenstigen Fahrzeugen. Der Traum vom Autofahren! Stundenlang hatte er früher auf dem Rummelplatz an der Auto-Scooter-Bahn gestanden und auf einen freien Scooter gewartet. Aber sie waren ihm immer von den Großen weggeschnappt worden. In der Hand hatte er den alten abgewetzten Plastechip gehalten, den man vorn am Auto in einen Schlitz schieben mußte. Als er endlich einmal einen Wagen erwischen konnte, schwang sich ein fremder Bengel auf den Platz neben ihn und riß das Steuer an sich. Endlich war man aus diesem Alter heraus und durfte sich ungestört auf einem Go-Card austoben. Als sie zehn Minuten zu spät den Bus erreichten, wurde gerade wieder nach Karim gerufen. Na bitte, langsam lebte man sich ein.

Damals in Leningrad, im Winter vor dem Mauerfall. Er hatte in den drei Tagen nichts von der Stadt mitbekommen, aber später immer wieder von den hohen dunklen Häusern geträumt. Vom gelblichen trüben Licht in den Spiegelfoyers, von den Marmorgeländern, von Fassadenbemalungen in dunklen Höhen. Schneematsch und der Wunsch, etwas Einmaliges zu erleben. Etwas so Einmaliges wie die eigene Jugend. Aber es passierte nichts. Man saß nur mit Unbekannten auf dem Dachboden des Hotels herum. Oder man stromerte ewig über die Etagen. Andere hatten sich sogar eine Karte von der Stadt besorgt. Er wußte nicht einmal, daß es am Newski-Prospekt anders aussah. Die alten Leute, die sie abends nach dem Weg fragten, rannten vor ihnen weg.

Jetzt war ihre Unterkunft ein Arbeiterwohnheim mit dem Charme einer Autowerkstatt. Einem Ostdeutschen konnte das nichts ausmachen, sagte er sich. Es gab nur einen Duschraum im Keller? Na und, dafür war das Wasser warm. Fliegen? Besser als Kakerlaken. Kakerlaken auch? Man mußte ja nicht hinsehen. Ein Saudi aus ihrer Gruppe wollte sich für 80 Dollar ein Zimmer in einem Hotel im Zentrum nehmen. Da ihm sein Ausweis gestohlen worden war, konnte er aber dort nicht übernachten, also nahm er für das gleiche Geld nur eine Dusche.

Im Foyer stand eine golden angemalte Leninstatue aus Pappmaché. Vielleicht das Geschenk einer Patenklasse. Aber auch dieses Foyer mit seinen überalterten Wandzeitungen und seiner dicken Pförtnerin, die langsam in ihr Häuschen hineinzuwachsen schien, wollte beschützt sein.

Hinter einer Tür im Parterre befand sich der Speiseraum. Der Chef des Hauses bewirtete sie höchstpersönlich. Er wirkte dabei so devot, daß sie spekulierten, was er von ihnen erwartete. Sie waren schließlich nichts als ein paar Sprachstudenten aus Moskau. Offenbar war diese Verbindung die Rettung des Hauses oder seiner selbst. *Prijatnowo apetita*, lächelte er jedem einzeln etwas verkrampft zu. Er sah ihnen dabei in die Augen und stellte sich danach wieder wartend in eine Ecke, bis irgendwo ein Teller sich zu leeren drohte. Den Tisch schmückten bunte Plastebecher, in denen zugeschnittene Serviettenquadrate steckten. Zur Unterhaltung wurde russische Schlagermusik gespielt. Wenn der Koch hinter der Durchreiche zu sehen war, wurde einem klar, daß er wie jeder große Künstler sein Äußeres seinem Werk geopfert hatte. Der Reiseleiter aß mit dem Rücken zu ihnen an einem Einzeltisch. Er bekam die doppelte Portion und machte sich mit viel Appetit darüber her. Vielleicht richteten sich die Höflichkeiten des Chefs eigentlich an ihn.

«Daß hier niemand seine Arbeit mit Anstand zu machen scheint. Alles ist verbeult und verrostet und notdürftig geflickt. Von weitem sehen die Straßen prächtig aus, aber von nahem haben die Häuser keinen Putz und die Regenrinnen hält irgend etwas zusammen, jedenfalls nicht die Physik.»

«Wenn man für seine reguläre Arbeit nicht bezahlt wird, ist es doch normal, daß einen das Resultat nicht kümmert. Und außerdem ist jetzt Sommer. Überleg mal, welchen Klimabelastungen das Material hier ausgesetzt ist.»

«Das erinnert mich an unseren Geographielehrer. Wie er mit dem Zeigestock das riesige Territorium von Sibirien umkreist und Bodenschätze rezitiert. Und dann sagt er: ‹Ja, da gibt es jetzt Schlaumeier, die sagen, warum ist die Sowjetunion nicht das reichste Land der Welt. Aber dann sollen die mal daran denken, was hier für klimatische Bedingungen herrschen, was für Entfernungen vorliegen, was für Schwierigkeiten, die Amerika nicht hat. Und vor allem: auf amerikanischem Boden ist in diesem Jahrhundert kein Schuß gefallen!›»

«Das gleiche hat der Professor für russische Gegenwartspolitik letzte Woche auch erzählt.»

«Gehst du in den Kurs?»

«Ja, bis jetzt war ich immer da.»

«Und ist da auch so ein Mädchen mit schwarzen Locken? Vielleicht griechisch oder persisch?»

«Ich denk, dir gefällt die Polin so.»

«Das schließt sich doch nicht aus.»

«Ich glaube, Caroline ist mit der im Kurs, die will früher abreisen, weil sie sich langweilt.»

«Mein Gott!! Warum kann sie nicht einfach mit *mir* reden!»

«Du kannst dich doch nicht wegen jeder so aufregen.»

«Wo sind die Polinnen denn jetzt?»

«Wir haben uns heute abend an der Säule verabredet. Magda kommt auch.»

«Weiß die überhaupt, mit wem sie nichts zu tun haben will? Ich bin Jürgen Reip, Weltmeister in übertriebenen Gefühlsregungen, und nicht irgendein dahergelaufener Verehrer!»

«Erzähl das ihr.»

«Aaaaach!!! Mir reicht's, ich will Russisch lernen und nicht Polnisch!»

Der Führer beschwor sie: *Dorogie Drusja,* den morgigen Tag werdet ihr nie im Leben vergessen. Ihr werdet die Eremitage sehen und euch für immer daran erinnern.

Außerdem werdet ihr die Isaak-Kathedrale sehen, die schönste Kathedrale, die es in Rußland gibt, die zweitschönste auf der Welt nach dem Petersdom. Petersburg ist überhaupt die zweitschönste klassizistische Stadt Europas gleich nach Wien. Dann ging seine Rede in einen Singsang über, offenbar ein Puschkin-Gedicht. Bei allen Stadt- und Museumsführern hier kam der Moment, wo sie diesen Singsang anstimmten. Während der Führer begeistert die schönen Verse dieses «*welikij russkij poet*» mit den vielen Vornamen rezitierte, blitzten seine Goldplomben. Er wirkte sehr hager und blaß, als würde er jeden Moment umfallen. Nur die Kraft der Poesie hielt ihn auf den Beinen. Das hinderte ihn nicht daran, sich mit den empörten Polinnen über Katyn zu streiten, bei dem es sich um eine «*giganskaja nemetzkaja provokatzija*» gehandelt habe. Während eine kompetente Führerin nach der anderen ins Mikrophon sang, sie alle waren eigentlich Akademiker und seine Kolleginnen, schien es keinen Platz in dieser Stadt zu geben, an dem Puschkin nicht irgend etwas Bemerkenswertes getan hatte. Hier wohnte seine erste große Liebe, hier schrieb er sein erstes Gedicht für seine erste große Liebe, hier betrog er seine erste große Liebe mit seiner zweiten großen Liebe. Der Führer saß derweil auf einem kleinen Holzstuhl neben dem Fahrer und genoß die Rundfahrt mehr als alle anderen. Er war unermüdlich. Die halbe Reisegruppe schlief, weil sie schon seit Stunden unterwegs waren, aber er nahm es nicht zur Kenntnis. Hinter Jürgen saßen die Polinnen und flüsterten mit den Arabern, die gut Russisch konnten. Sie wollten in ihren Heimatländern als Touristenführer für reiche Russen Geld verdienen. Der kleine Mexikaner war eingeschlafen und hatte seinen Kopf an Jürgens Schulter gelegt. Durch die zerkratzten schmutzigen Scheiben knallte die Sonne. Sie stiegen dort aus, wo

Puschkin angeschossen worden war. Man machte Gruppenfotos. Jürgen stellte den Zoom auf Magda. Das war alles, was er tun konnte, um ihr näher zu kommen.

Abends fuhren sie auf einem Boot die Newa entlang, einmal durch die ganze Stadt und zurück. Sie hatten sich mit den Polinnen an der Eremitage verabredet. Es war schon dunkel geworden, aber Jürgen hatte noch einen Gigantenfuß fotografiert, mit größter Tiefenschärfe, so daß man den Platz dahinter und die Säule, an der die Mädchen saßen, noch erkennen konnte. Das gleiche Foto hatte er in einem Buch über die russische Avantgarde gesehen. Die Konversation gestaltete sich schwierig, weil jedem von ihnen nur ungefähr 20 Wörter zur Verfügung standen und darunter auch noch «Oktoberrevolution», «Großer Vaterländischer Krieg», «Pioniernachmittag» und «Wettrüsten» waren. Die Sonne ging unter, es wurde kühl und windig, sie rasten unter den Brücken durch. Die Dächer der Häuser am Ufer waren so vertraut niedrig. Die Mädchen tranken Bier. Karim war auch dabei und machte Witze. Später saßen sie in einem Biergarten, und es wurde immer kälter. Es gab keine Toilette, und man mußte den nächsten Hinterhof zweckentfremden. In manchen Wohnungen brannte Licht. Für irgendwelche Menschen war hier der Mittelpunkt der Welt. Karim erzählte, daß er zwölf Kinder wolle, nein, zwölf Jungen und zwölf Mädchen. Irgendwann merkte Jürgen, daß er unter dem Tisch längst Magdas Hand hielt.

Zurück in der Unterkunft ging Jürgen sofort ins Bett. Die Araber und die Polinnen tranken weiter auf dem Flur. Ein Pole hatte einen Kassettenrekorder und drehte bis zum Anschlag polnischen Heavy-Metal auf. Nachts wurde Jürgen immer wieder geweckt, es war unglaublich, sie feierten immer noch. Gegen sechs wachte er ein letztes Mal davon auf, daß sie alle zusammen: «*Aïcha, Aïcha, écoute moi ...*» gröhlten. Er fühlte sich ausgeschlossen und elend. Weil er nichts verstand, weil er nicht mit der Hüfte tanzte, weil es in seinem Land keine Probleme gab, weil er nicht mehr neunzehn war.

Am nächsten Tag saßen trotzdem alle wieder im Bus, obwohl sie nur zwei Stunden geschlafen hatten. Zuerst fuhren sie ins Russische Museum. Sie waren um zehn aufgebrochen, und um drei Uhr nachmittags war vom Führer immer noch keine Pause vorgesehen. Darüber kam Jürgen ins Gespräch mit zwei Spaniern, die noch weniger als er damit zurechtkamen. Sie waren über dreißig Jahre alt, hatten nur noch einen Haarkranz, aber dafür sehr tiefe, energische Stimmen. Außerdem sprachen sie ein wenig deutsch. Was für ein sympathisches Volk, dachte Jürgen erleichtert, ohne ihren Cafecito wirkten sie völlig verstört. Die hiesige Tagesplanung war ihnen ein Rätsel. Ihre europäischen Stimmen wirkten so beruhigend. Zum Zustand der Gebäude und Straßen hatten sie eine klare Meinung: «Alles abreißen und neu bauen.»

Im Russischen Museum der überraschende Bruch zwischen den geheimnisvollen und würdigen Ikonen und dem späteren Salonkitsch. Weichgezeichnete Jesusgesichter wie von Lackbildern. Ein Ritter in der Einöde. Er saß auf seinem Pferd und las, was auf den Stein gemeißelt stand, an dem der Weg endete. Jürgen versuchte es zu entziffern. Plötzlich flüsterte ihm eine Aufseherin ins Ohr: «Wer hier weitergeht, findet den Tod.» Dann erklärte sie ihm, was das über die russische Natur aussage, aber Jürgen verstand sie leider nicht. Trotzdem lächelte er und nickte, denn nach fünf Minuten war es zu spät zuzugeben, daß er den Anschluß längst verpaßt hatte. Nachher fragte Jürgen die Polinnen, was sie von dem schrecklichen Zeug gehalten hätten. Er war sich sicher, damit Punkte zu machen. Schließlich konnten Polen Russen noch nie leiden, wie sollten sie dann russischen Kitsch leiden können? Aber sie sahen ihn verständnislos an, natürlich habe ihnen die russische Kunst gefallen. Der Haß der Polen auf die Russen, man konnte sich nicht einmal mehr darauf verlassen.

Ein Soldat wurde befördert. Sein Vorgesetzter unterschrieb die Beförderung mit einem Bleistiftstummel. Der Soldat fragte ihn, warum er ein so wichtiges Dokument mit einem schäbigen Bleistiftstummel unterschreibe. Da erzählte ihm der Offizier die Geschichte des Bleistifts: einmal war in ihrer Schule Lenin zu Besuch gewesen. Sie berichteten ihm, wie eilig sie es hätten, an die Front zu kommen und die Feinde zurückzuschlagen. Aber Lenin erklärte ihnen, daß es jetzt nichts Wichtigeres für sie gebe, als zu lernen, zu lernen, und nochmals zu lernen. Am Ende schenkte Lenin jedem einen Bleistift. Seitdem unterschreibe er alle ehrenvollen Papiere mit diesem Bleistift, und er habe sich geschworen, daß er damit noch schreiben wolle, wenn wieder Frieden sei. Der Soldat schämte sich für seine dumme Frage.

VI

Er kam wie immer zu spät zum Unterricht, wenigstens kannte er inzwischen ungefähr den Weg durch das Gebäude. An einer Ecke, hinter der ein langer Parkettgang lag, traf er plötzlich auf das Mädchen mit den schwarzen Locken. Er sagte «Hi», sie sagte so etwas Ähnliches, und er ging vor ihr den langen Gang entlang und versuchte, nichts von dem Kaffee zu verschütten und sich die Finger nicht an der heißen Blechtasse zu verbrennen. Gleichzeitig versuchte er, auf interessante Art zu gehen. Dabei dachte er: warum habe ich eben «Hi» gesagt? Ich sage doch sonst nicht «Hi». Wie kann man jemanden so dumm begrüßen? Ob sie sich trotzdem fragt, was für ein Mensch da in grünen Armeehosen und Wollpullover vor ihr herläuft? Bestimmt beeindruckt es sie, daß ich einfach zum Unterricht gehe, wann es mir paßt. Immerhin gehe ich ja hin. Ich demonstriere also gleichermaßen Freiheitstrieb und Selbstbeherrschung. Und der große Kaffee zeigt ihr, daß ich wie ein schwerer Motor bin, ein schlafender Riese, der am Morgen seine Drogen braucht, weil seine Kräfte zu groß sind, um sie einfach so in Bewegung zu setzen.

So angenehm es war, plötzlich so viele Menschen um sich zu haben, so sehr vermißte er das Gefühl, ausgesetzt zu sein. Wenn er nicht allein war, blieb er völlig taub für die Eindrücke. Wenn er allein war, schaffte er es manchmal sogar, sich zu verirren. Einmal führte ihn sein Weg zu einem kleinen Platz, wo er eine halbe Stunde lang einen Lenin im Schatten der Bäume fotografierte, bis er bemerkte, daß der Platz direkt an der Twerskaja, seiner Lieblingsstraße, lag und er hier schon mehrmals vorbeigekommen war. Man war auch immer auf der Suche nach Toiletten, denn in den wenigen Cafés gab es nicht unbedingt welche, und es kursierten Gerüchte, daß Ausländer von den Polizisten heimlich verfolgt würden und hohe Geldstrafen bezahlen müßten, wenn sie sich an irgendeiner Ecke erwischen ließen. Im Gorki-Park hatte er den Eindruck, daß überall, wo keine Wege waren, eine völlig wilde Vegetation durchbrach. Er ging einen Abhang hinunter und stand plötzlich an der Moskwa, in der Ferne sah er jetzt wieder die Lomonossow-Universität, von der er losgegangen war, und mit einemmal war es ganz still. Auf der Uferpromenade waren nur wenige Menschen. Auf den Steinbänken saßen Großeltern mit ihren Enkeln und Liebespaare. Er nahm sich vor, öfter hierher zu kommen. Dann fuhr ein Schiff vorbei, von dem laute Diskomusik kam. Auf dem Deck spielten Jugendliche Basketball, eine Werbeaktion. Er ging an der Moskwa entlang in Richtung Zentrum. Die Richtung erkannte man an der goldenen Kuppel der wiedererbauten Erlöserkirche. Sie stand genau im Zentrum der Stadt, Stalin hatte sie abreißen lassen, um an ihre Stelle den großen Sowjetpalast zu setzen, der noch größer geraten sollte als die sieben Hochhäuser, die den Stadtring säumten. Der Palast war nicht mehr gebaut worden, an seiner Stelle hatte es ein beheiztes Freibad gegeben. Die Lehrerin hatte sein Interesse für den Palast nicht verstanden. «Moskau hat nur gewonnen», sagte sie. Vielleicht hatte sie recht. Von ferne war jetzt Rummelmusik zu hören. Auf einer Bank saßen junge Männer in gestreiften Hemden und mit hellblauen Baretts. Sie waren betrunken und sahen kostümiert aus. Oder war hier der Schwulenstrich? Er ging weiter und kam an Riesenrädern und Luftschaukeln vorbei. Daß es hier einen Jahrmarkt gab, hatte er gar nicht gewußt. Immer mehr junge Männer mit hellblauen Baretts und gestreiften Hemden kamen ihm entgegen, viele hatten Wodkaflaschen in der einen Hand, mit der anderen Hand hielten sie sich gegenseitig auf den Beinen. Vielleicht doch eine Art Fasching. Jedenfalls nahmen sie keine Notiz von ihm. Dann kam er an den Eingang des Parks, ein Tor mit riesigen massiven Säulen. Wie überall war auch hier im Giebel das Hammer-und-Sichel-Emblem geblieben. Draußen gab es ein Spalier von Einheiten irgendeiner Polizeitruppe. Die Betrunkenen mit den Baretts wankten an ihnen vorbei die Straße hoch. Manche pöbelten die Polizisten an, die anscheinend nicht zu reagieren wagten. Am nächsten Tag las er in der Zeitung, daß es am Tag der Fallschirmspringer, anders als in den Jahren zuvor beim traditionellen Besäufnis im Gorki-Park, diesmal keine Verletzten gegeben habe.

Jürgen ging weiter, immer das Radio im Ohr, wenn er sich verlief, orientierte er sich an den Stalintürmen. Er wollte unbedingt auf eines dieser Häuser steigen. In einem kleinen Stadtpark spielten Kinder, und ein paar Rentner sahen auf Bänken sitzend zu. Durch die Bäume erkannte man das weiße Haus. Vor dem Park klebten verwitterte Zeitungsausschnitte und Fotos mit schwarzen Rändern an den Bäumen. Auf die Bordsteinkanten waren Namen geschrieben, und vor aus Müll improvisierten Mahnmalen lagen Blumen. Plötzlich regnete es. Die Menschen rannten und stellten sich im Säulengang einer pavillonartigen Metrostation unter. Jemand brachte ein Pferd mit, das auch nicht naß werden sollte. Lief da nicht eben eine Bekannte aus Berlin an ihm vorbei? Die Metrostation lag am Fuß eines der Stalintürme. Er suchte nach einer Kameraposition, aber es war unmöglich, man mußte sich auf Details beschränken. Er stieg ein paar Treppen hinauf und stand auf einer Freifläche, die zum Eingangsbereich führte. An jeder der vier Seiten gab es schwere, verschlossene Holztüren. Jürgen wartete, bis jemand herauskam, und huschte hinein. Drinnen war alles aus dunklem Marmor und Holz. In einer Buchte saß ein Pförtner, der ihn nicht beachtete. Er nahm den Fahrstuhl und fuhr so hoch er konnte. Oben stand er in einem stillen Flur, an den Türen gab es keine Namenschilder. Er mußte sich entscheiden, nach welcher Himmelsrichtung er auf die Stadt hinuntersehen wollte. Die Sonne ging bald unter, und irgendein goldenes Dach strahlte immer. Er versuchte im Treppenhaus auf mehreren Stockwerken ein offenes Fenster zu finden, unterwegs begegnete er keinem Menschen. Dann hatte er Glück und fand ein Fenster, das nicht vergittert war und durch das er auf eine der wie Wehrtürme wirkenden Klippen des Hauses steigen konnte, auf der sich eine Art Terrasse befand, die aber niemand zu benutzen schien. Er konnte sich vom Anblick der Stadt kaum losreißen. Gut, daß er fotografierte, so konnte er sich von dem Gefühl ablenken, das alles vielleicht nur einmal zu sehen.

Zurück fuhr er die ganze Strecke im Trolleybus. Immer auf dem Leninprospekt, am stählernen Gagarin vorbei, an dem er sich nicht sattsehen konnte. Ich möchte auch aus Stahl sein, dachte er, dann würden mich Mädchen aus fremden Ländern nicht mehr so durcheinander bringen. Die Japanerin lernte bestimmt immer noch den ganzen Tag im Arbeitszimmer. Aber er konnte sich nicht mehr konzentrieren. Er hatte sich so betrogen gefühlt an diesem schrecklichen Abend in Petersburg. Als hätte sich seit den ersten Niederlagen nichts geändert. Ein neunzehnjähriges Mädchen, das sich nicht für ihn interessierte, und schon interessierte er sich selbst nicht mehr für sich.

Auf dem Rückweg ging er in die Kaufhalle. Beim erstenmal hatte ihn eine Kundin darauf hingewiesen, daß man immer zwei Tüten übereinanderstülpen mußte, weil sie sonst rissen. Er schleppte die vielen Tüten durch das Neubauviertel zum Institut und versuchte, sich gegen das Gefühl zu wehren, diese Häuser zu mögen, schließlich hatte er seine Jugend im Neubauviertel verbracht und das immer als Strafe empfunden. Da schreckte er zusammen, denn auf der anderen Straßenseite stand im Wartehäuschen der Bushaltestelle das lockige Mädchen. Sie stand dort nicht allein, sondern mit einer ganzen Gruppe. Alle hatten große Koffer dabei. Offenbar reiste sie ab. Er beschloß, nicht hinzusehen. Du machst mich nicht unglücklich, sagte er sich, dann gehst du eben in dein Land zurück, ohne dich an mich zu erinnern. Ich bin wichtiger als du, daß du das nicht weißt, ändert daran nichts.

Der lesende Lenin in der neuen Tretjakow-Galerie. Ein Raum in warmen bräunlichen Herbsttönen. Lenin hat die Beine übereinandergeschlagen und benutzt den Oberschenkel als Unterlage für einen Zettel, auf dem er sehr konzentriert etwas notiert. Auf dem Tisch liegt eine Zeitung. Von den edlen Möbeln der sicher beschlagnahmten Villa hat er die weißen Schutzbezüge nicht abnehmen lassen. Entweder ist ihm das nicht wichtig, oder er möchte die Möbel schonen. Auffallend die Falten an seinem Hals. Auf diesem Bild sieht er zum erstenmal wie ein Mensch aus, der so etwas wie Müdigkeit und Alter kennt. Der Maler trägt einen jüdischen Namen und hat nur bis 1938 gelebt. Vielleicht wegen dieser Falten.

VII

Es war Freitag abend, er tigerte durchs Zimmer und stellte sich darauf ein, später zur Disko im Parterre zu gehen. Ein Glas Wodka, noch einmal aufs Bett legen und nachdenken, irgend etwas Eßbares zusammenkratzen. Als er aus dem Fenster sah, traute er seinen Augen nicht, in der Küche erkannte er die Umrisse eines Mädchens mit schwarzen Locken, und sie schien mit Sven zu reden.

Sven kam aus einer Gegend in Sachsen, wo alle unangenehmen Eigenarten der verschiedenen sächsischen Dialekte zusammenkamen. Schlimmer war nur, daß er endlos von seiner Arbeit als Zugbegleiter erzählte. Jürgen war doch eben erst aus der Küche geflüchtet, weil er kein Gespräch mit ihm riskieren wollte, sollte er die Lockige gerade verpaßt haben? Was machte sie überhaupt noch in Moskau? Er stürzte aus dem Zimmer und rannte den Gang entlang zur Küche, kurz vorher bremste er ab, um nicht keuchend anzukommen. Dann betrat er die Küche, in der tatsächlich *sie* stand, umringt von den Deutschen. Es war unerträglich, sie mit einem Menschen wie Sven reden zu sehen. Mußte das nicht alle ihre Vorurteile, die sie vom häßlichen Deutschen hatte, bestätigen? Er überlegte, wie er irgendeine Beschäftigung, die ihn in die Küche gelockt hatte, vortäuschen könnte, und versuchte gleichzeitig, eine Möglichkeit zu finden, sich in das fremde Gespräch einzuklinken. Ach, mein Gott, er hatte schließlich nichts zu verlieren: «Ich dachte, du redest nicht mit uns?»

«Ich immer rede gern.»

«Du guckst aber immer so arrogant.»

«Nee!» war ihre ungläubige, langgezogene Antwort. Und jetzt wirkte sie auch wirklich ganz anders. Vielleicht hätte man sie die ganze Zeit über schon ansprechen können. Jürgen machte ihr vor, wie sie einmal in ihrer seltsamen Seidenhose den Gang entlangstolziert war, in die Küche, wo die Deutschen nach dem Abendbrot gesessen hatten, und wie sie einen Wassertopf vom Fensterbrett nehmen wollte, der aber festklebte. Bei dem Gesicht, das sie in dem Moment gezogen hatte, gab er sich besondere Mühe. Sie hatte die Küche genauso langsam und mißmutig wieder verlassen, wie sie gekommen war, und war am Ende des dunklen Ganges in Nummer 333 verschwunden. Als er ihr ihr Gesicht vormachte, mußte sie lachen.

«Nee!»

«Kann das sein, daß du berlinerst? Wo hast du denn so ‹nee› zu sagen gelernt?»

«Das ist bulgarisch.»

«Du kommst aus Bulgarien?»

«Ja, nat*ur*lik, was haben Sie gedacht?»

«‹Wir› haben gedacht, du bist Türkin oder Araberin.»

«O Gott! Türkische Frau! Das ist un*mjog*lich!»

«Kommst du heute tanzen?»

«Sie werden tanzen?»

«Natürlich, wenn ABBA gespielt wird.»

«Nein, das ich kann nicht glauben.»

Die meisten wußten, daß er an ihr interessiert war, und machten sich davon, nur Sven schaltete nicht. Gleich würde er auf die Deutsche Bahn zu sprechen kommen, vielleicht sogar auf das Tarifsystem, aber sie ging von selbst, er mußte sich gar nicht bemühen.

Später lehnte Jürgen unten in dem trüben Raum, der für die Diskothek herhalten mußte, an einem Pfeiler. Noch war nicht viel los, und man sah etwas traurig und desinteressiert vor sich hin, um nicht zuviel Enthusiasmus zu investieren. In der Hand hielt er ein erstes Baltika Nr. 3. Der Alkoholgrad dieser Bierserie steigerte sich mit den Nummern. Nach und nach tauchten Bekannte auf, die Polinnen, die Griechinnen, die Mexikanerinnen, auch die schöne Hamburgerin. Am Tag seiner Ankunft hatte er sich hier noch verloren gefühlt, und jetzt gab es fast nur noch bekannte Gesichter. Warum sollte er überhaupt wieder abreisen? Manche der Araber lebten schon seit Jahren hier. Plötzlich sagte Arndt: «Da war sie doch.» «Wo?» «Da, sie hat kurz reingeguckt und ist wieder gegangen.»

«Ich weiß, genau wie der Osterhase.» «Na los, du redest doch immer von ihr, jetzt mußt du auch was machen.» Drei Sekunden überlegte Jürgen, ob er einen süß-selbstmitleidigen Tanzabend mit allerhand tröstenden schönen Gesichtern und einer abschließenden Flasche Baltika Nr. 9 vorzog oder ob er ihr hinterherrennen sollte. Na gut, man war hier eben ein ganz anderer Mensch. Er stürzte so unauffällig wie möglich aus dem Raum und sah sie gerade noch hinter einer Ecke verschwinden. An der nächsten Ecke dasselbe. Warum ging sie so schnell? Dann stolperte er vor dem Fahrstuhl über sie. «Wo willst du denn hin?» «Ein bißchen müdä.» «Du hast dich so schick angezogen für fünf Sekunden?» «Nein, nicht schick ... ganz normal.» «Kannst du eigentlich französisch?» «Ich will lernen.» «Aber was *je craque pour toi* heißt, weißt du?» Sie lachte. «Warum?» «Na wegen dem T-Shirt.» «Du hast bemerkt? Lieblingshemd!» Jürgen freute sich, daß er mit Details über sie aufwarten konnte. «Ja, sonst hast du immer diesen grauen Anzug an, zum Beispiel als du an der Bushaltestelle standst neulich. Ich dachte, du wolltest abreisen.» «Es war so langweilig, kein warm Wasser. Aber dumme Frau in Büro sagt: du mußt Petersburg sehen. So ich bleibe doch.» «Und dein Freund?» «Welcher Freund?» «Der Mann auf deinem Zimmer» «Ein Mann?» «So ein Schwarzhaariger, du bist doch am ersten Tag mit ihm aufs Zimmer gegangen.» Sie lachte. «Aaach! Das war russischer Taxifahrer! Er hat Koffer getragen, sehr *joflich*. Wie Bulgare.»

Er überredete sie zurückzukommen. Seltsamerweise gelang ihm das. Beim Tanzen versuchte er, sie nicht zu sehr zu vereinnahmen. Bei Britney Spears wurde sie lebendig, sie schien genaue Vorstellungen von ihren Bewegungen zu haben. Einige Lieder plätscherten dahin, ohne daß sie sich dafür begeisterte, dann legte sie wieder los: «Nanananananaananananaanananaa, nanananananaanananaananana *my love is my desire* nanaananananaa ... *freed from desire ...*» Sie sang sogar mit, und zwar so falsch, wie Jürgen außer sich noch nie jemanden singen gehört hatte. Trotzdem sang sie voller Enthusiasmus. Konnte man falsches Singen anmutig finden? «Gefällt dir Fräulein Spears?» fragte er. «Sie hat solches Puppesgesicht. Aber guter Text: ‹*Hit me baby one more time*›.» Der Discjockey spielte wie immer abwechselnd arabische Musik und Strandhits. Sie sang die englischen Texte mit, als handle es sich um tiefgründige Botschaften. Die Araber legten sich ins Zeug. Karim stellte sich in der Mitte des Raums auf einen Stuhl und ließ sich von seinen Freunden anfeuern. Er wirkte so, als würde er gleich in Trance fallen, die Russischlehrerinnen waren begeistert. Jetzt verstand Jürgen, was das Problem der Araber war, die in Berlin spät nachts die Diskotheken stürmten, um vielleicht um diese Zeit noch fündig zu werden. Wenn sie sich dort vor einem Mädchen aufbauten, ihm ins Gesicht grinsten und mit den Armen wedelten, standen sie meist gleich wieder allein da. Aber so tanzten sie eben. «*Aïcha, Aïcha, écoute-moi ...*» Jürgen ließ Stella eine Runde allein, und sofort gab es einen Polen, der sie ansprach. Währenddessen redete Jürgen mit der Hamburgerin über Spanien und freute sich, daß Stella mißtrauisch zu ihm herüberschielte. Man mußte ein bißchen Theater spielen, das hatte er viel zu spät verstanden. Nachher setzte er sich wieder zu ihr, und sie fragte ihn aus. Sie wollte immer mehr wissen, er immer weniger sagen. Aber er hatte Thomas Mann erwähnt, und sie wollte genauer wissen, warum er diesen Autor so verehrte, sie kannte nur «Tod in Venedig». Sie war auch etwas mißtrauisch, ob er wirklich wußte, wovon er sprach, denn sie schien außer sich noch nie jemanden getroffen zu haben, der etwas von Nietzsche gehört hatte. Jürgen hätte gerne das Thema gewechselt, denn er konnte sich nicht vorstellen, daß ein Gespräch über Faust, Musik, Nietzsche, Syphillis, Kunst und Deutschland auf sie sehr erotisierend wirkte. Mußte man sich schreiend darüber austauschen, wenn einem in den Ohren «*All that she wants is another baby*» dröhnte? Dann kam die erste langsame Runde. Er forderte sie auf. Es mußte Jahre her sein, daß er so etwas zuletzt getan hatte. Wann genau war das gewesen? «*Nothing compares to you*»? Oder etwa noch «Flugzeuge im Bauch»? Es war auf jeden Fall sehr lange her. Immerhin war er jetzt einen Kopf größer als das Mädchen und hinterließ keinen Spuckefleck mehr an ihrer Schulter. Wenn er die Augen öffnete, sah er in lauter bekannte Gesichter und fühlte sich prompt ein bißchen schuldig. Schließlich hatte man gerade erst begonnen, sich kennenzulernen, und jetzt betrog er gleich alle auf einmal. Magda mußte denken, daß sie kein schlechtes Gewissen zu haben brauchte.

«Ich bin ganz naß», sagte die Bulgarin, und Jürgen schreckte zusammen und fragte sich, ob er richtig gehört hatte. Er zog es vor, nicht darauf einzugehen.

«Guck mal, der kleine Mexikaner aus Petersburg.»

«Wo?»

«Da.»

«Marinek?»

«Marinek?»

Die beiden begrüßten sich. Marinek trug ein silbernes Armband und ein halboffenes weißes Hemd.

«Er ist Bulgare, sehr reich.»

«Was? Ich dachte, er ist am Verhungern. Ich hätte ihn in Petersburg im Bus fast auf spanisch angesprochen, aus Mitleid.»

«Särr reiche Ältan. Aber schlechtes *Ch*arakter.»

«*K*arakter.»

«Ja, *Ch*arakter.»

Marinek sagte irgend etwas auf bulgarisch. Offenbar bezog es sich auf sie beide und hatte mit seinem schlechten Charakter zu tun, denn sie schimpfte ihn aus. Jürgen kannte diese Szene von irgendwoher. Vielleicht sogar aus dem eigenen Leben? Er dachte daran, wieviel mehr ihn dieser Abend mitnehmen würde, wenn er das alles zum erstenmal erleben würde. So wie sie.

Später fuhren sie im Fahrstuhl nach oben. Er war völlig erschöpft. Irgend etwas brütete sein Körper aus. Oder war es die Aufregung? Oben angekommen, fragte er sie nach einem Glas Wasser. Hatte sie auf die Frage hin leicht den Mund verzogen? Er blieb vor ihrer Tür stehen und trank die ganze Flasche aus. Sie unterhielten sich über die Araber, ihre Augen seien wie «eine Nacht ohne Sterne», meinte sie. Auch ein ominöser Pole wurde von ihr mehrmals erwähnt, der mit ihr in der ersten Woche so umwerfend gut Salsa getanzt habe. Leider sei er heute nicht dagewesen. Ein ganz seltsamer Mensch. Dann redeten sie über Männer in Bulgarien und in Deutschland. Jürgen hielt sich an der leeren Flasche und am Türrahmen fest. Die Bulgaren seien Machos, aber höflich. Nach zwei Stunden sagte Jürgen «Ich bin leider kein Macho», küßte sie auf den Hals und ging. Er fühlte sich elend und völlig erschlagen. Trotzdem suchte er im Zimmer die Karte mit dem Rembrandt-Bild hervor, die er sich in Petersburg gekauft hatte: Abraham, der Isaak den Hals durchschneiden will und ihn dazu so fachgerecht im Gesicht packt, als würde er ein Schaf schlachten. Er wollte ihr eines seiner besten Sonette aufschreiben, eigentlich hieß es «An die Mädchen», aber wenn er es schon einmal konkret einsetzen konnte, dann nannte er es eben «*Notte senza Stelle*», ein sehr doppelbödiges Wortspiel, das sogar noch den bulgarischen Vokativ einsetzte, aber das waren Feinheiten. Das dumme war nur, daß er sich an eine Zeile nicht mehr erinnern konnte. Warum hatte er seine Texte auch nicht dabei? Aber wer konnte ahnen, daß er sie hier brauchen würde? Er grübelte eine halbe Stunde, es wäre zu schön gewesen, es paßte so gut. Aber er kam einfach nicht darauf und improvisierte eine etwas holprige Ersatzzeile. Dabei fühlte er sich gar nicht wohl, schließlich rechnete er damit, daß solche Schriftstücke irgendwann einmal wieder auftauchten. Die Karte stellte er ihr auf den Türknauf und fiel halbtot ins Bett. Gegen sieben Uhr wachte er auf und katapultierte seinen Körper auf die Toilette. Unterwegs überlegte er, welches seiner plötzlichen Bedürfnisse dringender war. Den ganzen folgenden Tag verbrachte er über die Herzlosigkeit der Mikroben fluchend zwischen Bett und Toilette.

Eines Tages gab es einen landesweiten Subbotnik. Ganz Rußland war auf den Beinen. Als Lenin die Arbeiten sah, wollte er nicht nachstehen. Die Leute versuchten, ihn zurückzuhalten, aber er bestand darauf anzupacken, nahm ein Brett in die Hand und trug es über die Baustelle. Als er wieder fort war, waren die Leute ratlos, was sie mit dem Brett machen sollten. Es war doch kein Brett mehr wie jedes andere. Lenin hatte es ausgewählt und über die Baustelle getragen. Um die Ordnung wiederherzustellen, nahm der Chef das Brett an sich. Es bekam einen Ehrenplatz an seiner Wohnzimmerwand gleich neben dem vergoldeten Brikett, das an den Wintereinsatz im letzten Jahr erinnerte. Viele Jahre hing das Brett dort und zeugte von Lenins Selbstlosigkeit.

VIII

Gegen Abend konnte er das Zimmer wieder verlassen. Die Kapseln und Tabletten, die ihm von den anderen gegeben worden waren, begannen zu wirken. Jeder hatte ein anderes Medikament parat gehabt. Er war entkräftet und traute dem Frieden nicht. Und vor allem wagte er nicht, an ihre Tür zu klopfen. Die Karte war zwar weg, aber sie konnte auch heruntergefallen und weggewischt worden sein, oder ein bösartiger Mensch hatte sie gestohlen. Ihm blieb nur noch eine Woche, dann würde sie abreisen. Er suchte noch einmal die Stundenpläne der vielen Gruppen nach ihrem Namen ab und versuchte, bei jeder Gelegenheit in die Nähe ihres Unterrichtsraumes zu kommen. Vielleicht war er zu forsch vorgegangen, und sie ging ihm jetzt aus dem Weg? Oder er war nicht forsch genug vorgegangen? Jemand hatte sie in die Stadt fahren sehen. Warum hatte sie nicht nach ihm gefragt? Machte sie sich nicht klar, wie wenig Zeit sie hatten? Und sie wollte ja auch noch drei Tage nach Petersburg fahren. Er hatte ihr die Unterkunft dort in den schlimmsten Farben ausgemalt, um sie davon abzuhalten, aber es war nichts zu machen, sie war ja gerade deswegen hiergeblieben. Und außerdem: «Ich bin nicht gefürchtet Kakerlaken», wie sie meinte.

Abends setzte er sich in den Fernsehraum, er konnte sich auf seine Vokabellisten nicht mehr konzentrieren. Es war schon recht dunkel, der Raum war leer, nur auf einem der unbequemen Stühle saß eine ältere Dame und sah einen französischen Film mit Untertiteln.

«Paris, herrlich», sagte sie plötzlich.

«Fast so schön wie Moskau.»

«Woher sind Sie?»

«Aus Berlin.»
«Ost oder West?»
«Ost.»
«Sehr gut, die DDR. Sehr gutes Land.»
«Aber jetzt bin ich selber Westen.»
«Rußland ist ein *cauchemar.*»
«Ich habe es mir schlimmer vorgestellt.»
«Es wird immer schlimmer, ein *cauchemar.*»
«Geht es nicht ein bißchen aufwärts?»
«Ach!» sie winkte ab, stand auf und sah eine Weile aus dem Fenster. Anscheinend war sie eine Professorin des Instituts. Nach einigen Minuten setzte sie sich wieder.

«Meine Freundin war ein paarmal in der DDR. Sie kam immer zurück: das Paradies! Beim Fleischer! Soviel verschiedene Wurst!»

Es war jetzt fast ganz dunkel geworden. Die Frau saß schweigend im Dämmerlicht, und er schämte sich, weil er ihre Sprache so schlecht sprach, daß er nur Platitüden herausbrachte.

Am Morgen vor Stellas Abreise nach Petersburg besuchte er sie auf ihrem Zimmer. Sie packte gerade ihre Sachen. «Wie särr du mich magst?» fragte sie ihn. Eine gute Gelegenheit zu lügen. Er wußte es aber wirklich nicht, er hatte seine Gedanken überhaupt nicht beisammen, um so generelle Fragen zu beantworten.

«Sehr.»

«Das ist nicht Antwort.»

Alle ihre Blusen und Anzüge hingen auf Bügeln hinter Plastefolie, so wie sie sie aus der Reinigung zurückbekam. Es waren fast nur zweiteilige Anzüge und Pullover aus seltsam glitzernden Stoffen. Jürgen konnte sich nicht festlegen, ob sie ihn an seine Oma oder an italienische Modenschauen erinnerten. Immer ein paar Rüschen oder

Spitzen oder Muster mehr als nötig. Und dazu diese rosa Zimmerpantoffeln mit Bommeln an den Spitzen. Inzwischen hatte er schon ermittelt, daß es sich bei dem Seidenanzug, mit dem sie immer in die Küche stolziert war, tatsächlich um einen Pyjama handelte. Sie redete viel, und wenn er auch etwas sagte, sagte sie: «Das ich habe nicht verstanden», und redete weiter. Von ihrem Studentenzimmer in Sofia, von ihren Lieblingsautoren, von ihrem Vater, der immer gesagt habe: «Sieh den anderen Kindern, niemand zieht so viele Kleider an», ihr aber dann doch gekauft habe, was sie wollte. Dabei packte sie ihre ganzen Fläschchen und Dosen und Medikamente, vor allem die verschiedenen Vitamin-A-Präparate, auf die sie schwor, weil sie keine Brille wollte, in eine Tasche, vergaß auch nicht die elektrische Zahnbürste und spazierte nachdenklich durchs Zimmer. «Möchtest du Pfirche?» «Meinst du Pfirsiche?» «Möchtest du?» Wenn er sie höflich verbesserte, nahm sie das gar nicht zur Kenntnis. «Ich immer esse Pfirche.» «Pfirsiche?» «Ja, Lieblingsfrucht.» Sie stand mit dem Rücken zu ihm am Tisch und schälte einen Pfirsich, er nahm sein Herz in die Hand und schmiegte sich an ihren Rücken. Sie war zu beschäftigt, um ihn abzuwehren, außerdem hatte sie klebrige Finger. Jetzt griff er nach ihren Brüsten, etwas zurückhaltend, schließlich hatte er davon noch keine genaue Vorstellung, und er war ja immer ängstlich bedacht, sich nicht plötzlich über irgend etwas an ihr erschrecken zu müssen. Aber die Formen, die er vorfand, waren wie für seine Hände gemacht. Sie sagte nichts und schälte weiter den Pfirsich, sie schüttelte ihn auch nicht ab, sie machte nur kleine Bewegungen nach hier und da, und er ließ ihr etwas Spielraum. So, jetzt geh du mal nach Petersburg, dachte er bei sich, als er sie wieder losließ, und wenn du ein bißchen Theater brauchst, dann kannst du das kriegen.

«Ich werde mich trösten müssen heute abend.»

«Nee!»

«Mal sehen, was die Polinnen machen.»

«Niemand guckt dich! Nie gebügelt!»

«Doch, Agnieszka, Magda und Karolina ‹gucken mich›. Und ich weiß nicht, ob ich sie enttäuschen kann. Schließlich hatte meine Großmutter auch eine polnische Mutter.»

«Das ist un*mjog*lich! Sie sagen nur so. Du tanzt wie schwule Bär.»

«Was?!»

«Mit Händen, nicht männlich. Alle lachen dich.»

«Ich fürchte nicht.»

«Du wirst das beleiden, wenn du das machst!»

«Komm mal her.»

«Dummer Mensch! Nie verzeihen!»

Sie umarmte ihn, erbost, aber recht eindrucksvoll. Dann brachte er sie zum Bus.

Der Pole Simon hatte immer wieder vom Fußballspielen geredet, jetzt hatten sie sich endlich verabredet. Simon kannte die Vereine aller im Ausland spielenden Polen und zählte sie auf wie die Stationen eines Heldenepos. Dort war er gut, dort war er nicht gut, dort war er dann wieder gut ... Stella war auf dem Weg nach Petersburg, und Jürgen hatte plötzlich wieder Zeit. Er mußte ja nicht vom einen Bein aufs andere treten und über einen neuen Vorwand, sie zu treffen, grübeln. Der Fußballplatz befand sich gleich hinter dem abgezäunten Militärgelände, das in Wirklichkeit ein Parkplatz war. Man stieg über dicke Röhren und durch ein Loch im Drahtzaun. Auf dem Betonplatz spielten Vietnamesen, die anscheinend in der Gegend wohnten. Sie waren sehr schnell und wendig, spielten aber nie zum Mitspieler ab und rannten sich regelmäßig fest. Jürgen schoß zwei Tore und war darüber tief befriedigt. Die Sonne ging unter, es wurde etwas kühler, und er machte das, was er in Berlin seit Jahren Woche für Woche tat. Sein Erwachsensein hatte an dem Tag begonnen, als er in Buch aus dem Fenster gesehen hatte, auf den Asphaltplatz, und als ihm plötzlich klargeworden war, daß er bald nicht mehr jeden Tag Fußball spielen könnte. Inzwischen war der Platz abgerissen worden, es hatten kaum mehr Kinder dort gespielt, nur ein Basketballnetz hing neuerdings dort.

Abends tanzte er zu ABBA auf dem DJ-Podest. Die Musik hatte er eigentlich immer gehaßt, aber sie ging nun mal ins Blut. Wenn er tanzte, brauchte er keine Drogen, eine gut funktionierende Hemmschwelle setzte schon genug Adrenalin frei. Die Wachleute suchten währenddessen den Raum nach Wodka ab, hier unten war nur Bier erlaubt. Die Bowle konnten sie zwar nicht beschlagnahmen, aber da sie alle Verstecke kannten, fanden sie eine Flasche Wodka und zerschlugen sie demonstrativ im Waschbecken. Nach seiner kleinen Einlage kam plötzlich Karolina auf ihn zugestürzt, offenbar hatte es ihr gefallen. Es bewahrheitete sich immer wieder: wenn man mit sich zufrieden war, setzte man sich auch durch. Besonders hatte ihr sein debiles Grinsen zugesagt, das er nicht unterdrücken konnte, wenn er sich wohlfühlte. Zusammen vagabundierten sie durch verschiedene Stockwerke, auf der Suche nach sogenannten «*Wetscherinkas*». Man wurde hier immer fündig. Ich habe das doch alles schon mehr als einmal erlebt, dachte er sich. Wie schwer es diese jungen Leute haben, die unter Einsatz aller ihrer Kräfte versuchen, an einem unbehaglichen Platz etwas Einmaliges zu erleben. Wenn man nur polnisch könnte, dachte er, aber das liegt nun wirklich jenseits des menschlichen Vorstellungsvermögens.

Einmal war Lenin mit einem schweren Koffer auf dem Weg nach Hause. Ein zaristischer Gendarm hielt ihn an und wollte den Koffer kontrollieren. Lenin sagte, daß er ihn nicht öffnen könne, den Schlüssel habe er zu Hause vergessen. Der Gendarm wurde mißtrauisch und nahm ihm den Koffer weg. «Den Schlüssel hast du zu Hause?» «Ja.» «Na, das wollen wir doch mal sehen.» Der Gendarm trug den Koffer hinter Lenin her. Dabei schwitzte er fürchterlich. Bei Lenin angekommen, öffneten sie den Koffer. Es war nur schweres Porzellan darin. Der Gendarm kochte vor Wut, weil er Lenin seinen Koffer getragen hatte. Aber er konnte ihn nicht belangen.

IX

Die Petersburg-Gruppe kam an einem Montagmorgen zurück, aber von Stella war bis zum Nachmittag nichts zu sehen. Nur ein paar Mädchen aus Magdeburg tauchten auf, sie waren allerdings auch eher abgereist. Ganz gebeutelt von den Ereignissen berichteten sie von der dortigen Unterkunft. Sie hätten sofort einen Schreikrampf bekommen und die Nacht über mit Handtüchern überm Kopf auf ihren Betten gekauert, aus Angst vor den Kakerlaken. Auch auf den Osten war kein Verlaß mehr.

Am Abend traf er Stella endlich beim Wasserholen in der Küche. Sie trug wieder ihren Pyjama und erzählte von neuen Bekanntschaften, alle seien «sehr interessant» gewesen. Er erzählte ihr zur Strafe von seinen Bekanntschaften. Sie gab vor, ihm nicht zu glauben, und er tat so, als würde er nicht sofort alles stehen und liegen lassen, um mit ihr die restlichen Tage zu verbringen. Am nächsten Tag fuhren sie zur Lomonossow-Universität, probierten alle Fahrstühle aus, stiegen mehrmals um und landeten in einem Raum mit ausgestopften Tieren. Als sie aus dem Fenster sehen wollten, wurden sie von einer dicken Frau verscheucht. Im Foyer suchte er nach einer Karte, um ihr sein neuestes trauriges Sonett aufzuschreiben. Es handelte von Gagarin und Liebeskummer. Er fand nur eine Glückwunschkarte zum Frauentag mit goldener geschwungener Schrift auf eingeprägten Rosenblüten. In der Metro saß sie neben ihm und redete mit Sven. Jürgen notierte ihr das Gedicht, und steckte ihr die Karte beim Aussteigen in die Handtasche. «Wieder dummes Gedicht aus deine Kollektion?» «Nein, direkt aus meiner Seele.» «Das ich kann nicht glauben, du hast geschrieben für andere Frau.»

Abends fuhren sie alle zusammen ins «Angry Dog», eine Diskothek, die gar nicht mehr so hieß, weil sie von der Duma geschlossen worden war, aber unter anderem Namen wieder aufgemacht hatte. Für Frauen waren Eintritt und Getränke bis 22 Uhr umsonst. Erst danach durften Männer hinein. Der Raum wurde von einer ovalen Bar ausgefüllt, in deren Mitte Drinks gemixt wurden und auf der an langen Stangen spärlich bekleidete Frauen tanzten. Es gab oben auch eine winzige Tanzfläche für jedermann, aber sie war völlig überfüllt mit ekstatischen Russen, die ihre Freundinnen herumschleuderten wie Hammerwerfer. Die Tänzerinnen an den Stangen sahen aus wie Professionelle, aber die Meinungen darüber gingen auseinander. Es konnten auch normale Mädchen sein, die zuviel ferngesehen hatten. Es gab eine große Betonterrasse, von der aus man auf die umstehenden Hochhäuser sehen konnte. Stella wirkte jetzt sehr unzufrieden, er gab sich Mühe, aber sie war völlig abgelenkt. Plötzlich wurde er traurig. Als wäre der Kummer der letzten Monate nur in ihm angestaut gewesen und in den ersten zwei euphorischen Wochen zurückgehalten worden. Arndt schrie ihm ins Ohr, er müsse ihr vielleicht ein wenig Spielraum lassen, und so ließ er sie allein im Gang stehen, wo sie gerade die Tänzerinnen betrachtete, die sich jetzt im Eifer des Gefechts ihre Oberteile auszogen. Eben hatten sie sich noch gestritten, weil sie die Tanzweise eines Verrückten gelobt hatte, obwohl es auch hier Menschen mit schönen Bewegungen gab. Er ging auf die Terrasse und erfuhr, daß es sich bei dem Gebäude einmal um einen Komsomol-Jugendclub gehandelt habe. Jetzt zahlte man umgerechnet zehn Mark Eintritt, so daß man sicher war, nur mit Mafiosi, Neureichen und Touristen zu tun zu haben. Bis auf die Mädchen natürlich. Er sagte sich immer wieder: nur du zählst, du bist das Zentrum der Welt, eine launische Bulgarin, die Velvet Underground nicht kennt, wirft dich nicht aus der Bahn. Aber als er einen Blick nach ihr warf, wurde sie gerade von einem halbkahlen sturzbetrunkenen Amerikaner angetanzt. Und ging sie nicht sogar ein bißchen auf ihn ein? Tatsächlich, sie bewegte sich zaghaft. Er beschloß, sie zur Rede zu stellen. «Wieso tanzt du mit einem betrunkenen, häßlichen, alten Mann, der mit dir ins Bett will, und nicht mit mir?» «Er hat traurige Augen. Und man muß joflich sein.» «Hab ich keine traurigen Augen? Warum bist du überhaupt mitgekommen?» «Warum so?» «Wie?» «So geärgert.» «Weil du bald abfährst und wir unsere Zeit verschwenden.» «Dummes Gespräch, das erkältet mein Blut. Wo ist meine Mieze?» «Deine Mieze?» «Ja, Lieblingsmieze, ich kann nicht finden.» «Hundert Mark weniger.» «Hundert? Viel mehr! Das ist gute Mieze!»

Wenn man wenigstens hätte tanzen können, um sich zu trösten, aber sie spielten eine Art Bumsmusik, von der er gar nicht gewußt hatte, daß es sie gab. Die Bässe dröhnten im immer gleichen Rhythmus, und er bekam eine wilde Sehnsucht nach englischer proletarischer Musik und Cockney-Akzent. Diese verspätete Nachahmung des Kapitalismus schlug ihm langsam aufs Gemüt. Die Araber mit ihrer gespielten Ekstase waren ja schön und gut, und das fernsehgeschulte Gehüpfe der Russinen und Polinnen sah auch zeitweise ganz niedlich aus, aber er hätte so viel gegeben für ein einziges wirkliches Lied, für ein bißchen Melancholie und Schlagzeug, vielleicht sogar ein kleines verstohlenes Gitarrendesaster. Oder ein Mädchen, das sich beim Tanzen vergaß.

Dann wurden Bretter auf das Baroval gelegt, so daß blitzschnell eine Bühne entstand, auf der sich drei Russen in Römerkostümen bekriegten. Die Schwerter knallten aufeinander, sie machten Purzelbäume und stöhnten, angetrieben von Nirvana. Jürgen wurde immer trauriger, weil er vorgeführt bekam, wie gut diese Musik der Welt, die sie anklagte, als Soundtrack dienen konnte.

Auf der Straße wurden sie sofort von der Miliz angehalten. Daß sie ihre Visa mitzuführen hätten, hatten sie gar nicht gewußt. Sie hatten ja ihre Ausweise und die Ausweise des Instituts mit Paßbild. Aber die Miliz ließ sie nicht gehen. Sie pickten sich einen heraus, der den Fehler machte, ein wenig Russisch zu verstehen, und drohten damit, ihn mitzunehmen. Er mußte sehr diplomatisch mit dem Bestechungsgeld umgehen, um sie weder zu beleidigen noch herauszufordern. Auf den Schreck teilten sie sich auf und nahmen zwei Schwarztaxis. Aus Trotz stieg er nicht bei ihr ein. Nach ein paar Minuten sah er im Rückspiegel, daß das zweite Auto von der Straßenpolizei angehalten wurde. Eine Art inoffizielle Steuer, sagte der Fahrer, ansonsten zahlte man nicht viel. Das war das einzige Mal, daß sie in Moskau irgendwelche Probleme bekamen.

Später saß er auf einem Stuhl neben ihrem Bett. Es roch nach Fichtennadeln. Sie hatte das Mittel versprüht, um sich zu beruhigen, wie sie sagte. Er sah ihr in die Augen, so traurig er konnte. Sie sah zurück wie durch Glas. «Du bist sehr beruhigend», sagte sie müde, «ganz introvert. Erste Abend ich dachte nicht. Bei Diskothek, vielleicht du warst betrunken.» «Ich war nicht betrunken.» «Das ich kann nicht glauben, wie du hast geredet *je craque pour toi,* ach, so verrückt, ich dachte: diese Junge braucht Mädchen.» «Das war sehr scharfsinnig von dir.» «Ich finde dich interessant als Mensch. Wie du hast geredet mit altem Mann in Metro, niemand tut das.» «Die faszinieren mich eben. Die Brust voller Abzeichen und viel zu langsam im Menschenstrom.» «Ja, das sage ich auch.» «Und wo ist das Problem?» «Du bist nicht gefährlich. So beruhigend. Ich empfinde kein, wie heißt? *Tok*?» «Strom.» «Ja, kein Strom, ganz introvert, wie ich.» «Wer ist denn ‹extrovert›?» «Polnischer Junge, sehr extrovert, so gut getanzt!» Er sah sie traurig an und berührte ihr linkes Ohr. «Da ist nicht empfindlich.» «Warum mußt du das sagen?» «Du mußt wissen, ich bin sehr zurückgehalten.» «Ich bin aber nicht ‹introvert›.» «Was kann ich machen? Du immer findest Frau zum Schlafen. Das ist nur Körper. Japanerin sehr gut. Gutes Massage.» «Ich verstehe das nicht, als wir neulich getanzt haben, hast du mich noch so geschockt, weil du gesagt hast ‹Ich bin ganz naß›.» «Ja, ich war so geschweißt, es war mir so schrecklich.»

Bis sieben Uhr morgens saß er so vor ihr. Du mußt jetzt einfach gehen, sagte er sich, das ist das einzige, was sie beeindrucken könnte. Aber sie ließ ihn nicht weg. Sie wollte nicht allein sein, schließlich hatte sie mit ihm so viel zu lachen, und interessant waren die Gespräche auch.

«In Disko, ich dachte: sehr interessant, dieser Junge, Thomas Mann und Heinrich Müller, seine Freundin kann viel lernen.»

«Ich rede immer zuviel.»

«Nein, sehr gut.»

«Bist du auch so müde wie ich?»

«Man muß nicht so viel schlafen, sondern man verpaßt ganzes Leben.»

«Nein, der Schlaf ist heilig, das ist das Sympathische am Buddhismus.»

«Du kennst nicht Buddhismus.»

«Aber ich weiß, daß man dort Schlafende nicht wecken darf, weil die Seele durch die Welt wandert und den Körper nicht wiederfindet.»

«Du bist so großer Introvert wie ich. Ich brauche aber Gegenteil. In Rostow polnischer Junge fotografiert mich, in großen roten Saal auf einem Stuhl. So verrückt. Immer überraschen. Sehr gut getanzt.»

«Er hat dich fotografiert? Das will ich schon die ganze Zeit!»

«Ja, ich habe bemerkt. Sehr langsam du fotografierst.»

«Ich stelle die Schärfe und die Belichtung ein, das macht man so.»

«Warum nicht bessere Kamera aus Japan, alles automatisch?»

«Weil ‹bessere Kamera› nicht automatisch macht.»

«Das ich kann nicht glauben.»

«Wieso bist du eigentlich nicht mit diesem sagenhaften Polen gegangen?»

«So frech! Wir machen in Businesskurs Dialog mit Geschäftspartner. Und er sagt: Frau Todorova, ich habe ihre

Foto gesehen in Playboy. Sowas! Alle lachen mich! Ich war so geärgert!»

Sie bekam noch beim Erzählen einen Schreck und hielt sich die Hand vor den Mund.

«Aber plötzlich ganz anders, kein Interesse mehr. Das hat bitteres Geschmack in meiner Mund gelassen. Sowieso er ist weg.»

«Du meinst, er hat sich ganz plötzlich nicht mehr für dich interessiert?»

«Ja, dummer Mensch.»

«Was weißt du eigentlich von den Männern? Natürlich hat er sich noch für dich interessiert, er wollte dich nur eifersüchtig machen oder nicht so an dir kleben.»

«Niemand weiß.»

Vier Bauern stritten sich über Lenin. Sie hatten viel von ihm gehört, aber noch keiner von ihnen hatte ihn gesehen. «Er kennt jede List und soll wie ein Fuchs aussehen», sagte der Erste. «Stark wie ein Bär ist er. Ganz allein nimmt er es mit vier Kapitalisten auf», erwiderte der Zweite. «Meine Tochter sagt, er hat die Augen einer Eule. Jeden Tag liest er ein Buch, und er spricht viele Sprachen», wandte der Dritte ein. «Wenn er zornig ist, hat er die Stimme eines Löwen», meinte der Vierte. So stritten sie die ganze Nacht, keiner wollte nachgeben. Jeder sah einen anderen vor sich, wenn er an Lenin dachte, und dabei hatte jeder recht.

X

Sie fuhren eine kilometerlange Rolltreppe hinab.

«Ich habe Angst, es ist soviel o-bänn.»

Er stand unter ihr, wandte sich ihr zu und sah ihr in die Augen.

«Bittä andere Seite.»

In der Metro legte sie ihren Kopf an seine Schulter. Er beobachtete mißtrauisch seine Gefühle. Es war wie ein Pendel, wandte sie sich ihm zu, zweifelte er, wandte sie sich ab, glühte er für sie. Ohne sich zu bewegen, konnte er regelrecht damit spielen, wie er alle Zärtlichkeit für sie aus sich zurückziehen spürte wie ein Nebel und wie er sie zurückströmen ließ und im nächsten Moment wieder mit gleicher Kraft empfand.

«Guck mal, der Mann hat ein Rendez-vous.»

«So spät Blumen, das ist seltsam.»

«Vielleicht ist sie nicht gekommen, und er hört sich die Kassette, die er ihr schenken wollte, selber an.»

«Wenn man so spät Blumen schenkt, heißt das nur eins.»

«Er guckt wie der Jesus in der Tretjakow-Galerie.»

«Wie Jesus?»

«Jesus in der Einöde. Ganz traurig, weil er keine Frau hat.»

Sie erschrak und hielt sich die Hand vor den Mund: «Bitte nicht so sprechen! Ich glaube sehr viel an Gott.»

«Gibt es in Bulgarien denn einen Gott?»

«Bitte nicht! So dumm!»

«Du sagst doch, bei euch ist alles gefälscht.»

Draußen wollte sie nichts an der Straße essen, weil sie dem Essen nicht vertraute.

«Hier sehr schmutzig, ich vorschlage, wir gehen zu McDonald's. Wir können ein kindisch Menu bestellen.»

Bei McDonald's mußte man lange anstehen und dann noch länger warten, bis ein Tisch frei wurde. Die Leute blieben nämlich einfach sitzen und unterhielten sich weiter, obwohl ihre Tische längst abgeräumt worden waren und um sie herum Wartende mit vollen Tabletts standen.

Als sie endlich saßen, atmete sie tief durch und sagte: «Hier sehr gut, ich beruhige mich.»

Sie fragte ihn nach seinen Plänen aus. «Das ist doch langweilig», sagte er. «Nein, ich mag immer planieren.» Er erzählte ihr von seiner Schreiberei. Sie konnte sich nicht vorstellen, daß er etwas Vernünftiges zustande bringen könnte. Sie fragte ihn nach dem Inhalt seines Romans. Er sagte, daß sich das nicht so zusammenfassen ließe. Hauptsache, jeder wolle Satz für Satz weiterlesen. Für sie war das eine Bestätigung. Wenn er die Handlung nicht zusammenfassen konnte, war sie sicher uninteressant. Außerdem, über was könne er schon schreiben? Nur dumme Gedanken in seinem dummen Kopf!

«Naja, zum Beispiel, wenn man ein Mädchen trifft, die genau wie ein anderes Mädchen ist, aber man selbst hat sich inzwischen so verändert, daß es einen gar nicht mehr stört, wenn sie gern zu McDonald's geht, Filme nicht mag und Johnny Cash nicht kennt. Das finde ich interessant.»

«Niemand will das lesen.»

«Oder wenn ein Ostdeutscher in Moskau ein schlechtes Gewissen bekommt, weil ihm bewußt wird, daß er inzwischen auf der anderen Seite steht und nichts dafür geleistet hat.»

«Nat*ur*lik, Deutsche Mark, normal.»

«Aber er kann doch nichts dafür, daß sein Geld mehr wert ist, zu Hause ist er nicht reich. Und er hat das Gefühl, daß er hier genauso oberflächlich urteilt wie ein Westdeutscher, der den Osten besucht. Er ist selbst ein Westdeutscher, nur die Westdeutschen haben es noch nicht bemerkt.»

«Sowieso du bist reich.»

«Ist es meine Schuld, daß die Deschurnaja nur 40 Mark verdient?»

«In Bulgarien viel schlimmer.»

«Ich denke, du hattest es so eilig, zurückzukommen.»

«Ja, Essen viel besser, nie verdorben. Hier die Milch ich mußte werfen. Besser deutsche Sachen.»

«Du kaufst in Moskau deutsche Milch?»

«Nat*ur*lik, Shell-Shop.»

«Du kaufst Milch in der Tankstelle?»

«Mir gefällt. Sehr sauber.»

«Aber da ist es doch teuer und oll.»

«Nein, Shell-Shop sehr gut, mir gefällt.»

«Du bist auch so ein Westmädchen. Was du alles für Kosmetikkram hast, von dem meisten Zeug hab ich noch nie was gehört: *Crème traitante Express, Fluido detergente, Bio-Camille Gelée démaquillante spécifique yeux, Luminelle Mascara velouté super crème*. Und was ist *Lidocain unguentum*? Wozu braucht man Sonnencreme zum Sprühen?»

«Mir gefällt, in Bulgarien ich immer gehe in Apotheke, weil es gut riecht. Hier schlechter Service, immer warten.»

«Du weißt gar nicht, wie ich es hier manchmal genieße, wenn ich bei vier Verkäuferinnen eine halbe Stunde warten muß und dann unfreundlich bedient werde. Es ist wie eine Zeitreise. Das kann richtig erfrischend sein nach zehn lähmenden Jahren der käuflichen Freundlichkeit gegenüber dem Kunden. Und daß uns drei Wochen lang keiner sagen konnte, daß es gleich nebenan eine Stolowaja gibt, ist doch eigentlich amüsant. Von außen sah es aus wie eine Autowerkstatt.»

Sie kamen auf Schönheit zu sprechen, sie wollte wissen, wer ihm gefiele.

«Die Kellnerin von gestern war ziemlich hübsch.»

«Warum hast du sie nicht gesprochen?»

«Weil Kellnerinnen es nicht schätzen, wenn man ‹sie spricht›.»

«Nat*ur*lik! Warum sie ist Kellnerin? Deutscher Mann, sehr gut! Sie guckt dich und heiratet sofort.»

«Bei uns wollen Kellnerinnen, daß man sie in Ruhe läßt. Manche ganz besonders. Übrigens, wie Al Pacino würde ich ganz gern aussehen.»

«Besser früher.»

«Wie früher?»

«Früher mir gefällt so viel.»

«Aber Al Pacino ist doch der einzige Mann, der Jahr für Jahr besser aussieht!»

«Nee! Besser früher. In ‹Der Pater› sehr gut! Ich heirate sofort!»

«Und wer gefällt dir hier?»

«Mmmh, serbische Junge ... Sehr interessant. Immer Klavierspielen. Sehr traurige Augen. Und ...», sie schloß die Augen und zog die Luft ein, «polnischer Junge, so gut getanzt. Bei Disko ich habe geguckt, er war nicht da, dann ich gehe und plötzlich du kommst an Fahrstuhl, so betrunken. Ich wäre auf sein Zimmer gegangen. Ich bin schlechter Mensch, zu heißes Blut. Meine Mutter ist immer gefürchtet für mich. Sie sagt: ‹Ich habe solche Angst, du hast so Temperament, daß es dir gefällt.› Einmal in Bulgarien, Kollege von mein Vater, wir tanzen und er greift mir Gurtel im Rücken, ohhh, so gut! Ich hatte aber keine Erfahrung.»

«Und ich?»

«Sowieso, du bist ungefährlich.»

«Was ist denn ‹gefährlich›?»

«Das hängt.»

«Das hängt?»

«Ja, das hängt wie Stimmung. Serbische Junge, immer gefährlich. Und auch Junge in Sofia. Er immer wollte auf Häuser steigen. Sehr interessant. Ich will bulgarische Mann, mit Unterwäsche von Armani, immer joflich.

Zweimal am Tag duschen. Wascht sich die Öhren. Immer fragt, ob die Frau glücklich. Du bist nicht joflich, ich habe bemerkt. Bulgarische Mann zieht den Stuhl für die Frau. Polnischer Junge, sehr joflich. Ich habe kein Ticket und er bezahlt, als dumme Kontrolle kommt. Ich wußte nicht, man muß Ticket drücken.»

Er hatte sich vorgenommen, möglichst wenig zu erzählen. Er hatte immer zuviel erzählt, das sollte ihm hier nicht passieren. Sollte sie ruhig über die Lücken, die er ließ, spekulieren. Nur: sie kam gar nicht auf die Idee zu spekulieren, sie redete ja selbst wie ein Wasserfall.

«Zuerst verliebt war ich in ein Junge mit lockeren Haar, das war noch in Kindergarten. Er hat sich aber in andere Stadt umgezogen. Seitdem habe ich Angst vor der Trennung. Dann der Blonde, mit dem ich Bäumen kletterte und den Geist von Hitler suchte. Er liebte mich, weil ich am schnellsten rennen konnte. Aber er hat sein Kaugummi einer andern gegeben. Sein Mund gehörte mir! Ich war ganz dumm, aber sehr erfindlich. Immer nur Orientierungslaufen und chemische Substanzen gemischt, um mich in eine Hexe zu verwandeln, um zu wissen, was in den Köpfen der Leute ist. Meine Eltern haben nicht getraut, privates Firma zu gründen oder zu klauen. Mein Vater war immer ein hoher Turm, auf den ich nie klettern konnte. Seine alte Mutter, sehr böse! Sie immer schlägt ihn, obwohl schon 90 Jahre alt, weil er kein Ehrgeiz hat. Bulgarische Frauen immer sehr alt. Gute Luft, saure Milch und Trauben. Hier meine Haut ist so schlecht, in Bulgarien wie Blume! Alle sagen! Bis 14 nur mit frischer Hohenluft mich ernährt, Wangen immer rosig, Stimmung immer gut. Zwei Gläser Traubensaft, so man kann ewig leben. Später ich verliebe mich in Sohn eines Betriebschefs, dann in dem Sohn des Besitzers eines Computers mit 150 Farben. Ich wollte ihn heiraten, um den Computer zu besitzen. Dann ein Maler, aber er mag sein Photoapparat mehr als mich. Er hat mir das Herz zerbrochen, als er meine Schnürsenkel gebunden hat. Aber ich wollte ihm nicht geben mein Jungfräuchenhaut. Einmal im Ferienlager verliebte ich mich in ein Mädchen aus Ostdeutschland. So rosige, helle Haut! Aber sehr schnell von Sonne gebrannt. Sie schutzte sie mit Panthenol den ganzen Tag. In dieser Zeit mochte mein Name Panthenol zu sein, damit ich auf ihren schönen Beinen liegen konnte. Du guckst so fürchtend, ein bißchen gesorgt? Ich freue mich, wenn du nach mir traurig bist. Ich glaube aber, daß ich kann nicht wie Jon Bon Jovi singen: ‹*Lie that you love me*›.»

«Wollen wir in die Tretjakow gehen?»

«Nein, bitte Friseur.»

«Du warst doch erst vor drei Tagen beim Friseur.»

«Mir gefällt so viel. Vielleicht ich muß Haare färben, sondern ich gefalle dir nicht mehr.»

Bulgarien, das hatte für ihn bisher nichts bedeutet. Es war das Land hinter Rumänien, in das er gereist wäre, wenn die Mauer nicht rechtzeitig gefallen wäre. Ein paar Fußballspieler kannte man, gut, und Kara Ben Nemsi war durch Melnik geritten. Jürgen hatte wie jeder Junge auf der Karte seinen Weg verfolgt, der irgendwo auf dem Balkan endete. Rosenthaler Kadarka, nach dem man in der DDR in den Kaufhallen forschen mußte, stand jetzt bei Aldi. Aber plötzlich ging ihm eine Welt auf: Ein Land, mit einer explosiven Mischung aus griechischen, türkischen und slawischen Einflüssen, ohne die man wenig von der Welt verstanden hatte. Abgesehen einmal von den ominösen Protobulgaren, auf die sie soviel Wert legte. Das Mutterland der kyrillischen Schrift! Jogurth und Hexen, Aberglaube, Tanzbären und weiße Strände.

Warum nicht Bulgarisch lernen? Warum nicht die slawischen Sprachen durchforsten wie die romanischen? Vielleicht gab es ähnliche Zusammenhänge zu entdecken? Und dann könnte er sich endlich auch einmal dem Rumänischen widmen, der Synthese beider Seiten. Wie lange lebte ein Mensch gleich? 70 Jahre? Hatte er nicht vorgehabt, wenigstens einmal im Jahr Kontakt mit einer neuen Sprache aufzunehmen? Was für eine kribbelnde Lust auf Wissen stieg da mit einemmal in ihm auf. Das beste Mittel gegen Trübsinn. Eine Sprache, in der die Artikel hinten angehängt wurden. Ja, warum gab es überhaupt Artikel? Und dann auch noch hinten angehängt. Wie im Rumänischen und wie im Türkischen, hatte er gelesen. Das war doch ungeheuerlich! Aber sie war nicht gut auf die Türken zu sprechen: «500 Jahre türkisches Joch. Die Türken immer sitzen auf Kissen und bulgarische Kultur geht unter. Deshalb wir sind so arm.»

Über so etwas hätte er sich früher mit jeder Frau leidenschaftlich gestritten. Die einen waren für die Palästinenser, die anderen dagegen, und wenn man sich von ihnen nicht überzeugen ließ, galt man als ignorant. Aber was ging ihn ihre Meinung an? Warum hätte sie seine teilen sollen? Gut, daß sie überzeugt davon war, daß die Juden die Geldgeschäfte in Rußland kontrollierten, daß sie es nicht verstehen konnte, daß er es für besser hielt, daß Deutschland den Krieg verloren hatte, und daß sie aus mysteriösen Gründen nicht beide zusammen auf ein Foto durften, so wie es auch Unglück brachte, wenn man einen Raum sofort wieder betrat, den man eben verlassen hatte, es sei denn, man sah schnell in einen Spiegel – all das war eher ungewöhnlich, aber warum sollte er sich darüber ärgern, das war gar nicht seine Aufgabe. Trotzdem fragte er sich, ob er eigentlich noch zu retten war.

Willst du jetzt etwa noch Bulgarisch lernen? Lern doch erst einmal, dein Leben in den Griff zu bekommen. Aber war nicht Heiner Müller auch mit einer Bulgarin verheiratet gewesen, und hatte er nicht sogar eine Zeit dort verbracht und Texte wie «Thrakischer Sommer» geschrieben? War nicht Orpheus' Kopf irgendwo da unten herumgeschwommen, und war nicht die *Stara Planina*, der zentrale bulgarische Gebirgszug, eigentlich der *Hämus*, von dem aus Alexander drei Meere gesehen haben wollte? Und wenn das nicht reichte, um sich in sie zu verlieben, gab es da nicht noch eine kleine Kellnerin in Berlin mit bulgarischem Nachnamen? War es ein Zufall, wenn ihm jetzt ihr Double begegnete?

«Ich würde mir Kugel schießen, wenn ich mit ungerechte Beine geboren», sagte sie nach einem ihrer Streifzüge durch ihr kleines Zimmer, die sie dazu nutzte, hier und da ein Kleidungsstück umzuplazieren, einen Pfirsich zu schälen, ein paar Trauben zu waschen oder einfach nur dreimal zu seufzen. «Früher immer mit Hackschuhe, so die Männer müssen in meine Füße fallen! Unglücklich jede Minute bin ich. Willst du Pfirche?» «Nein.» «Du mußt essen. Sondern du verlierst deine Kraft und bekommst Krankenheit.» «Welche Kraft?» «Ein Mann immer muß essen, sondern er wird impotent. Meine Mutter ist immer gefürchtet dafür. In Bulgarien die Frau sehr gehorchsam, kocht den ganzen Tag. Du mußt essen gespiegelte Eier.» Seine Augen folgten ihr, sie interessierte ihn, obwohl er nicht verstand, wieso. Sie war so voller Arroganz gegen Russen, Zigeuner, Türken, Juden, andere Bulgaren, Männer. Wenn sie ihre Dollarnoten wechselte, sah sie sich mißtrauisch das Wechselgeld an und ließ sich dreimal anderes geben. Sie wohnte allein in einem Doppelzimmer mit fünf Betten. Er selbst bewohnte hier zu fünft das gleiche Apartment. Aber für sie wäre es unvorstellbar gewesen, ihr Zimmer zu teilen. Sie hatte das von zu Hause aus geklärt. Diese fehlende Bereitschaft, sich zusammenzureißen, reizte ihn. Es war ein pädagogischer Kitzel, er hätte ihr gerne etwas von ihrem Hochmut ausgetrieben, aber sie wußte ja selbst, daß sie kapriziös veranlagt war. «Alles gucken! Verrückter Mann. Was kann ich machen? Ich mag dich am besten, wenn du nicht mich guckst.» Was redeten sie ihm immer ein, er solle sich seine Geschichten ausdenken? Konnte man sich so etwas Seltsames wie ein bulgarisches verwöhntes Einzelkind ausdenken? Es war doch schon ausgedacht genug, wenn er einfach nicht dazusagte, daß ihre Eltern gar nicht reich waren, sondern alles für sie opferten, weil sie ihr Schmuckstück war. Dann hätte er nichts hinzugefügt, aber durch das Weglassen schon eine ganz andere Figur geschaffen.

Beim Packen warf sie alles weg, Hefte, Vokabellisten, Unterrichtsmaterialien, halbvolles Duschgel, ihre rosa Pantoffeln, das Radio, den Wecker. Was für ein beneidenswerter Mensch! Es bedeutete ihr nichts, und sie würde damit in Bulgarien nichts anfangen können, also kam es in den Müll.

«Wir können das werfen.»

«Wegwerfen.»

«Oder brauchst du?»

«Nein, du kannst es wegwerfen.»

«Ich werfe sofort.»

«Du sagst so schöne Sachen.»

«Nie über mich schreiben! Du mußt versprechen!»

Das Angenehme bei ihr war, daß sie nicht zu erwarten schien, daß er an die Versprechen, die sie ihm abnötigte, glaubte. Es war mehr ein Spiel. Da machte es endlich einmal Spaß, jemandem etwas zu versprechen.

«Ich mußte Arndt sagen, ich lasse dich in seine Händen. Aber das ist mir nicht zu Kopf gekommen.»

Er notierte sich die Formulierung.

«Was für ein Dummheit jetzt schreibst du?»

«Wenn ich zurück bin, werde ich keine Wohnung haben, wer weiß, vielleicht auch keine Möbel.»

«Du kannst in Wohnung von deine Eltern gehen.»

«Ich kann mir auch einen Knopf an die Backe nähen.»

«Das ich habe nicht verstanden.»

«Oder ich kann nach Bulgarien kommen.»

«Niemand weiß.»

«Eben.»

«Wenn du zurück bist, du kannst die Wände streicheln.»

«Die Wände?»

«Mit weiße Farbe.»

«Ach so, sicher.»

«Du erinnerst mich nach niemanden.»

«Das hoffe ich.»

«Ganz in die Vergangenheit eingesteckt und gar nicht denkt an die Futur.»

«Du erinnerst mich ‹nach jemanden›.»

«Dumme jüdische Englerin aus dein dummen Roman?»

«Amerikanerin.»

«Ich erinnere dich nach sie?»

«Auch nach sie.»

«Aach! Wie kannst du so sagen! Unglücklich jede Minute bin ich!»

Er umarmte sie, es fühlte sich so gut an, was hatte sie nur immer mit ihrem «Strom», sollte er mit seinem Körpergefühl so falsch liegen?

«Oh, diese geheizte Mensch! Zuviel Wunsch!» Sie musterte ihn: «Lieblingsgesicht. Obwohl Sonnenpickel. Unerfahrener baurischer Körper, auf den ein Kopf steht voll mit Brummen.»

Er küßte sie wieder auf den Hals.

«Wie kannst du so machen vor den Abfahrt, damit ich nicht schlafen kann! Nie verzeihen!»

«Ich hab dich doch nur auf die Schulter geküßt.»

«Nur auf die Schulter! Oh! So dumm! Dort ist sehr empfindlich! Wie kannst du so machen!»

*

«Du hast geschnurcht.»

«Das ist ‹unmjoglich›.»

«Wenn ich dich umarm, all mein Böse geht weg.»

«Ich fürchte, ich habe das geahnt.»

«Wenn du jemand süchtig bist, sofort sagen, so ich muß nicht leiden.»

«Ich bin erst mal nur dich süchtig.»

«Zuviel Wunsch!»

«Zuviel Stella.»

«Aber das geht nicht, in Sofia ganz andere Welt. Warum soll ich wie ein blinder Maulwurf in das Loch meiner Erinnerungen nach meine Gefühle suchen, die die Zeit verschluckt?»

«Man lebt eben nur einmal.»

«Das Leben ist aber nicht nur zum Vergnügen vorgesehen. Der Film «9 1/2 Wochen» zeigt, was passiert, wenn zwischen den beiden nur die Sinnen Anteil haben.»

«Ich kann dich ja entführen.»

«Nee! Blondes Mädchen kommt, bei dem die Herzen der Hungrigen für Sex Männer hüpfen, vielleicht sie ist aus Spanien und tanzt Flamenco. Und du guckst sie so schuchtern, aber immer Gedichte für sie aus deine Kollektion. Sprich nicht so unüberlegen. Immer sagen, was in Kopf steht. Im Fahrstuhl erste Tag, ich war so geärgert, wie du hast dich so gelacht.»

«Was? Ich hab dir freundlich und einladend zugelächelt!»

«Nee! Du hast mich gelächelt, obwohl ich gern deutsch sprechen wollte. Und dann in Metro du hast mich nicht geguckt. Genau wie in Disko. Ich denke, sehr interessant, er guckt alle andere, obwohl er tanzt mit mir.»

«Das war Absicht! Ich wollte dich nicht okkupieren!»

«Warum so? Du mußt mich gucken beim Tanzen, nur mich.»

«Wo war gleich die Stelle am Hals?»

«Du willst nur eins.»

«Die Frage ist wie oft.»

«Oh, diese geheizte Mensch! Das ist unm*jo*glich! Zuviel Wunsch! Unbeherrschter Mensch wie Kaiser Friedrich Wilhelm, der Großbritannien mit einen Krieg bedroht, falls nicht in eine Koalition mit ihm sich bindet!»

«Du hast mich durchschaut.»

«Ein Mutters Kind bist du! Jetzt meine Zähne putzen wegen diese Nassigkeit. Nie verzeihen!»

Irgendwann mit einer Ehefrau, deren größte Angst ist, daß sich ihr Mann beim Gepäckstemmen im Zug übernimmt und vor ihren Augen zusammenbricht.

Eines Tages hatte Wladimir Iljitsch Lenin einen seltsamen Traum. Ein junger Schriftsteller kam zu ihm und sagte: «Genosse Lenin, die Verlage sind faul, niemand druckt mein Buch, ich kann es verheizen, das ist kein Leben.» Iljitsch strich sich den Bart und lächelte verschmitzt: «Dein Buch ist gut?» fragte er. «Woher weißt du das?» «Viele Menschen haben es gelesen. Allen hat es Freude bereitet. Aber die Bürokraten an den Schreibtischen haben die Fühlung zur Basis verloren.» «Nun, wenn es so ist, ich kann viel bewirken», sagte Iljitsch, «aber ich fürchte, das übersteigt meine Macht.» Enttäuscht senkte der junge Schriftsteller den Kopf. «Aber», fuhr Iljitsch fort, «ich will mit der Babajaga reden, Schriftsteller, sie kennt andere Mittel als ich.» «Danke, Väterchen Iljitsch», der Schriftsteller sank vor ihm auf die Knie, «die Leute hatten recht, ich wußte, daß du mir helfen wirst!» Wladimir Iljitsch Lenin hatte dieser Traum sehr beunruhigt. Er hatte dem jungen Mann sofort angesehen, daß er ein guter Poet war. Er hatte soviele Menschen getroffen in seinem Leben, daß er längst in ihren Augen lesen konnte wie in einem Dekret. Aber was konnte er für ihn tun? Rußland war umstellt von Aggressoren, im Land wütete die weiße Garde, was zählte da das Buch eines jungen Poeten? Nein, sagte sich Iljitsch, wenn es schon so weit gekommen ist, daß die Politik wichtiger ist als ein Buch, dann möchte ich nicht mehr Lenin sein. Er rief den Genossen Stalin zu sich: «Genosse Stalin. Ich spüre, daß ich bald sterben werde, und du wirst mein Königreich erben. Höre also, was ich dir auftrage: Wenn eines Tages die Deutschen kapitulieren, dann nimm ihnen Ostpreußen weg, oder nein, jag sie gleich bis über die Oder. Sorge dafür, daß sie vierzig Jahre lang keine Nutella bekommen und daß ihre Helme bei der Armee wie unsere aussehen und schrecklich drücken. Und von den Stiefeln sollen sie Schweißfüße kriegen, das geschieht ihnen recht. Frag den Genossen Ulbricht, er wird dir helfen. Eines Tages wird im Arbeiterbezirk Berlin-Friedrichshain ein großer Schriftsteller geboren werden, den sein Volk verehrt. Aber der Weg wird lang sein und er wird oft verzweifeln. Deshalb sorge dafür, daß Franz Harnusch aus Alt-Lipchen in Polen seinen Hof verliert, das ist eine gute Geschichte, man kann sie sublim-humorig erzählen. Die Deutschen lieben diesen Kitsch. Die Verlagsstuben wer-

Inhaltsverzeichnis

Danke, Panke 5
Berufe: Der Bastler 7
Harnusch mäht als wärs ein Tanz 9
Berufe: Der Amerikaner 20
Der blaue Reifen 21
Berufe: Der Torwart 41
Die Kirche im Dorf 42
Berufe: Der Busfahrer 48
Berufe: Der Könner 49
Seltsamer Schwebezustand 50
Berufe: Der Komiker 74
Herr Tatziet versteht die Welt nicht mehr, und niemand will ihn verstehen 75
Berufe: Der Kleindarsteller 85
Es ist, was es ist, und das nicht zu knapp 86
Berufe: Der Stierkämpfer 130
Maik und der Tag X 131
Berufe: Der Kranführer 145
Triumphgemüse 146
Berufe: Der Stotterer 170
Berufe: Elf Trainer 171
Berufe: Der Eskimo 173
Chaussee Enthusiastow 174

den zittern unter den Worten des jungen Poeten, und Rußland wird ruhig schlafen können, weil die Deutschen wieder Bücher lesen und nicht mehr ans Schießen denken. Jetzt aber geh, Genosse Stalin, denn bevor ich sterbe, möchte ich noch etwas nachdenken.» Und Stalin tat, wie ihm Iljitsch geheißen.